# 野间宏文学研究

## ——以"全体小说"创作为中心

莫琼莎　著

南开大学出版社

天　津

**图书在版编目（CIP）数据**

野间宏文学研究：以"全体小说"创作为中心 / 莫琼莎著.
—天津：南开大学出版社，2012.12
ISBN 978-7-310-04046-9

Ⅰ.①野… Ⅱ.①莫… Ⅲ.①野间宏（1915～1991）
—小说研究 Ⅳ.①I313.074

中国版本图书馆 CIP 数据核字（2012）第 221796 号

### 南开大学出版社出版发行

出版人：孙克强

地址：天津市南开区卫津路 94 号 邮政编码：300071
营销部电话：(022)23508339 23500755
营销部传真：(022)23508542 邮购部电话：(022)23502200

\*

河北昌黎太阳红彩色印刷有限责任公司印刷
全国各地新华书店经销

\*

2012 年 12 月第 1 版 2012 年 12 月第 1 次印刷
210×148 毫米 32 开本 8.375 印张 2 插页 209 千字

定价：20.00 元

如遇图书印装质量问题，请与本社营销部联系调换，电话：(022)23507125

# 序

于荣胜

　　莫琼莎老师在北方工业大学任教，自在北京大学攻读硕士阶段起，她就开始关注日本二战后重要作家野间宏的创作，其契机也许和当时学习日本现代文学史以及阅读野间宏的小说有关。自获得硕士学位到北方工业大学任教至今已有将近二十年之久，但是她仍然无法舍掉自己多年前的关心点，一直把自己的研究重心放在野间宏文学研究上，其间也写了一些有关的研究论文，可见她的研究热情之高和学术研究之执著。2004 年她再次入北京大学在职攻读日本文学方向的博士学位，此时她的研究重心完全放在了野间宏创作研究上，尽管家中有幼子需要抚育，学校有教学任务必须完成，但是她研究野间宏创作的热情并没有因此而有丝毫减弱，博士论文的撰写也没有因此而懈怠耽搁。2010 年年末的博士论文答辩的顺利通过足以看出她这些年的努力和坚持。当然，仅仅以"努力"和"坚持"两个词是根本无法概括她为野间宏创作研究所付出的心血的。

　　众所周知，野间宏是日本二战结束后出现的重要文学流派——"战后派文学"的代表作家，也是日本二战结束以后的战后时期文学中不得不提的重要作家，当我们思考日本现代文学时都无法绕过这位反思二战、试图革新日本现代文学文体、改变日本文学创作内容的求新变革的作家，他的创作对日本现代文学影响巨大而且深远，"全体小说"可以说是解读他的文学创作的一个十分关键的词语。但是，在以往的野间宏创作研究中，"还没有结合野间宏战后初期创作讨论野间宏'全体小说'创作的研究专著"。即使有些专著涉及了"全体小说",但也缺少对野间宏作品间的内在联系以及结合野间宏各个时期发表的创作论对"全体小说"创作发展变化的细致分析。在国内的野间宏研究中,除个别研究者对野间宏文学作过较为系统的研究以外,多数研究基本停留在对野间宏本人以及其创作的初期作品的介绍和评价上,对贯穿于野间宏整体创作的"全体小说"理念更是很少关注和评述。在这样的学术研究背景之中,莫琼莎博士的博士论文《野间宏文学研究——以"全体小说"创作为中心》则将关注点放在国内多数研究者不甚关注的"全体小说"的理念上,试图从一个全新角度认识研究野间宏这位日本现代文学史无法略过的作家的创作,其创新性意义显而易见,由此也可见莫琼莎博士的学术眼光和对研究对象的熟悉程度。这部专著就是在她的博士论文的基础上经过修改而成的,坚持十余载的野间宏创作研究最终获得了丰硕成果,值得祝贺。

这部著作最终得以完成除了作者的学术热情和执著的研究精神以外,应该说与作者细读野间宏早期作品以及多部长篇巨作、大量研读野间宏创作的先行研究成果以及对野间宏整体创作的深入思考与细致入理的分析有着密切关系。这部著作较为完整地勾勒出野间宏"全体小说"创作理念的形成、成熟、实践以及获得创作成功的过程,借此明确野间宏文学创作有别于同时代其他日本作家创作的特点,以及其在日本现代文学史上的价值和地位。作者成功地捕捉到"全体小说"论的逐渐成熟与野间宏创作实践之间密不可分的联系,为我们深入了解野间宏文学创作,充分认识野间宏的文学理念和其创作实践的关系提供了可贵的研究成果,在野间宏文学研究领域开辟了一块新的天地。我认为这部著作至少在以下三方面改变加深了我们以往对于野间宏的认识:首先论著明确了野间宏在萨特整体小说论的影响下从初期的"综合小说论"渐变为影响其毕生创作的"全体小说"论的过程和内涵,以及"全体小说"论对野间宏创作的直接影响;同时,论著还确认了野间宏早期战后派小说与重要代表作长篇小说《真空地带》、

《骰子的天空》，以及野间宏的鸿篇巨著《青年之环》之间在创作方法和创作特点上的内在联系；另外，论著较为客观地分析了野间宏"全体小说"论的功过得失，充分肯定野间宏为克服传统写实主义而在文学创作上对自己的文学理念大胆执著地建构与实践，并且在此基础上指出"全体小说"的局限和问题。

当然，正像所有的研究无法穷尽其研究对象一样，莫琼莎博士的这部著作还只是对于野间宏文学的一个方面的研究，野间宏文学的研究还有许多可以继续开辟的天地，特别是在国内野间宏文学研究的现状之下，更加深入的、视野更加开阔的研究应该说是每个关心日本现代文学研究的人所期待的。因此，我们格外期待莫琼莎博士开阔深化野间宏文学的研究，期待她能够进一步深入阐述野间宏的"全体小说"的理论，进一步探讨野间宏文学创作与日本现代主义文学形成之间的关系。我们相信在不久的将来，莫琼莎博士还会为日本现代文学研究作出新的贡献。

2012 年 3 月 23 日

# 前　言

　　野间宏（1915－1991）是日本战后文学史上的重要作家，对日本现代文学产生了深远的影响。野间宏最为突出的成就是对"全体小说"文学理论的完善和在此理论指导下进行的创作实践。本书研究的"全体小说"，是野间宏借鉴法国小说家和文学理论家萨特的小说创作理念，结合自己独特的创作思想独创的小说形式。以"全体小说"创作为中心对野间宏文学进行分析和研究，可以从整体上把握野间宏文学的实质，能够更加明确野间宏文学在日本现代文学史上的价值和地位。野间宏的"全体小说"创作是文学理论和创作实践紧密结合的发展过程，在日本学术界还没有专著进行过这样的综合研究，在中国学术界也没有从野间宏"全体小说"创作的视角研究野间宏文学内在连贯性的专著。为此，本书的研究具有开创性的意义。

　　本书采用与宏观文学背景考察紧密联系的文本分析法和实证主义的方法，从小说文体学和叙事学的角度出发，分析和论证了野间宏文学中"全体小说"创作思想的形成、"全体小说"理论在系列小说创作中从萌芽、发展、成熟以及达到顶峰的过程。本书共分为六章。第一章从竹内胜太郎在象征主义文学思想等方面对野间宏的影响以及野间宏在20世纪30年代参与日本国内革命运动的经历两方面分析了形成野间宏"全体小说"创作思想的原动力。第二章以战后初期的代表作《阴暗的图画》的文本分析为主体，揭示了野间宏"全体小说"的萌芽，即"社会性"的显现和"文学主体性"的恢复。第三章通过分析野间宏的战后初期系列小说，阐明了"全体小说"理论的雏形——"综合小说论"的提出和完善是通过野间宏战后初期系列作品的创作完成的。第四章分析了野间宏在《真空地带》中是如何完善对小说情节的组织的，小说情节组织的成功为"全体小说"的最终形成奠定了基础。第五章中论述的《骰子的天空》可以称作是一部较为成熟的"全体小说"，其中体现的"新写实主义"的手法是野间宏"全体小说"创作理念的重要组成部分。第六章通过对"全体小说"理论著作《萨特论》和"全体小说"的顶峰作品《青年之环》之间的理论和实践关系的分析，概括总结出了野间宏"全体小说"的特点；并通过对比《萨特论》和横光利一的《纯粹小说论》，揭示了野间宏的"全体小说"理论在日本现代文学史上的位置。

野间宏"全体小说"中具有的现实主义文学和现代主义文学的特征，在深化日本"战后文学"内涵的同时，拓宽和提升了日本现代文学的视野。野间宏的"全体小说"创作中也存在局限和问题：部分作品中较为明显的唯心主义的世界观，以及过度渲染的以个人为中心的人生观等方面，一定程度上削弱了野间宏"全体小说"的社会批判性。

作者

2012 年 3 月

# 目　录

# 绪　论

野间宏文学向来被认为是难以读懂的文学，其初期创作的代表小说《阴暗的图画》语言晦涩难懂，长篇巨著《青年之环》长达 320 万字，这往往令年轻读者望而生畏。此外，野间宏文学具有的日本"战后时代"[①]的特点也让现在的中国以及日本的读者对野间宏文学产生距离感。

笔者对野间宏文学产生研究兴趣的原因正是在于野间宏文学具备的"战后时代"特点。野间宏在 1954 年出版的早期文学随笔《文学入门》中提到：

> 我们在最近 20 年间有了一个非常重大的经历。[②]那是一个非常不幸的体验。迄今为止人类也全然没有这样的经历。对于日本人来说，当然以前也没有遭遇过这样的大事件。日本历史上曾有过各种各样的大战乱，有过像"战国时代"[③]这样的非常漫长的战乱年代。……但是从规模上来说，没有超越这次的大战。（在这次大战中）全体国民被卷入其中，被迫与这场战争发生联系，从这个角度讲，其规模是迄今为止的（日本的）任何历史时代无法比拟的。……经历了这场战争

---

① "战后"是日本的概念，特指二次大战结束后的一段时期。广义的"战后时代"是指第二次世界大战结束即 1945 年起到 20 世纪 70 年代中后期；狭义的"战后时代"指 1945 年到 20 世纪 50 年代中期左右。日本战败后不久国内政治经济局势处在交替混乱的年代。此处指狭义的"战后时代"。

② 指日本参与的第二次世界大战。

③ "战国时代"，指日本室町幕府时期（1336 年－1573 年），幕府的统治权力丧失、各地有实力的大名（指战国时代，幕府将军将部分领地分封给家臣，由家臣管辖领地，成为独立的领主，他们就是"大名"）交战争霸的时代。具体说来是从应仁之乱（1467 年－1477 年）到织田信长统一天下为止（1573 年）的这段时间。

的日本国民对事物的看法，关于社会的观点，以及对人生的领悟等方面发生了很大的变化，可以说由此产生了和以前的日本人很不一样的日本人。从经历了这次大事件的切身体验中，在战后的世界范围和日本国内，出现了许多不同的对于事物的观点、思维方式、感受方式。①

野间宏是一位有着强烈社会责任感和使命感的文学家，通过上述观点可以看出野间宏对战后的日本社会有着清醒的认识。笔者认为以这样的清醒认识为基础产生的野间宏文学无论在文学创作的技法还是文学作品反映的内容上，都会与日本近代以来的传统文学有很大的不同。可以说，野间宏文学是展示日本战后社会和日本战后文坛作家创作特色的一个平台。

## 第一节　日本战后文学视野中的野间宏文学创作

首先要明确的是日本文坛的"战后文学"和"战后的文学"两个概念。在日本，"战后"通常是指 1945 年 8 月 15 日、日本正式宣布战败之后的时间。"战后的文学"中的"战后"是指时间自然流逝上的"战后"，可以说比"战后文学"具有更宽泛的时间范围。"战后文学"中的"战后"除了指作品发表的时间是在"战后"外，还指作品具有"战后"的思想内容和时代特征。"战后文学"除了包括涉及战后时代思想和社会生活内容的作品外，初期的"战后文学"作品中有很多涉及战争题材，这部分"战后文学"也被称为"战争文学"。无论从社会意义还是从文学意义的角度来看，"战后"这一时期在日本漫长的历史中是与众不同的、特别重要的时期。"战后文学"的创作中产生了许多在日本现代文学史上具

---

① 「文学入門」、『野間宏全集』（第 20 卷）、筑摩書房、1970 年、3 頁　本书中出现的日文原著除了标明译者的之外均为笔者自译。

有极为重要意义的作品。"战后文学"的特点是：虽然都是在相似的文学空间——日本战后遍布焦土的废墟中产生的，但这些作品在创作思想和创作手法上呈现了极为丰富的多样性。"战后文学"中有很多描写战争中或战后经历的作品，有作家在战争中经历的生命危险、战后物资的极度匮乏、社会的混乱以及战争影响给人带来的异常的精神状态等。战后的作家们在描写这些内容方面呈现出了前所未有的深度和广度。在日本战后文学中，较早出现的文学派别是"战后派文学"，主要是以 1946 年 1 月平野谦、本多秋五、荒正人、山室静、佐佐木基一和小林切秀雄等六位评论家及作家埴谷雄高创办的《近代文学》杂志为发端的。他们以"确立近代自我"的文学批评为宗旨，强调尊重人的权利和自由，摆脱包括封建主义在内的意识形态的束缚，追求文学的真实性，反对文学的功利主义，提倡艺术至上主义，从而迈开了日本战后文学的第一步。"战后派"作家又分为"第一批战后派"作家和"第二批战后派"作家。一般认为，1946 年至 1947 年间开始在战后日本文坛进行文学创作的野间宏、埴谷雄高、椎名麟三、梅崎春生和中村真一郎属于"第一批战后派"作家；竹内好、日高六郎和大冈升平处在与"第一批战后派"作家相近的位置；三岛由纪夫和安部公房被视为"第二批战后派"作家。[1]

日本"战后"这一特殊的历史时代给自近代以来的、以"平面式"描写[2]为特征的写实主义日本文学提供了扩展和变化的客观空间。战后的日本文坛异常活跃，包括评论家、作家在内的知识分子都站到历史的舞台上，展现他们对于过去和当前时代的理解。因此，这个时代的文学极大程度地展现了日本"战后时代"的特

---

[1] 此划分法见长谷川泉著、『戦後文学史』、明治書院、1976 年、6—7 頁

[2] "平面式"描写，文学表现手法之一。即作品中不掺入作家的主观意识，只对事物或人物的表面现象作客观描写。日本"私小说"的代表作家田山花袋首先使用的文学用语。

殊性，而且由于美国军政代表进驻日本政府、全面实行民主主义政策、清除法西斯军事政府的势力和影响等政治上的特殊原因，日本战后文学逐渐显露了和国际文学接轨的可能性。回顾日本历史，我们可以知晓战后日本的开放和大规模接受外来的影响是有史以来的第三次。

从上古时代①的口头传承文学算起，日本文学具有一千多年的历史。日本是一个四面环海的岛国，其文化风土具有两个看似矛盾的显著特点：一是文化上的相对孤立；二是深受外国文化的影响。四面环海的地理特征虽然有利于日本通过航海和周边国家进行交流，但日本封建时代长期实行的锁国政策②使日本形成了孤立、封闭的岛屿文化。日本大量接受外来文化的第一阶段是在施行锁国政策之前。大约从公元7世纪起日本政府开始派遣遣隋使③和遣唐使④与中国隋朝、唐朝进行交流，那个时期的日本文化深受中国古典文化的影响。其中最突出的例子就是日本文字——"假名"的产生。日本人借用中国的汉字，将汉字的草书简化后创造出了自己的文字，他们使用这种半是借用半是创造的文字写出了《源氏物语》⑤这一优美独特的文学作品。在这部成书于日本平安

---

① 上古时代，根据日本历史年代区分法之一划分的最古老的年代。指都城主要建在大和（今大阪市附近）的5—7世纪的时代，基本与"大和时代"重叠。

② 锁国政策，日本德川幕府为确立封建集权，以禁止基督教为由，统制贸易、禁止外国人进入日本和日本人出国的政策。宽永十六年到嘉永六年（1639—1853）约215年中，贸易港只有长崎港一处。禁止和除荷兰、中国、朝鲜以外的国家交往。

③ 遣隋使，日本圣德太子摄政时，大和朝廷向中国隋朝派遣的使节。从推古八年（600）开始，共派出5次遣隋使。

④ 遣唐使，日本朝廷为学习唐朝文化向中国唐朝派出的使节。自舒明二年（630）犬上御田锹受任为第一任遣唐使，至宽平六年（894）菅原道真建议停派遣唐使，其间共派遣19批。

⑤《源氏物语》，日本平安中期的长篇小说，共54卷，紫式部著。11世纪初成书。分3部描写了帝王4代人70余年的人生历史。作品巧妙地融入古今内外众多诗歌典籍，文笔流畅，内容丰富，为日本物语作品的杰作。

时代①中期、被称作是世界上第一部写实主义长篇小说的文学作品中，不仅在记录小说的文字（假名）上可以看到中国文字的影子，还能感受到中国古典文学和文化思想在日本的传播和影响。中国文明的影响不限于文学和艺术，还涉及宗教、哲学、科学、社会制度及日常生活的几乎所有领域。

17 世纪初到 19 世纪中后期，日本最后的一个封建时代——江户幕府时代②实施了两百多年的闭关锁国政策：以限制基督教的传播为名，禁止除中国和荷兰以外的外国人进入日本以及从事贸易，同时也禁止日本人渡海出国。直到江户幕府时代结束，日本实施了自上而下的明治维新（1868 年）以后，日本开始进入了大量接受外来文化的第二阶段。在欧美列强施加的压力下，日本政府开放了沿海口岸与欧美诸国进行贸易。从这一时期起日本将欧美强国作为自己走向近代化的范本，大量地吸纳欧美军事、政治、经济和文化方面的先进成果。日本明治维新以后的近代文学呈现了与既往的近世文学③不同的时代风格。简而言之，日本近代文学是在文学领域里开展的一场近代化变革，带有浓重的西欧文学影响的印记。西欧文学中的"小说"对于当时的日本人来说是一个全新的概念。在西欧文学理念和 19 世纪末到 20 世纪初西欧文学思潮的影响下，日本近代文学在文学形式上发生了根本的变化。和吸收外来文化，引进西方先进技术时的情形一样，日本近代文学在学习模仿西欧文学的同时也保留了本国原有的传统，没有全

---

① 平安时代，日本自延历十三年（794）桓武天皇定都平安京（今京都市）至建久三年（1192）镰仓幕府成立的历史时代。

② 江户幕府时代，日本历史上最后一个封建时代。指德川家康于 1600 年在关原之战取得胜利后，于 1903 年在江户（今东京）设立幕府开始，到 1867 年德川庆喜将治国大权归还给天皇为止的时期，约 260 年的时间，又称德川时代。

③ 近世文学，在日本一般指江户时代出现的文学现象，以娱乐、诙谐、生活化、平民化内容为特征。

盘照搬西欧文学的内容，贯穿于近代小说深层的依然是强烈的内省倾向和"物哀"①的文学理念。这和影响关系是单方面的有关，即西欧影响日本。这种保持相对孤立和大量接受外国文化的平衡关系被打破是在 1945 年 8 月日本宣布无条件投降以后。

从 1931 年 9 月 18 日②日本开始全面发动侵华战争到 1945 年 8 月 15 日本宣布战败，日本国内一直处于法西斯军事政府的高压政策控制下，言论、出版和创作自由都受到极大的限制。1945 年日本战败，美国军队进驻日本，开始对日本实行长达 7 年的军事管制。日本也由此进入了又一次大量吸收外来文化的时期。与上述两个时期不同，这个时期的开放和吸收不是日本政府自上而下主动实施的，而是在美国政府的压力下以及日本国内勃发的战后思想解放狂潮下促成的。当时的美国军队是以清除日本国内残存的帝国主义和法西斯主义、实行民主化和非军事化、在日本建立自由和民主主义国家的名义进驻日本的。在日本的历史当中，日本的国民还从未拥有过 1945 年战败后那样在精神上获得充分自由（尤其与战争年代的精神控制相比）的时代。战后初期活跃的文坛现象是有其背景原因的：战争中日本国内实行强权政治，言论、出版自由受到遏制；在严格的审查制度下，只有符合法西斯强权政治利益的言论、作品才被准许公开发表；左翼派别及以自由主义为宗旨的新闻杂志都被勒令停刊，相关的作家或是被捕入狱，或是保持沉默。战争期间，日本国民从有限的媒体报道中知

---

① "物哀"，日语原文为"もののあはれ"或"物の哀れ"。日本文艺审美理念之一。自本居宣长（日本江户中期的国学家、歌人）以此对《源氏物语》中的特性作出规定后，"物哀"成为把握平安时代文艺本质的概念。指通过理性与感情的协调而产生的优雅细腻、深沉的情趣。

② 即九一八事变，又称沈阳事变。1931 年 9 月 18 日，日本驻中国东北地区的关东军突然袭击沈阳，制造"柳条湖事件"，发动了对中国东北的战争，从而导致了日本走上全面侵华的道路。这次事件爆发后的几年时间内，东北三省全部被日本关东军占领。

道的只是政府的意见，民众精神领域的生活极其单调、压抑。因此从战争后期到日本宣布战败，日本的读者层极度渴望自由的文学和自由的见解，精神上的饥饿使得战后的任何出版物都会被人们贪婪地阅读。其次，战后满眼的废墟景象、精神上的空虚和痛苦、到处弥漫的绝望氛围使得人们如饥似渴地寻求能够帮助自己从战后"废墟"中挣扎出来的信念和途径。战后初期，日本原先的国家权力机构和社会组织已全盘崩溃，在混乱的社会状况中，日本国民急切地呼唤新媒体的出现。新媒体的出现首先是以众多杂志的复刊和创刊为标志的。从战败当年的 1945 年到第二年初，战争中停刊的《新潮》①、《文艺春秋》②、《中央公论》③、《改造》④等杂志陆续复刊。此外，还有许多新杂志创刊，如《近代文学》、《新日本文学》⑤、《世界文学》、《群像》⑥等。许多战后作家都在上述杂志连载发表小说，使得杂志的影响更为广泛和深远。这些杂志大都具有顺应新时代的、开放的和强烈的民主主义的倾向。回顾当时杂志上刊载的作品，有很多是内容严肃、思想深刻的评论和小说，还有许多内容深奥的哲学论文也被当时的读者竞相传阅。

　　日本战后新媒体的出现以及战争中被迫停止活动的旧媒体的复苏为战后文学运动的勃兴提供了展示的平台。当然，要将战争中及战后残酷的经历反映到文学作品中还需要一定时日的酝酿和

---

　　①《新潮》，日本文艺杂志。1904 年由新潮出版社创刊，经历了二战期间的停刊和战后的复刊后，直至今日。

　　②《文艺春秋》，日本大众杂志。1923 年由日本作家菊池宽创刊，系文艺随笔杂志，后转变为以中间读者层为对象的综合性杂志，曾发表获芥川奖、直木奖的文艺作品。

　　③《中央公论》，日本综合性杂志的一种，月刊。1887 年创刊，初称《反省会杂志》，1899 年改为今名。在泷川樗阴任编辑时成为日本权威性的综合杂志。

　　④《改造》，日本综合性杂志。登载激进文章，为日本的社会主义运动作出过贡献。1919 年创刊，1944 年被日本军事当局取缔，1946 年复刊，后于 1955 年停刊。

　　⑤《新日本文学》，日本新日本文学会的机关文艺杂志。1946 年由中野重治、宫本百合子等人创刊，存续至今。

　　⑥《群像》，日本文艺杂志。日本讲谈出版社于 1946 年创刊至今。

创作。所以，战后最早的文学运动是新媒体的诞生和战前就已知名的文学大家重新活跃于文坛。而真正代表"战后时代"的，被称作"战后派"的作家们的登场比在战前已经成名的作家战后重新亮相，普遍晚一两年。野间宏是日本战后派作家中的一员、旗手式的人物。从日本宣布无条件投降的第二年起，包括野间宏在内的一批从20世纪30年代开始文学创作、但还未成名的作家在日本战败后国内的民主主义气氛中开始活跃起来，给战争时期以来有名无实的日本文学界注入了新的活力。战后派作家群体的创作虽然各有特点，但无论从作家的人生经历还是创作内容来看都有许多相似的地方。他们战前大都接受过马克思主义的洗礼，战争期间在天皇专制主义重压下身心受到摧残，内心隐藏着一种不屈从战争和专制权力的反抗力量。他们是战争的目击者甚至是参与者，同时也是战争的受害者。战争中的经历和体验，对他们战后的文学创作方向起到了决定性的作用。战后派的作家们大都对同时代西欧的文学创作方法具有较深的修养，受过这方面的良好教育，日本战败后的社会现实使他们在创作上乐于接受西方存在主义哲学思想的影响，作品中呈现探索自我存在的意义以及探求现实世界深层含义的倾向，逻辑性和思辨性较强。这批作家除野间宏外，还包括椎名麟三、武田泰淳、梅崎春生、埴谷雄高、中村真一郎、福永武彦和堀田善卫等。战后文学评论家本多秋五在《物语战后文学史》中对他们的文学创作业绩作了肯定性的评述，并且概括了战后派文学的四个特点：一是与政治和文学有关的极为强烈的问题意识；二是存在主义的倾向；三是表现了超越以"私小说"为代表的日本传统写实主义的意愿；四是小说视野的扩大，涉及政治、外国、性、军队、天皇制等方面的内容。①

---

① 上述观点概括自『物語　戦後文学史（全)』、新潮社、1966年　第一部。

伊鲁梅拉·日地谷＝奇鲁舒涅莱特[①]在文章《日本的知性风土'45—'85——从战后文学的视角观察》中，将战后文学按作家的群体划分为五类：第一类是在战前文坛已确立地位的作家们。他们大都在战争中保持了沉默，创作风格和战前没有太大区别。在这些作家中有些在战争中是拒绝和日本军国主义政府合作的，像永井荷风和谷崎润一郎等。而川端康成、高村光太郎和正宗白鸟等作家则多多少少参与了鼓动战争的文学创作。面对战后的现实，这批人的策略和战争中一样，就是逃避到审美主义中去，寻求一种"更为纯粹的"、理想化的古典日本。第二类是被称为"积极的行动主义者"的作家群体。他们原先都信仰过马克思主义，但在战争中经历了"转向"[②]，基本上都有参与战争的经历。他们的文学起步都是在日本战后。这就是指包括野间宏、武田泰淳、埴谷雄高、大冈升平、梅崎春生、中村真一郎、岛尾敏雄等在内的"战后派"作家。第三类是被称作"战中派"的稍微年轻一点的作家们。他们在战争中成长，被灌输了军国主义的思想和价值体系，但是没有直接参与战争。他们中有三岛由纪夫、安部公房，还有被称为"第三新人"的新一代作家们。他们大都在战争中过着与战争理念无关的日常生活，作为朴素的个人度过了战争年代，因此对于他们来说战争并不是那么值得关注的事。第四类是在日本战败时还未长大成人的作家群，像大江健三郎、开高健等。这批作家中的一些人从 20 世纪 50 年代末期开始发表作品，他们从事小说创作的动机以及对二战的看法和上一代作家比起来有一定的

---

① 德国特里尔大学近代日本学教授，专业方向是日本近代文学、日本文艺评论、日本社会语言学。《日本的知性风土 1945－1985——从战后文学的视角观察》被收录在《从文学看两个战后－日本和德国》一书中。笔者参考的是该书的日译本，文章题目是「日本の知的風土'45～'85－戦後文学から見る」

② 转向，指共产主义者或是社会主义者在战争期间日本国内的军国主义权势的压迫下放弃原来的信仰。

差距。河野多惠子、加贺乙彦、森村诚一属于这类作家。第五类是战后出生的作家群体。他们与以往在文学作品中反映二战的作家群体有很大不同，对于他们来说战争不是小说创作直接关注的对象，在他们的作品中很少见到与战争直接相关的内容。例如村上龙的作品《战争开始于海的另一侧》（『海の向こうで戦争が始まる』，1977 年）中只是抽象地涉及了战争的话题。①

　　同属第二类作家群体的"战后派"作家们，除了具备前文叙述过的共性外又各具特色。武田泰淳注重从历史小说的空间里寻求小说创作的新视野；椎名麟三试图从存在主义的视角探讨人生存的本质；中村真一郎通过新心理主义和意识流的手法营造自己独特的"全体小说"的空间等。野间宏的创作思想大致可概括为三点：一是严格自律，努力使自己的小说不陷入"私小说"的范畴；二是立志超越日本近代文学大家岛崎藤村②的长篇小说《家》③和有岛武郎④的《一个女人》⑤中对人物的设置和描写；三是对"全体小说"理论的构想、实践准备、理论构建和小说创作上的最终

---

　　① 以上观点引自伊鲁梅拉·日地谷＝奇鲁舒涅莱特的文章《日本的知性风土 '45—'85—从战后文学的视角观察》，アーネスティン・シュラント、J・トーマス・ライマー編、大社淑子等訳、『文学に見る二つの戦後 （日本とドイツ）』、朝日新聞社、1995 年、135—137 頁

　　② 岛崎藤村（1872—1943），日本诗人、小说家。本名春树，生于日本长野县，明治学院毕业。作为浪漫主义诗人开辟了日本近代诗歌的新时期，后成为日本自然主义文学的代表作家。在随笔、游记和童话方面也有独特的贡献。著有诗集《嫩菜集》和小说《破戒》、《春》、《家》、《新生》、《黎明前》等。

　　③《家》，日语原名为"『家』"。长篇小说，岛崎藤村著，1911 年发表。描写了两个大家族从颓废走向没落的大约 10 年左右的过程。小说直面封建式旧家族的问题，显示了作家典型的自然主义手法，从而使这部小说成为日本自然主义文学最具代表性的作品。

　　④ 有岛武郎（1878—1923），日本小说家。生于东京，日本札幌农学校毕业，曾留学美国。日本大正时代的白桦派代表作家。参与创办《白桦》杂志，著有小说《该隐的后裔》、《一个女人》等。

　　⑤《一个女人》，日语原名为"『ある女』"。长篇小说，有岛武郎著，1919 年出版。以明治社会为背景，叙述了因追求自由而走向破灭的女性悲剧。

完成。

　　野间宏是一位能够促使人们对战后文学产生浓厚兴趣的作家。野间宏在战前发表过一些诗歌和短篇小说，但真正成名是在日本的战后文坛。被本多秋五[①]誉为"战后文学第一声"[②]的代表作《阴暗的图画》于1946年4月到10月以连载小说的形式发表在杂志《黄蜂》[③]上。最早对《阴暗的图画》表示赞赏的是《近代文学》[④]的同人之一——平野谦[⑤]。但在作品发表的当初，平野谦也曾表示未能充分地理解小说的内容；随着时间的推移，平野谦后来表示能够从作品中读出很多值得回味的内容。野间宏的文学创作大致可分为三个时期。第一个时期为发表小说《阴暗的图画》之前。野间宏从中学时代起就发表了大量的诗歌、散文，大学时代开始发表小说和评论等，这些作品展示了一个文学青年学习文学创作的实践过程，其中没有太多具有影响力的作品。但是这一阶段的大量创作实践无疑为野间宏在战后文坛的飞跃打下了牢固的基础。第二个时期是从1946年初发表《阴暗的图画》起到1948年初。短短的两年时间里，野间宏集中创作了8部中短篇小说，

---

　　① 本多秋五（1908－2001），日本文艺评论家。生于日本爱知县，东京大学毕业。在日本近现代文学的研究方面，尤其是在文学作品中的转向问题、白桦派文学的研究以及战后文学论方面成果卓著。著有《转向文学论》、《战后文学史论》和《物语 战后文学史》等论著。

　　② 提法见『物語　戦後文学史（全）』、新潮社、1966年、118頁

　　③《黄蜂》，杂志名称。创刊于1946年4月，是日本战后创刊较早的同人文艺杂志，杂志经营者为寺田俊雄，杂志主要编集人为其弟寺田守。野间宏是最早在《黄蜂》上发表作品的作家之一。

　　④《近代文学》，日本文艺杂志。1946年由荒正人、平野谦等人创办，是一种宣传和评论日本战后文学的重要文学期刊。杂志发行期间，积极发表和参与日本战后文坛有关转向问题、文学主体性论争以及世代论等重要文学论题的探讨，成为日本战后文学的里程碑式的象征。1964年杂志停刊。

　　⑤ 平野谦（1907－1978），日本文艺评论家。本名平野朗，生于日本东京，东京大学毕业。作为《近代文学》杂志的同人，对政治与文学的关系、"私小说"以及昭和文学史提出了独到的见解。著有评论《战后文艺评论》、《岛崎藤村》和《艺术与生活》等。

这些作品以探讨人内心深处的"肉体意识"①和个人主义问题为焦点，是一批极具社会影响力的、真实反映日本战后现实的作品。这八部小说分别是《阴暗的图画》（1946 年）、《两个肉体》（1946年）、《濡湿的肉体》（1947 年）、《脸上的红月亮》（1947 年）、《地狱篇第二十八歌》（1947 年）、《残像》（1947 年）、《悲哀的欢乐》（1947 年）、《崩溃感觉》（1948 年）。第三个时期是从 1948 年初以后，一直延续到 20 世纪 80 年代。这期间发表的主要是长篇小说，有以现实主义的笔触描写日本军队"内务班"②真实面貌的《真空地带》（1952 年）、以股市青年操盘手为主人公，描写资本主义体制阴暗面的《骰子的天空》（1966 年）、还有包含部分自传内容的、描写徘徊在佛教思想和社会主义思想之间的青年形象的《我的塔矗立在那里》（1970 年）、以及被称作是野间宏"全体小说"的《青年之环》（1971 年）等。从上个世纪 70 年代末到 80 年代，野间宏积极参与各种社会活动，创作视角呈现多元化的特点。小说创作方面有关注部落解放问题的《狭山审判》以及没有最终完成的长篇小说《生生死死》等。本书研究的主要是野间宏自 1946年发表《阴暗的图画》起到 1971 年《青年之环》最终完成为止的创作活动。

在野间宏战后近 30 年的创作生涯中，长篇小说《青年之环》的创作尤为引人注目。《青年之环》中的小说时间是二战期间日本国内施行国家总动员法，国民的精神和生活物资分配都处于战时日本政府控制下的（1939 年）的三个月。小说以"白昼生活派"矢花正行和"夜的思考派"大道出泉的对立为主线，展开了关于"受歧视部落问题"、"战争问题"，"个人和全体的问题"、"家的

---

①"肉体意识"指野间宏战后初期系列作品中有关人的本能欲望方面的描写。

②"内务班"指第二次世界大战期间旧日本军队陆军兵营日常生活上的一个编制单位。由 30－40 名士兵组成，班长为军曹或伍长。

问题"，"生和死的问题" 的描绘。《青年之环》第一部和第二部分别于 1949 年和 1950 年由日本河出书房出版发行，而小说第三部的发行则是 12 年后的事了，1971 年完整的六部五卷本的《青年之环》出版发行时，距离最初第一部的出版已过去了 22 年。《青年之环》的创作可以说是贯穿了野间宏文学创作的鼎盛时期，这部被称作是野间宏的"全体小说"的长篇巨著具有什么样的特点？作品的创作为什么会中断？为了最后完成这部 320 万字的巨著，野间宏经历了怎样不懈的努力呢？野间宏的其他小说创作和《青年之环》的创作之间又有着怎样的联系？野间宏在小说创作理论的完善和实践创作中是怎样保持统一协调的？有关这些问题的解答正是本书将要研究的课题。

　　在探讨上述问题之前，笔者首先对野间宏的"全体小说"概念进行界定。本书将要研究的"全体小说"是野间宏根据法国小说家和文学理论家萨特[①]的小说创作理念、结合自己独特的创作思想和实践经历形成的小说创作理论，可以说是野间宏特有的小说形式，是一种狭义的"全体小说"。在战后文坛，有不少作家的作品也被冠以"全体小说"之名，如同属 "战后派"作家群体的武田泰淳，因在小说创作中注重从历史、社会等方面塑造人物形象，他的小说被称作"全体小说"；中村真一郎借助西方心理主义以及意识流的手法，注重从心理和意识层面营造自己独特的"全体小说"的空间等。这些"全体小说"各具特色，属于广义的"全体小说"。1988 年由日本至文堂出版发行的《文艺用语的基础知识》一书中直接将"全体小说"定义为野间宏通过《青年之环》的创作实现的一种小说理论。该词条的解释如下："全体小说：即 roman

---

　　[①] 萨特（1905－1980），法国哲学家、小说家。存在主义哲学思想的代表人物。一生积极参与社会、政治活动，拒绝接受 1964 年的诺贝尔文学奖。著有小说《厌恶》、《自由之路》（未完），哲学论文《存在与虚无》和剧本《群蝇》等。

total（法语）。【原义】萨特主张的小说理论，《自由之路》①就是该理论的试验性作品。在日本，野间宏对该理论进行了独特的发展，在《萨特论》论述的基础上，通过长篇小说《青年之环》实现了'全体小说'理论的实践创作。这是一种将人物生存的总体通过文学作品完整展现的尝试。"②

## 第二节　相关先行研究

### 一、日本的先行研究

　　日本有关野间宏的先行研究主要分三个时期：第一个时期是野间宏在日本战后发表第一部小说后不久即20世纪四五十年代；第二个时期集中在20世纪六七十年代，这个时期关于野间宏的评论最为集中，也是野间宏文学趋于成熟的时期；第三个阶段是20世纪80年代至今，关于野间宏的评论散见于个别论著或是杂志的关于战后文学和野间宏文学的专刊中。

　　在第一个时期，野间宏发表了系列初期作品，针对以《阴暗的图画》为代表的初期作品群的评论中，最具代表性的莫过于来自平野谦和本多秋五的评论。平野谦和本多秋五都是战后初期活跃于日本文坛的"战后派"评论家、《近代文学》杂志团体的同人。最先对野间宏文学作出肯定评价的是平野谦，他在题为《野间宏》的文章中这样写道："读了野间宏的《阴暗的图画》后……作品给我留下了深刻的印象，那就是新的作家出现了。作品中有着明确的独特的文学思考，小说中还充满了深厚的文学素养和技

---

①《自由之路》，萨特的小说作品，被认为是萨特"全体小说"的实践之作，没有最终完成。

② 長谷川泉、高橋新太郎編集、『'88 五訂増補版　文芸用語の基礎知識』、至文堂、1988 年、446 頁

巧……。"①本多秋五在同样题为《野间宏》的文章和编辑撰写的
《物语　战后文学史》中，都是以热烈而肯定的态度评价野间宏的
文学创作的，尤其盛赞野间宏于战后 1946 年发表的第一部小说
《阴暗的图画》是"战后派作家的第一声，从某种意义上讲是战
后文学全体的第一声"②，极大地肯定了野间宏战后初期的创作，
并明确了野间宏在战后文坛的旗手地位。本多秋五认为："该小说
的主题是一种特定意义上的'对自我完成的努力的肯定'——指
学习了共产主义学说的青年知识分子，在国内外情势险恶的岁月
里，寻找一条既不成为叛教③者也不成为殉教者的道路。这是一条
不知是否存在的新的道路。"④在 1946 年 10 月召开的新日本文学
会第二次大会上，宫本百合子⑤在题为"文坛及文学的一般形势"
的报告中是这样评价《阴暗的图画》的："在无产阶级文学运动时
代，文学上没有采用这样的方式描写关于知识分子的问题。关于
知识分子的道路问题似乎都被简单化了。他们要么加入了无产阶
级阵营，作为同行者，要么固守反动，要么甘于落伍。在文坛上
有一些作家，比如有岛武郎、芥川龙之介，虽然他们竭力将自身
的命运与人民解放运动紧密结合起来，但他们在知识分子阶层与
民主精神发展的相互关系这一主题上，不具备将它们作品化的力
量。并不是因为这两位作家的才华不够，而是当时整个日本文坛
中关于社会与文学关系的认识尚未成熟。"可以看出，宫本百合子
充分肯定了《阴暗的图画》在将知识分子的命运和革命真正、积

---

① 平野謙著、「野間宏」、『野間宏全集』別卷、『野間宏研究』、筑摩書房、1976 年、
39 頁

② 本多秋五著、『物語　戦後文学史（全）』、新潮社、1966 年、118 頁

③ 此处的"教"指马克思主义的信仰。

④ 本多秋五著、『『暗い絵』と転向』、『転向文学論』、未来社、1957 年、234 頁

⑤ 宫本百合子（1899－1951），作家。生于东京，1927 年至 1931 年在苏联，回到日本
后担任无产阶级作家同盟常务委员。日本战后，成为民主主义文学运动的领导人物。作品
有小说《贫困的人群》、《伸子》、《播州平原》和《道标》等。

极地结合的方法作为主题并展开描写这一点上对战后文坛具有的突出意义。与上述评论持不同观点的是吉本隆明①，他在 1957 年发表的《战后文学走向何处》(「戦後文学はどこへ行くか」)一文中，从战争责任论的观点出发，认为《阴暗的图画》属于"转向者和战争旁观者的文学"②。此外，以《两个肉体》和《濡湿的肉体》为代表的野间宏的战后初期系列小说曾受到来自日本共产党内部的批判。以当时的日共总书记德田球一为代表的所有与文学创作活动相关的党内人士围绕《濡湿的肉体》，就其中有关"肉体意识"的探讨和两性关系的露骨描写对野间宏进行了严厉的质问。当时在日共党内几乎没有人理解野间宏探究"肉体意识"的深层原因，而且党内也没有形成一种正确评价文学作品和文学家的形式和方法。党内人士一致从党派的道德主义出发，指责野间宏的作品是一种颓废的作品。发表于 1948 年的《崩溃感觉》一般被认为是野间宏战后初期创作的巅峰之作，作品中蕴涵的爆发力和对因战争而扭曲了的人性的描写给当时的日本读者以强大的震撼力。总体说来，这一时期的评论界对野间宏的初期作品的评价主要集中在以下几点：一是小说中使用的独特的、带有粘质感的语言风格；二是小说中缜密的心理描写；三是对男女两性关系的大量描写；四是小说中特别的叙事方式，使得外部世界和人的内心世界的交流成为可能，甚至让读者有时光倒流的感觉。野间宏的创作手法和技巧给所有初次阅读其作品的读者以震撼的感觉，因为有些手法和技巧是战前的日本作家没有在作品中尝试过的。

集中和完整地对野间宏文学进行评论的时期是 20 世纪六七

---

① 吉本隆明（1924—　），评论家。生于东京，东京工业大学毕业。早期创作以自我探究为内容的抒情诗，后从事评论诗人高村光太郎、无产阶级文学诗人的战争责任问题等，对日本战后的思想具有独到的见解，是非日共党员的左翼理论家。主要著作有《高村光太郎》、《艺术的抵抗和挫折》、《抒情的逻辑》等。

② 松原新一等著、『戦後日本文学史・年表』、講談社、1985 年、107 頁

十年代。其中最值得关注的是日本筑摩书房从 1969 年 10 月开始陆续出版的《野间宏全集》，到 1976 年 3 月《野间宏全集》中的最后一本——别卷《野间宏研究》问世，其间经历了近 7 年的时间。《野间宏全集》涵盖了野间宏一生中大部分的文学创作，有小说、诗歌、评论和随笔等，是野间宏文学研究者必备的第一手资料。《野间宏全集》共 22 卷，每卷后面都附有对本卷的野间宏作品进行评论的文章，大多数是针对某部作品或某个时期的创作而作的评论。别卷《野间宏研究》收录了有关野间宏文学的研究文章 28 篇，大都是从 20 世纪 50 年代到 20 世纪 70 年代的代表性评论。因为野间宏的多部长篇小说在 70 年代初期已基本完成，所以其中的 60 年代和 70 年代的评论对了解野间宏的整体创作极具参考价值。这部分评论可以说是野间宏文学先行研究的重要组成部分，其余同时代的评论散见于当时的杂志和报刊上，如杂志《近代文学》、《新日本文学》、《国文学 解释与鉴赏》、《群像》、《文学评论》，以及报纸《朝日新闻》和《每日新闻》上，大部分评论和解说都是针对野间宏在某一阶段创作的作品或是对某部作品所作的解析。在野间宏研究文章的汇编方面，1977 年由日本笠间书院出版发行的药师寺章明编著的《野间宏研究》最具权威，其中收录了几乎所有关于野间宏文学评论的文章简介。1971 年完整版的《青年之环》六部五卷本由日本河出书房正式出版发行后，关于这部长篇巨著的评论犹如潮水般涌来，其中具有代表性的评论如下：埴谷雄高在 1971 年 3 月 5 日的《朝日新闻》上发表了题为《改变文学发展趋势的〈青年之环〉全六部五卷》的文章。埴谷雄高认为，《青年之环》在小说语言的变革和小说结构的方法论等方面包含了对近代以来的日本文学全体的批判意味；小说中对出场人物在个体思想的引导下产生行动的描写，曾经是以往的日本文学创作中最为棘手的部分；而在《青年之环》中，通过这个自由的行动以及这个行动上体现的"全体"，众多出场人物的自由和"全体"得以接触并碰撞,从而形成了完整的小说"全体",小说从而得以充分展现了当时的社会——一个充满了危机和变化的时代。为此,埴谷雄高认为,《青年之环》是真正意义上的现代小说和"全体小说",并称《青年之环》丰富的作品世界是日本传统的"私小说"和自然主义文学作品遥不可及的。1971 年 9 月发表于杂志《批评文学》4 号上的圆谷真护的论文《"全体"和人——论野间宏的〈青年之环〉》中有专门的章节提及了"全体小说"和"全体"的问题。圆谷真护认为《青年之环》是日本首部"全体小说",并且称小说中出现的主要人物为"全体的人";他认为"全体小说"就是描写"全体的人"为了获得"人的全体"而不断奋争的过程的小说,这种小说的特点是非连续性和连续性的统一以及微观和宏观的统一。1975 年发表于杂志《文艺展望》第 10 号上的加贺乙彦的《音乐和秘密·〈青年之环〉》对《青年之环》在日本文学史上的地位进行了高度评价。加贺乙彦认为《青年之环》是自日本现代小说的顶峰之作——夏目漱石的《明暗》之后又一部具有里程碑地位的长篇小说,是当时及以后的众多文学创作者难以超越的顶峰。和《明暗》不同的是,野间宏和小说中的人物关系极为密切,小说的行文让人感到野间宏渗透到了人物的精神和肉体当中进行描写,而《明暗》的作者夏目漱石则是站在一定的高度上对小说人物进行解析;和《明暗》是在《文学论》的指导下进行创作一样,《青年之环》和《萨特论》之间也存在着实践和理论的关系。加贺乙彦由此指出,野间宏继承了由夏目漱石苦创开拓的小说创作方法。菅野昭正在 1976 年 5 月的《岩波讲座 文学 7》上发表的论文《对全体性的构想》中称:在现代日本小说中,以"全体"的志向为中心贯穿整部小说创作的代表作品首推野间宏的系列小说,特别是《青年之环》。①

---

① 以上日本文学界关于《青年之环》的评价均参考自药师寺章明编著的《野间宏研究》,日本笠间书院,1977 年,491－936 页。

此外，20 世纪六七十年代以完整的论著形式评述野间宏文学创作的主要有：1969 年由日本审美社出版的《野间宏论》，作者渡边广士；1971 年由日本新潮社出版的《野间宏论》，作者兵藤正之助；1978 年由日本讲谈社出版的《野间宏论——到达"日本"的螺旋型阶梯》，作者小笠原克。

1987－1988 年由岩波书店发行的《野间宏作品集》共 14 卷，除刊有筑摩书房版《野间宏全集》中的大部分主要作品外，还增加了 70 年代后期到 80 年代野间宏发表的诸多评论和未完成的小说。20 世纪 80 年代以来的野间宏文学研究专著主要有 1994 年日本彩流社出版的《野间宏论》，作者山下实；2004 年日本勉诚出版公司出版的《野间宏——人和文学》，作者黑古一夫等。还有野间宏去世的当年，1991 年由河出书房新社出版、《文艺》杂志编辑部编撰的《追悼　野间宏》，此书的内容主要是关于野间宏生平的介绍、回忆和主要作品的概述等。同年的 3 月和 10 月，《新日本文学》杂志还发行了纪念野间宏的专刊，专刊的标题分别是"追悼　野间宏"以及"野间宏的视线指向"，在"野间宏的视线指向"专刊中有两篇文章涉及了"全体小说"的话题：分别是渡边广士的《〈青年之环〉是哪种意义上的全体小说》和竹内泰宏的《全体小说论和萨特批判》。前者主要分析了《青年之环》之所以为"全体小说"的几个特点，主要是从小说的故事构造的角度进行了分析。《全体小说论和萨特批判》则是从野间宏的"全体小说论"——《萨特论》中评述萨特观点的角度探讨了野间宏"全体小说论"的特点。这两篇文章对理解野间宏的"全体小说论"的形成和内容特点都有帮助。2001 年 11 月《新日本文学》又发行了纪念野间宏逝世十周年的专刊《野间宏　逝后十年》。

在上述的野间宏研究论文和专著中涉及野间宏"全体小说"创作的论述主要体现在对《青年之环》作品的分析和对"全体小说论"——《萨特论》的内容分析中。在日本，还没有完整地结合野间宏的战后创作活动研究野间宏"全体小说"的研究专著。有些专著如山下实的《野间宏论》，虽然以"向全体小说进发的阶梯群"为副标题，对野间宏自战后发表的主要作品逐个进行了分析，但是没有明确指出作品间的内在联系，书中也很少结合野间宏本人的文学创作论对"全体小说"的实践创作进行分析。笔者认为野间宏的文学创作论是研究野间宏整体创作内在连贯性的极好的参考资料，相关资料大都集中在筑摩书房版的《野间宏全集》第 13 卷到第 22 卷中。对于野间宏的"全体小说论"——《萨特论》的研究以及《青年之环》与《萨特论》之间的关系研究也只是散见于一些专著的单独篇章或是学术论文中，大都以独立的作品论的形式出现。而联系日本近现代文学的创作特点探讨关于野间宏的"全体小说"创作在战后文学中的地位和作用的论述文章就更为少见。这些内容都是笔者将在本书中着重研究的论题。在上文提及的研究书目中，有少数论著的篇章提及了野间宏的"全体小说论"和《青年之环》创作间的关系。如渡边广士的《野间宏论》的第十章"《青年之环》与《萨特论》"中提及了《青年之环》的创作与《萨特论》之间的关系，但是由于渡边广士写作这部专著的时候野间宏还没有最终完成《青年之环》，所以对于《青年之环》的整体把握还有欠缺，对两者之间的关系论述也不够充分。兵藤正之助的《野间宏论》中，最后一个章节谈到了从《崩溃感觉》到《青年之环》创作时期野间宏在文学理论方面的变化，涉及到了战后初期作品与《青年之环》之间的联系，但是主要偏重于介绍野间宏的创作理念的转变，对小说创作本身的分析较少。不过，这一章中谈到的《骰子的天空》和《青年之环》之间的联系对笔者选择相关小说、开展论述有所提示。

正如上文曾经提到的，野间宏除了创作作品外还写了大量的文学创作论，这些文学创作论和后来的《萨特论》之间有着密切的内在联系，可以看作是《萨特论》创作前的理论积累。结合这些文论分析野间宏的作品就能较为清晰地看出野间宏整体创作的轮廓，但是在日本国内还没有专著进行过这样的综合研究。

## 二、国内的先行研究

中国国内对于野间宏的介绍和评价最早是在 1956 年，当年由萧萧翻译的野间宏的"反战小说"——《真空地带》中译本由作家出版社出版发行，翻译所依据的是 1952 年日本河出书房的版本。《真空地带》是野间宏的作品中被翻译成外国语言最多的作品，也是影响最为广泛的一部作品。该译本中的"译者后记"可以说是我国早期对《真空地带》以及野间宏创作进行评价的文章，其中提到了苏联文学评论家李伏娃对《真空地带》的评价，也基本上代表了当时中国评论界的意见。李伏娃认为"野间宏的功绩之特别伟大，在于日本文学到现在为止，实际上不曾有过一部作品像他这部作品这样完全地、全面地，同时站在民主的立场来说明日本军队对日本的命运曾经起过巨大而且恶劣的影响。《真空地带》第一次写出那个一向——无论在投降前，或投降后——都被秘密禁止的主题。"[1]萧萧认为这是一部"具有高度的现实主义和政治意义的反战小说"[2]，可以看出当时主要是从小说具备的历史和政治意义的角度对《真空地带》加以评述的。三年后即 1959 年由人民文学出版社再版的《真空地带》中译本的前言是由刘振瀛先生撰写的。前言中除了对《真空地带》作出评述外，还对野间宏的战后初期创作进行了简单的评价。刘振瀛先生认为《真空地带》是一部"有着巨大意义的反战作品"[3]；"作家野间宏，以现实主义的巨大才能，以新的民主主义的观点，第一次全面地、无

---

① 见中国杂志《译文》第 17 期栗斛译《为和平而斗争的日本进步文学》，原文载于苏联科学院出版社出版的《苏联科学院报语言文学部分》，1953 年第 7 卷第 5 期。

② 萧萧著，《译后记》，《真空地带》，作家出版社，1956 年，389 页。

③ 刘振瀛著，《前言》，《真空地带》，人民文学出版社，1959 年，2 页。

情地将这种罪恶制度暴露于光天化日之下"①;"读者在读这部作品时,将为本书的紧张情节及生动的人物形象所吸引,不由得一口气读完。"②刘振瀛先生同时也指出了《真空地带》的不足之处,即"把军队作为与社会隔绝的孤立的东西来描写,而没有把它和当前的社会联系起来。"③关于野间宏的战后初期创作,即《阴暗的图画》、《脸上的红月亮》、《崩溃感觉》和《青年之环》第一、二部的创作,刘振瀛先生认为"虽然描写的多半是知识分子在战时或战后的日本现实中主张保持'个性的尊严'而不可得的烦恼……在作品中或多或少流露出悲观的情调;但所有这些作品总的倾向还是紧密地反映着日本现实,对军国主义社会及侵略战争发出了强烈的谴责。"④

此后关于野间宏文学的相关评论出现在 1988 年由辽宁人民出版社出版的李德纯先生的《战后日本文学》中。这部书有对应的日文版,书名是《战后日本文学管窥——从中国的观点出发》(『戦後日本文学管窺——中国的视点』)。作者从一个中国学者的视角出发对日本战后文学,特别是涉及日本战后社会和战争内容的作品予以了高度重视。李德纯先生对野间宏的几部代表作进行了概括性的评价。他认为《真空地带》比战后派其他作家的同类题材的小说有了新的进步,把对法西斯军队的反思上升到了较高层次,由此拓宽了日本文学审视生活的艺术视野,促发了当时的日本读者对时代、社会和人生进行认真的反思。关于《阴暗的图画》,李德纯先生认为野间宏没有着意于小说故事情节的设置,而是将笔触深入人物内心,写出了心理上的矛盾和冲突,使得人物

① 刘振瀛著,《前言》,《真空地带》,人民文学出版社,1959 年,6 页。
② 刘振瀛著,《前言》,《真空地带》,人民文学出版社,1959 年,9 页。
③ 刘振瀛著,《前言》,《真空地带》,人民文学出版社,1959 年,2 页。
④ 刘振瀛著,《前言》,《真空地带》,人民文学出版社,1959 年,2—3 页

形象丰满和立体化。对于《脸上的红月亮》李德纯先生也给予了高度的评价，认为作品的主人公北山年夫面临的不只是现实的痛苦选择，更多的是对历史的反思，因而具有战后派文学的鲜明特征。李德纯先生对野间宏的总体评价是："野间宏在不少作品中，把自己的思考与视野扩大到对历史和现实的纵横观察上，通过风云满卷的描绘，渲染了那场对外侵略战争带给日本民族的劫难。特别是在抚今追昔的微波余澜中，在酸甜苦辣的回味中，有发人深省的袅袅余韵和难以抚平的伤痕。"①

　　1991 年由春风文艺出版社出版的于雷先生翻译的《日本反战爱情小说集 脸上的红月亮》中收录了野间宏的《脸上的红月亮》。这部书的总标题其实就是对《脸上的红月亮》的一种评价，即"反战爱情小说"。在于雷先生撰写的前言中提到，《脸上的红月亮》"吸取了意识流和象征的现代派手法，侧重于写心灵的颤动、感情的激越"②，但是"小说对人性的剖析过度惨绝"③。在《脸上的红月亮》译文前的关于野间宏的介绍中，于雷先生提到，包括野间宏在内的战后派作家的作品是"一扫战前'心境小说'、'私小说'那些绮靡琐细的风格，在不同程度上反映了作品的社会性；并且在创作手法上，吸取了西方现代派的心理分析，意识流、荒诞、象征等手法，给日本文坛带来了新的生气。"④

　　在叶渭渠和唐月梅编著的《20 世纪日本文学史》（青岛出版社 1998 年）中对野间宏进行了较为详细的介绍和评价。在该书

---

① 李德纯著，《战后日本文学》，辽宁人民出版社，1988 年，59 页。

② 于雷著，《前言》，《日本反战爱情小说集 脸上的红月亮》，春风文艺出版社，1991 年，2 页。

③ 于雷著，《前言》，《日本反战爱情小说集 脸上的红月亮》，春风文艺出版社，1991 年。

④ 于雷著，《译文脸上的红月亮》，《日本反战爱情小说集 脸上的红月亮》，春风文艺出版社，1991 年，1 页。

第七章"战后文学的重建与发展"的第一节中提到,《阴暗的图画》是"揭示了知识分子在军事法西斯的黑暗统治下的迷茫、苦闷、痛楚和苦苦地'探求自我的完成',隐喻地表露了从自我丧失到自我完成的挣扎,暴露了背后压迫着自我的沉重的社会桎梏。"①关于《脸上的红月亮》和《崩溃感觉》的评价是:"描绘了战争给人们的精神和肉体留下的伤痕,以及探讨战争对人性的泯灭,成为野间宏初期的代表作。"②关于《真空地带》,作者认为野间宏是带着明显的反对帝国主义的目的意识创作的作品,这部作品"标志着野间宏已经建立了一个崭新的战争文学观,并完全确立了政治和文学结合的新方向……将日本现代文学推向一个新的艺术高峰。"③文中还提到了《青年之环》的创作,认为它是"作家(野间宏)在部落民的斗争与阶级斗争结合的错综复杂和多变的环境中,在整个激荡的历史中,深入地探索和揭示了性、家、宗教、部落民解放等日本社会重层结构的整体问题,同时成功地塑造了一个革命者的自觉形象。"④该书对野间宏的总体评价是:"野间宏的整体创作既重视客观的外部世界的描写,坚持现实主义的创作方向,同时又注重挖掘人物的内心世界,借助西方的象征主义、心理主义、意识流和存在主义等流派技法充实和发展了传统的现实主义。"⑤在同样是由叶渭渠和唐月梅编著的《日本文学史 现代卷》(经济日报出版社 2000 年)中,除了重复在《20 世纪日本文学史》中提到的相关内容外,还增加了关于《萨特论》的介绍和评价。该书认为《萨特论》中提到的"全体小说"的概念是"作家(野间宏)将通过实践把握了的世界与通过想象力构建的虚构

---

① 叶渭渠、唐月梅著,《20 世纪日本文学史》,青岛出版社,2010 年,238 页。
② 叶渭渠、唐月梅著,《20 世纪日本文学史》,青岛出版社,2010 年,239 页。
③ 叶渭渠、唐月梅著,《20 世纪日本文学史》,青岛出版社,2010 年,240 页。
④ 叶渭渠、唐月梅著,《20 世纪日本文学史》,青岛出版社,2010 年,240 页。
⑤ 叶渭渠、唐月梅著,《20 世纪日本文学史》,青岛出版社,2010 年,240 页。

的世界放在对称的位置上，以此作为出发点，不是平面而是立体式地创造出作品的全体。"[①]，并且认为《青年之环》就是野间宏"全体小说论"的实践之作。

　　发表在学术期刊上的论文大都以分析野间宏的作品为主，主要集中在战后初期的系列作品。其中对野间宏文学进行过总体评价并对野间宏的"全体小说"提出过独到见解的是长春体育学院的张伟女士[②]，她在上个世纪80年代中期至90年代初期在《外国问题研究》杂志上连续发表了系列关于野间宏文学研究的论文。张伟女士是从翻译和介绍《阴暗的图画》开始对野间宏文学进行研究的，可以称得上是中国最早对野间宏文学进行系统研究的学者。张伟女士发表的论文共有六篇，分别是《解谜小说——评野间宏的〈阴暗的图画〉》（1986年4月）、《野间宏的"全体小说"与西方现代主义文学》（1987年4月）、《人生·社会·宇宙——野间宏作品的哲理性意蕴》（1988年2月）、《野间宏文学的超越》（1988年4月）、《野间宏文学的现代意义》（1990年3月）以及《野间宏·亲鸾·现代文明》（1991年1月）。其中最早发表的《解谜小说——评野间宏的〈阴暗的图画〉》，结合弗洛伊德的理论解析了《阴暗的图画》开篇的勃鲁盖尔的画集，揭示了小说主人公的性格特点；1990年发表的《野间宏文学的现代意义》通过分析野间宏尊崇的佛教经典《大无量寿经》[③]中关于"净土"[④]概念的论述，指出了

---

　　① 叶渭渠、唐月梅著，《日本文学史 现代卷》，经济日报出版社，2000年，357页。

　　② 张伟，生于1956年，曾任长春体育学院教师，于1992年赴日留学，获大东文化大学文学博士学位，在日期间主要从事亲鸾和野间宏文学以及战后文学关系的研究。曾在日本出版过野间宏文学研究专著《野间宏文学和亲鸾》（『野間宏文学と親鸞——悪と救済の論理』、日本法藏馆、2002年）。

　　③ 《大无量寿经》，又称《无量寿经》、《大经》。净土三部经之一。康僧铠译。2卷。阐明了无量寿佛（阿弥陀佛）实现四十八愿望，以及众生以念佛往生极乐净土的因果。

　　④ 净土，佛教用语，指极乐世界。即佛和菩萨居住的没有三毒和五浊的清净世界。一般指阿弥陀佛的西方极乐世界。

野间宏通过系列文学作品的创作"展示了现代人的内在饥渴，引发出佛教的深层哲理……试图寻觅人类的解救之路。……野间宏借助佛教所执意追求的理想与马克思所构筑的社会理想的哲学基础，获得了某种内在的通联。"①关于野间宏文学的"现代意义"，张伟女士是这样评述的："这种人与自然，即与终极合一的神圣超越感，在野间文学中，因其建立在博大而深厚的感性人生基础之上而区别于佛教，显示出独具特色的美学效果。……野间宏文学……最终指向了生命的终极——一种完美的和谐。"②在《野间宏·亲鸾·现代文明》中，张伟女士深入分析了佛教中亲鸾思想的含义，试图找到这一思想影响下的野间宏看待现代文明的人生态度和价值立场。论文中借助分析《青年之环》中各个主要人物之间的关系，指出野间宏后期创作的《青年之环》中体现的野间宏的艺术功力"不仅在于开掘出了潜在于人性之下的人类丑恶，更在于挖掘出了丑恶之下的至深人性。这种开掘，正是野间宏对亲鸾'恶人正机'说③的深刻理解和深化"。④张伟女士认为："无论从作品中展现的现实斗争还是作者现实的实践活动来看，野间宏都当然远远超过了八百年前的亲鸾。作品中寻求向未来的超越，在现实中追求自我完成的矢花正行所涵盖的历史、社会、现实的分量，也远远超过了二十几年前的深见进介。"⑤

与本书内容直接相关的先行研究是张伟女士的另外三篇论文：《野间宏的"全体小说"与西方现代主义文学》、《人生·社会·宇宙——野间宏作品的哲理性意蕴》和《野间宏文学的超越》。在《野

---

① 张伟著，《野间宏文学的现代意义》，《外国问题研究》1990年3月，15页。

② 张伟著，《野间宏·亲鸾·现代文明》，《外国问题研究》1991年1月，15页。

③ "恶人正机说"，亲鸾教导的根本思想，认为阿弥陀佛的本愿不是拯救依靠自己的力量的善人，而是拯救依靠自己的力量不能自拔的恶人。

④ 张伟著，《野间宏·亲鸾·现代文明》，《外国问题研究》1991年1月，35页。

⑤ 张伟著，《野间宏·亲鸾·现代文明》，《外国问题研究》1991年1月，36页。

间宏的"全体小说"与西方现代主义文学》一文中，张伟女士认为野间宏在其"全体小说"理论指导下创作的系列小说和西方的现代主义文学之间存在血缘关系，表现最突出的是在小说的"内向性"上，即注重人物的心理和意识层面的描写。其次是野间宏对于时空关系的特殊处理上，即依靠时间描写上的浓缩，使得漫长的时空在人物意识的流动中得到表现。但是，野间宏的"全体小说"中包容的"社会性"又区别于一般的现代派作品与客观现实脱节的特点，具有更为广阔的社会历史视野和立场。在《野间宏文学的超越》一文中张伟女士提到，野间宏通过象征手法的灵活运用，在作品中"形成了内在真实、象征媒介、外在现实三项合一的立体结构"。[①]张伟女士虽然提到野间宏的"全体小说"体现了现代主义文学和现实主义文学的结合，以及野间宏对这两者的超越，但并没有具体分析"全体小说"中具有的现实主义文学的特征。在《人生·社会·宇宙——野间宏作品的哲理性意蕴》一文中，张伟女士通过分析野间宏的主要代表作品，指出野间宏的"全体小说"理论是野间宏试图整体性地把握宇宙、人生的宏大意图的体现，并认为野间宏的作品"超越了对社会'恶'的揭露，超越了人与人之间伦理道德的评判，以超然的目光，对人生和社会进行总体性的鸟瞰。"[②]笔者认为张伟女士的这一观点过于宽泛和抽象，并不符合野间宏创作一些作品的初衷。笔者在本书中将结合野间宏的创作论和作品的文本分析对这一问题进行深入研究。

此外，与野间宏文学研究相关的、具有代表性的学术期刊论文还有以下几篇。东南大学外语系的王述坤先生在2002年的《东

---

① 张伟著，《野间宏文学的超越》，《外国问题研究》1988年4月，65页。

② 张伟著，《人生·社会·宇宙——野间宏作品的哲理性意蕴》，《外国问题研究》1988年2月，45页。

南大学学报》第4卷第3期上发表了题为《野间宏论》的论文。论文简要评述了野间宏一生的创作和活动，认为野间宏是一位有着强烈使命感和责任心的作家。对野间宏以保护人类环境为目的进行的文学创作和行动，以及他在文学技法上的探索给予了极高的评价。文中提到了野间宏和中国文学界之间的联系，叙述如下："野间宏一向对中国持友好态度，1960年他作为文学家代表访问我国，曾受到毛泽东主席的亲切接见；""1964年，因为'部分禁止核试验条约'的观点问题，于1964年又被日本共产党除名。1966年'文革'之中，他被我国的某些人称为'反革命修正主义分子'，他的作品甚至不许作学生的教材。"①笔者根据"野间宏年谱"得知，在中国的"文革"结束后的1982年和1988年，受中国作家协会的邀请，野间宏又曾两度访华。曲阜师范大学中文系的刘炳范先生近年来发表了多篇有关日本战后文学和野间宏文学的学术论文，主要是从野间宏小说的战争认知角度对野间宏文学进行了分析，其代表性论文分别是《野间宏的战争小说批判研究》（《齐鲁学刊》，2002年第5期）和《野间宏小说的战争认知》（《日本学论坛》，2005年第3期）。这两篇学术论文主要涉及的是野间宏战后初期以战争为背景的系列小说，刘炳范先生采纳的观点和视角与以上阐述的相关先行研究有所不同。他一方面承认野间宏的"转向"体验小说和战争体验小说②在日本战后文坛有着非常重要的地位，野间宏的战争文学具有对日本军国主义专制统治进行批判的积极因素，同时也认为野间宏的作品中存在着刻意模糊战争的侵略性质以及为日本人的侵略战争推卸责任的思想意识，小说的内容只是对某段痛苦经历的反思而已，是一种人生体验的情感宣泄。

笔者自硕士研究生阶段起一直以野间宏文学为研究对象，1996

---

① 王述坤著，《野间宏论》，《东南大学学报》第4卷第3期
② 即笔者前文中提到的野间宏战后初期系列小说。

年的硕士毕业论文题目是《日本战后文学中的"第三条道路"——
—试论〈阴暗的图画〉中的主人公形象》。在2002-2011年间公开
发表的系列论文大都是以野间宏的各个时期的作品论为主,主要
集中在对野间宏战后初期系列作品的解析上。如《从〈阴暗的图
画〉看日本战后文学的特点》、《试论野间宏笔下的战后日本人》、
《〈阴暗的图画〉中的"战后"因素浅析》、《野间宏创作论》、《野
间宏战后初期作品研究》和《〈纯粹小说论〉与〈萨特论〉传承关
系研究》等。

　　综上所述可以看出,国内迄今为止对野间宏文学作过较为系
统研究的除了张伟女士外,其他的主要是对个别译著的介绍和评
价以及在介绍"日本现代文学史"的系列著作中从整体上对野间
宏文学进行的概括介绍和评价。大部分的评价集中在野间宏战后
初期的创作上,尤其关注与战争背景有关的小说。而对"全体小
说"理论指导下的野间宏整体创作的连贯性和内在联系几乎没有
关注和评述,特别是对后期的《萨特论》的创作以及和《青年之
环》之间的关系更是鲜有介绍。笔者认为后期的创作正是野间宏
文学的精华所在,因为从中可以看出野间宏文学创作的整体目标
和特色。

## 第三节　本书的意义、研究范围和方法

### 一、以"全体小说创作"为中心对野间宏文学进行研究的意义

　　《青年之环》是野间宏在其创作的最成熟期完成的长篇小说。
这部 320 万字的"全体小说"巨著代表了现代日本文学的成就,
具备了 20 世纪文学的特质。战后派作家埴谷雄高曾经说过:

　　　　20 世纪文学的主题,是挖掘战争与革命的力学,以及通
　　过掌握存在论进行一定的阐释。因此可以说,(日本)战后文
　　学是要朦胧地、有一定自觉地、无法回避地担负起这一 20 世

纪文学主题的文学。①

《青年之环》充分展示了这一主题下的文学本质。支撑这部"全体小说"成功创作的，是野间宏自 1946 年开始的持续了 20 多年的战后文学创作实践和一系列以《萨特论》为代表的"全体小说"理论著作。野间宏在日本战后近 25 年②的漫长创作生涯中以"全体小说"的完成为目标，依托与西方现代文学的对抗中产生的文学理论，摆脱了日本近代以来的自然主义文学提倡的生硬的写实主义以及僵化了的无产阶级写实主义的影响，在理论和创作实践上为日本现代文学增添了丰富的内涵。从 20 世纪 40 年代初开始进行《青年之环》第一、第二部的早期创作起，"全体小说"的创作和完善始终是野间宏文学的重心，从"全体小说"创作的角度研究和分析野间宏战后的小说创作可以更准确地抓住野间宏文学的实质，同时也能够更加明确野间宏文学在日本现代文学史上的价值和地位。

## 1. "全体小说"创作在日本现代文学史上的意义——对二叶亭四迷小说理论的继承和对"私小说"的否定

野间宏曾说过对他影响最大的文学理论是日本近代小说理论家和文学家二叶亭四迷的《小说总论》中的观点和萨特的文学理论。

首先，二叶亭四迷继承了坪内逍遥的小说理论并作了进一步的发展。二叶亭四迷在学期间接触了大量的俄国文学作品，其中包括别林斯基、车尔尼雪夫斯基、屠格涅夫和托尔斯泰的作品。这些文学作品促使二叶亭四迷在以下几个方面加深了对近代小说

---

① 本段引文参考叶渭渠、唐月梅著，《日本文学史 现代卷》，经济日报出版社，2000 年，442 页的译文。原文刊载在埴谷雄高·古林尚对谈，『戦後派作家の話』，筑摩書房、1971 年、87 頁。

② 指从《阴暗的图画》发表的 1946 年到《青年之环》第五部正式出版的 1971 年。

的理解：现实和文学的关系、文学的现实批判意义、小说对于人生和社会的关注以及作家具备的现实主义的人生观。二叶亭四迷的《小说总论》就是在总结和借鉴以上文学理论的基础上写就的。总体说来有两个特点：一是吸收了俄国文学理论中的文学写实主义的精华；二是批判和继承了坪内逍遥的写实主义精神，突破了《小说神髓》中朴素的现实反映论的写实主义的局限，为完善和发展实践写实主义作出了历史性贡献。《小说总论》从批判坪内逍遥的小说《当代书生气质》出发，主张写实主义不应单纯机械地再现社会表面的现象，而要以把握社会内部的真实面目为目的。既要认识社会生活的具体形象，也要认识它的本质规律。二叶亭四迷写实主义理论的核心，也是笔者认为对野间宏影响最为明显的观点是：二叶亭四迷强调小说要反映一定历史时期中的社会本质，以及在这一历史时期中形成的足以表现社会关系本质的人物形象；其次，二叶亭四迷著名的"虚实论"也是野间宏后来继承和扩展的理论。"虚实论"中提到，小说分为劝惩小说和模写小说两种，"所谓模写，是借实相模写出虚相来"①，就是说通过具体的特殊的"实相"（即"形"），将普遍的、绝对的"虚相"（即"意"）具体化并反映在小说中。二叶亭四迷认为脱离"虚相"去写"实相"是没有意义的。概括地说，二叶亭四迷主张文学的主要目的有三：一是真实地描写生活现实，揭露被生活现象的偶然性掩盖的社会实质；二是强调作家不应脱离现实、歪曲现实或是根据自己的理想粉饰现实；三是在文学创作中作家还应具备自己的观点。

　　《小说总论》从文学论的层面阐明了关于文学的本质和现象、内容和形式关系的根本性问题，成为了日本近代写实主义的基础理论。但是二叶亭四迷的理论没有进一步拓展，也就未能形成自己的理论体系。在二叶亭四迷之后，日本近代的写实主义文学方

---

① 叶渭渠、唐月梅著，《日本文学史 近代卷》，经济日报出版社，2000年，71页

面虽然也出现了像夏目漱石那样的文学大家，但是大部分作家笔下的写实主义风格逐渐走入了狭小的胡同，最极端的表现就是"私小说"的出现。当然日本写实主义发展的狭隘现象，除了文学理论指导上的原因外，还有一些社会历史原因使然。日本近代文坛以"私小说"为代表，认为写实主义就是探寻小说素材和事实是否相符的创作理念。以野间宏为代表的大部分战后派作家都是以摆脱"私小说"的束缚作为文学创作的出发点的。野间宏的"全体小说"从以下四个方面摆脱了长期以来以"私小说"为代表的日本写实主义的束缚：一是"全体小说"的人物设置和人物形象的塑造；二是"全体小说"通过"新写实主义"反映的强烈的社会性；三是"全体小说"注重情节的设置和推动情节发展技巧的特点；四是通过作家的想象力在小说中设置"虚构的世界"，以此与所要反映的"现实的世界"相呼应。

所以通过分析野间宏"全体小说"创作的全过程，可以知晓野间宏文学和日本近代文学源头以及近代文学中重要文学现象间的继承和超越的关系。

## 2. "全体小说"创作在日本战后文学中的意义——对"幻影战后文学论"的否定

1962 年佐佐木基一发表的文章《战后文学是幻影》[①]激起了日本文坛对战后文学价值的大讨论。佐佐木基一发表这篇文章时野间宏的《青年之环》还没有最终完成，野间宏的大部分作品依然被认为是具有"战后时代"特点的作品。佐佐木基一在文中例举了一些当时著名的文学评论家关于"战后文学"的观点。

例如，平野谦于 1952 年发表的《战后文学的完成》一文中依

---

① 佐々木基一著、「『戦後文学』は幻影だった」、『戦後文学の内と外』、未来社、1970年、7頁

然以政治和文学的关系来概括战后文学。他认为包括野间宏（当时刚刚写完《真空地带》）在内的六位战后作家的作品代表了1952年度现代日本文学的最高水平，认为他们的作品中的共同主题都是围绕共产主义的问题。

吉本隆明对战后文学的评价是：

> 战后文学，用我们的说法简单地说就是转向者及战争旁观者的文学。他们（指战后派作家）大都是转向者、旁观者，以虚无主义者的心境经历了战争，而不是经过了战争才首次成为转向者、旁观者和虚无主义者的。①

江藤淳则从另一个侧面述说了相同意思的评价：

> 大多数战后文学者并不是努力生活在战后这个时代，而是以战后这一时代为背景努力展现自己对昭和十年代（20世纪30年代）的回忆。②

佐佐木基一认为这正是战后文学最终成为"幻影"的原因。因为进入20世纪60年代后，大部分当年的战后文学作品逐渐丧失了最初具备的能量和现实性。伴随着战后混乱状况的结束，战后文学逐渐地不被人们理解，所以佐佐木基一认为战后文学是一种"乱世文学"，会逐步空洞化，最终成为"幻影"。

中村光夫在1952年6月的《文学》杂志特刊《战后的文学》上发表的一篇文章《占领下的文学》中，也对包括野间宏在内的战后派文学家的作品进行了否定。总结中村光夫的观点如下：第一，战后不久文坛异常兴盛的原因是由于战争期间文化的荒废引起的对文学的极度渴望造成的。所谓的"战后新人"创作的作品都是表面装饰一新，其实在写古老风格的作品，没有新的元素；第二，中村光夫认为迄今为止被泛泛地称作"战后文学"的作品

---

① 佐々木基一著、『戦後文学の内と外』、未来社、1970年、27頁
② 佐々木基一著、『戦後文学の内と外』、未来社、1970年、27頁

更应该称作是"美军占领时代的文学",其中包含着不正常的、虚假的东西。总之,中村光夫对于战后文学特别是战后派文学作品缺乏理解和同情,更重要的是他没有看到包括野间宏在内的战后派作家不仅在作品中反映战争和战后现实,还试图通过创作的努力改变战前日本文学狭隘的创作理念。笔者认为这一点是战后文学更为重要的价值所在。

如果只是停留在对小说内容的理解上,那么很难看到一个作家创作的实质和整体轨迹。野间宏在战后初期小说中反映的"战后时代"特色的内容其实只是作家用来实践"全体小说"创作理想的一个阶段性表现。20 世纪 70 年代完成了"全体小说"——《青年之环》创作的野间宏这样评述自己的作品:"《青年之环》是探索受歧视部落的问题、战争的问题、个体和全体的问题、家的问题、性的问题、生死的问题的作品,但是还残留有许多我必须描写的问题。现代的'恶'的问题、战争的问题、政治的问题、精神病的问题、爱的问题、宗教的问题等等。这些问题都只能通过长篇小说来描写。"[①]野间宏的这番话恰如其分地表明了自己对于广义的"战后文学"主题的理解。对这样的主题进行不断探索的还有高桥和巳、小田实、真继伸彦、竹内泰宏和大江健三郎。从这个角度看,野间宏文学的意义已远远超过了狭义的"战后文学"的范畴。

### 3. 填补国内野间宏文学研究的空白

我国对于野间宏的研究仅限于对个别作品的译介和评论以及文学史中作为文学常识的介绍上,而且对野间宏文学的评价大都集中在战后初期系列作品。

野间宏是日本现代作家中和中国文学界交往最多的作家之

---

① 「やむにやまれぬ八千枚」、『野間宏全集』第 11 卷、筑摩書房、1974 年、706 頁

一。从上个世纪 50 年代起多次率领日本作家代表团访问中国。但是我国国内对于野间宏作品的介绍主要集中在 50 年代《真空地带》的中译本上。野间宏是一名有良知的、具有强烈社会责任感的作家，他的文学中还有很多值得我们学习和关注的方面。"全体小说"的创作只是野间宏文学的一个主要方面。由于野间宏文学创作的活跃期是从日本战败后开始的，而野间宏又是一位积极在作品中反映社会、反映社会中的人的命运的作家，所以多方位地解读野间宏文学可以帮助我们了解战败后的日本在文学思想、社会思想以及现实方面的变迁。希望能通过本书对于"全体小说"创作的解读，起到抛砖引玉的作用，使得更多的文学研究者关注野间宏文学和日本现代文学。

## 二、研究的范围和方法

日本筑摩书房于 1969 年至 1976 年间陆续出版的《野间宏全集》共 22 卷，另有一本别卷《野间宏研究》。这套全集收录了野间宏在 1974 年前创作的所有小说、文学理论著作、随笔和诗歌，最后收录其中的长篇小说是《青年之环》。本书的研究专题是探讨野间宏文学从战后的 1946 年开始的初期作品群到 1971 年最终完成的"全体小说"——《青年之环》的创作轨迹，所以研究的范围主要是这套全集。本书将结合野间宏本人在不同时期发表的文学理论著作，对战后以来的野间宏的主要小说作品从"全体小说"创作的角度进行分析，试图找到野间宏在持续不断的文学实践中努力向"全体小说"的理想靠近并最终实现的连贯轨迹。

本书共分六章，主要采用文本分析和实证的方法，结合野间宏自身的创作意图、创作理论和时代背景知识对相关作品进行解析研究。通过对野间宏各个阶段创作思路和技巧的分析，找到贯穿野间宏文学整体的"全体小说"创作的线索。有些章节借助叙述学方面的理论，分析了野间宏的部分小说中有关情节安排和叙述视角转换的内容；通过和西方相关叙述学理论的对比，突出了野间宏小说叙述方法的特点。本书的第一章主要探讨了竹内胜太郎对野间宏的文学思想启蒙以及 20 世纪 30 年代日本国内的政治运动状况对野间宏早期创作思想形成的影响。设置这一章的原因在于试图找到野间宏"全体小说"创作思想的源头，从而使论文的结构有一个从思想到理论，理论到实践，再从实践到理论完善的完整框架。鉴于《阴暗的图画》在野间宏文学乃至战后文学中的重要地位，第二章对《阴暗的图画》开篇画集的象征意义以及小说中反映的重要信息，如"战后"因素、"个人利己主义"和"第三条道路"等方面进行了分析，揭示出《阴暗的图画》在野间宏"全体小说"创作中的地位。第三章从"全体小说"理论的早期雏形"综合小说论"对创作影响的角度分析了野间宏 1946 至 1952 年间的战后初期系列小说，探讨了初期野间宏文学在人物"心理"和"生理"描写方面的特点。第四章题为"'全体小说'创作的实践准备——《真空地带》的创作"。小说的"情节组织"是日本近代文学一直以来被忽视的、相对薄弱的环节。野间宏通过《真空地带》的创作实践获得了"全体小说论"中构造"小说的全体"的理论基础。在本章第二节中对比了野间宏的小说情节观和西方叙事学中具有代表性的小说情节观，以突出野间宏"全体小说"情节组织的特点。由于《骰子的天空》是《青年之环》完成之前第一部可以称作是"全体小说"的小说，再加上野间宏声称关于《青年之环》中与资本主义社会有关的"社会性"的描写是通过《骰子的天空》的创作实践获得的，所以第五章以"'全体小说'的成功尝试——'新写实主义'作品《骰子的天空》"为题，对作品中反映的"新写实主义"进行了解析，并通过与无产阶级文学中的"现实主义"的对比，试图找到"全体小说"中"社会性"的特点。由于《骰子的天空》涉及的内容和野间宏战后初期的作品有很大不同，所以增加了该小说内容的背景分析，以加深对作品的解读。第六章以"'全体小说'理论和完美实践——《萨特论》和《青年之环》的创作关系研究"为题，重点剖析了"全体小说"的理论和实践之间的呼应关系：既可以通过《萨特论》来了解《青年之环》的创作构思，又可以通过《青年之环》的内容分析深入理解《萨特论》的理论内涵。通过对比野间宏的"全体小说论"和横光利一的"纯粹小说论"，试图从文学理论的传承和完善方面找到野间宏在日本现代文学史中的位置。

　　通过上述章节的论述，希望能够勾勒出完整的以"全体小说"创作为中心的野间宏文学的风貌。本书除了从小说创作的角度对野间宏文学进行了研究外，通过对野间宏各个时期代表作品的解析，也为读者提供了一个观察"日本战后文坛"、了解"日本战后文学"演变的窗口。本书也填补了国内全面系统研究野间宏文学的空白。

# 第一章 "全体小说"创作思想的形成

野间宏在回忆性文章《小小的熔炉》中这样写道：

> 恰好在那个时候[1]，我遇到了一个人，这可以说是我一生中的大事件。这个人就是诗人竹内胜太郎。竹内胜太郎是一位不出名的诗人，现在只有极少数的人还知道他。这位诗人给我的影响非常大。我不仅从这位诗人那里学到了思考的方法，而且他还教给了我生活的方式。[2]

竹内胜太郎生于 1895 年（明治 27 年），中学退学后自学成才。20 世纪初，他曾在日本京都担任过一些中小报刊的记者和美术馆的职员，同时积极创作诗歌，但是和当时的日本主流诗坛没有交往。除了诗歌以外，竹内胜太郎的创作还包括从文学到美术、民俗等艺术方面的随笔，甚至还有自己独特的宗教论。竹内胜太郎 34 岁时自费留学欧洲，在欧洲深入接触了马拉美[3]和瓦莱里[4]的作品。在战前的日本，竹内胜太郎的诗作最接近这批法国象征派诗人的风格。由于竹内胜太郎的诗歌具有很高的思想性，所以没有被当时号称是"抒情诗王国"的日本主流诗坛理解和接受。竹内

---

[1] 指野间宏进入京都第三高等学校读书的时期。

[2] 「小さな熔炉」、『野間宏全集』第 1 卷、筑摩書房、1969 年、318 頁

[3] 马拉美（1842－1898），法国诗人，象征派诗歌的代表，视诗为纯粹的理想世界的表象，在严密的方法论的指导下产生交响乐般的诗歌作品。著有诗剧《爱罗狄亚德》、诗篇《牧神的午后》和散文诗《骰子一掷决不会破坏偶然性》等。

[4] 瓦莱里（1871－1945），法国诗人，推行和发展了马拉美的象征诗论，并依据诗论的严密精神撰写了涉及文学、艺术和文化等各个方面的评论。

胜太郎于 1935 年在黑部峡谷①的山谷里不幸落水而死,年仅 42 岁。在 1967 年思潮社的《竹内胜太郎全集》出版之前,他一直是一位无名的诗人,只有野间宏从恩师去世后一直竭力在日本文坛推介这位诗人,《竹内胜太郎全集》的出版就是这种努力的最大成果。竹内胜太郎在日本主流诗坛寂寂无名的原因还在于他并不是首批受到法国象征主义诗歌影响并将其引入日本的诗人。从日本明治时代末期即 20 世纪初期开始,象征主义文学、象征诗开始逐步进入日本的诗坛并且影响了一批诗人的创作。如 1905 年的蒲原有明的《春鸟集》(『春鳥集』)、上田敏的翻译诗《海潮音》(『海潮音』)、三木露风的《废园》(『廃園』)等都是这方面的作品。另外,像大手拓次、荻原朔太郎、山村暮鸟、日夏耿之介、金子光晴等诗人都不同程度地接受了"象征主义"的洗礼,确立起了自己独特的诗歌世界。由于象征主义文学的影响和创作在日本文坛由来已久,所以 20 世纪 30 年代才出现的竹内胜太郎的象征主义诗歌在当时并没有受到重视。然而正是这样一位不属于日本文坛主流的文学家给予了野间宏极大的影响,在野间宏文学思想形成的早期,竹内胜太郎教授的思想和方法成了他日后文学创作的基础。

野间宏早期文学创作思想的形成,除了竹内胜太郎给予的启蒙式影响外,还和 20 世纪 30 年代日本国内活跃的反战运动紧密相关。特别是在竹内胜太郎去世后,野间宏开始跳出象征主义文学的视野,将目光投向周围反战学生运动。1933 年野间宏开始沉迷于阅读俄罗斯作家陀思妥耶夫斯基②的作品,并初步接触了马克

---

① 黑部峡谷,位于日本富山县东部,黑部河上游的大峡谷,为悬崖峭壁连绵不断的风景区。

② 陀思妥耶夫斯基(1821—1881),俄罗斯作家。生于莫斯科。他的第一部长篇小说《穷人》于 1845 年问世,深化了俄罗斯文学中的"小人物"主题。他的传世之作是《罪与罚》和《卡拉马佐夫兄弟》。

思主义的思想，被具有共产主义者倾向的法国小说家纪德[1]的作品所吸引。1935 年野间宏进入京都大学法文学科学习，后来参加了一个秘密研究会，开始阅读《资本论》和《经济学批判》等著作。而后通过友人结识了京都大学《学生评论》杂志团体的成员，和其中颇具文学气质的布施杜生尤为亲近，两人在文学创作的观点和实践经验方面有很多的共同语言。野间宏在战后初期发表的系列小说中体现的思想有很大程度是受到这一时期经历的影响。尤其是野间宏后来的"全体小说"理论中对于"社会"问题的关注也与这一时期的经历有着紧密的联系。

## 第一节　野间宏"全体小说"创作的实践原动力

　　1932 年野间宏进入京都第三高等学校学习。当年春天由朋友富士正晴带领第一次见到了竹内胜太郎，当时野间宏 17 岁，竹内胜太郎 39 岁。此后在竹内胜太郎的指导下，野间宏、富士正晴和桑原静雄（后改名竹之内静雄）共同编辑出版了同人杂志《三人》。《三人》是季刊，第 1 期于 1932 年 10 月发行，杂志一直编辑出版到 1942 年 6 月的第 28 期，前后持续了近十年。竹内胜太郎基本上在每一期上都发表诗歌和诗论。野间宏在《三人》杂志上共发表了 63 首诗歌，25 篇随笔风格的文章以及连载发表了两篇小说——《车轮》（三次）和《青年之环》（两次）。[2]竹内胜太郎给予野间宏的影响从这些作品中都能反映出来。关于这一时期的经历和接受的影响，野间宏在《小小的熔炉》里这样叙述道：

---

① 纪德（1869－1951），法国小说家。20 世纪法国文学的代表作家。他在作品中反对束缚个性，追求个人自由，努力体现真正的自我。获 1947 年诺贝尔文学奖。著有《蔑视道德的人》、《窄门》、《梵蒂冈的地窖》和《伪币犯》等小说。

② 详见附录中的"野间宏年表"。

　　我们经常去竹内胜太郎的家。他的家在鹿谷的法然院附近，一条水渠边上是一幢有着浅黄色墙壁的，西洋风格的安静的住宅。紧靠大门的是铺着木地板的客厅，冬天生着火炉，火焰噼啪作响。我们一边品茗着香喷喷的焙茶，一边探讨所有与艺术有关的话题，像诗歌、小说、音乐、绘画、戏剧、能①、歌舞伎②等。那里有布拉克③的精美的照片版画册，我第一次接受了法国立体派④的观点。学会了欣赏斯托拉宾斯基和德彪西⑤的音乐。马拉美的《素白的页面》和《一打骰子》等作品的读法、阿兰⑥的思维方式，瓦莱里的建筑性的语言，"尤帕里诺斯"⑦式的思考方式，所有的一切都在这里产生了。⑧

　　学生时代的野间宏创作的作品中有相当一部分是诗歌，这些诗歌的创作无论从思想还是内容上来看都深受竹内胜太郎的影响，特别是在对法国象征派诗歌的吸收和运用上，竹内胜太郎的影响尤为明显。野间宏在《小小的熔炉》中提到：

　　　　诗人竹内胜太郎特别喜欢瓦莱里的"严密"一词，他认

---

　　① 能，日本戏剧种类之一，又称能乐。日本的一种舞台艺术。日本室町时代（1392—1573）由大和猿乐的剧作家观阿弥和世阿弥父子根据镰仓时代（1185—1333）的田乐和猿乐改编完成的戏剧形式。

　　② 歌舞伎，日本代表性戏剧。起源于16世纪末期流行的一种舞蹈。1603年以日本出云地方的阿国为中心组成了最早的歌舞伎团，后来又出现了不同的派别，如若众歌舞伎、野郎歌舞伎等。日本元禄年间（1688—1704）确立其作为日本代表性戏剧的地位。一般认为，歌舞伎中拥有日本所有的戏剧表现手法。

　　③ 布拉克（1882—1963），法国画家，和毕加索同为立体派的集大成者。其平和而微妙的色彩和感觉敏锐的构图，使画面产生洗练的意境。作品有《埃斯塔克风景》、《画室》的照片版画册。

　　④ 立体派，20世纪法国的一种艺术流派，多以几何图形来表现主题。

　　⑤ 德彪西（1861—1918），法国作曲家，和法国象征派诗人马拉美等过从甚密，后来对爪哇等地的东方音乐很感兴趣，从此开创了音乐上的印象派。

　　⑥ 阿兰（1868—1951），法国哲学家，伦理学家，著有《艺术论集》、《幸福论》、《我的思想历程》。

　　⑦ 尤帕里诺斯，法国著名建筑家。

　　⑧「小さな熔炉」、『野間宏全集』第1卷、筑摩書房、1969年、318—319頁

为自己就是日本的瓦莱里。……当然，他否定了当时日本几乎所有的诗人。他称三好达治①为没有思考力的诗人，称堀口大学②、北川冬彦③是"糖果诗人"并认为朔太郎④是不会使用严密词语的诗人。同时，竹内胜太郎又否定了几乎全部的日本小说。他认为日本的小说是没有思想的小说、没有激励人生力量的小说。⑤

竹内胜太郎关于日本小说的总体评价给了野间宏很大的触动，甚至可以说是野间宏从此立志创作不同于传统日本近代小说的"全体小说"的最早的原动力。

概括地说，竹内胜太郎的文学创作理念是以"严密的思考力"创作具备"激励人生力量"的作品，其中蕴涵的意味就是"艺术必须具备激励人生的力量"。这种对于艺术创作的信念，和以"私小说"式的自我告白和抒情为根基的日本近代文学性质是不同的。竹内胜太郎充分吸收和接受了法国象征派诗人瓦莱里的观点，认为诗歌必须是根据"灵感"、"感兴"这些暧昧而神秘的感觉创作出来。诗人必须衡量每一个词语所具有的价值来严密地组织诗歌。竹内胜太郎认为：

---

① 三好达治（1900－1964），日本诗人，东京大学毕业。致力于探索抒情诗多面化的可能性，后转向创作文语定型诗。著有诗集《测量船》、《骑在驼峰上》和评论《荻原朔太郎》。

② 堀口大学（1892－1981），日本诗人、翻译家。庆应大学肄业。其象征诗作品风格轻快潇洒，所翻译的法国近代诗给日本近代诗歌以很大的影响。著有诗集《月光与小丑》、《人之歌》和翻译诗集《月下群英》等。

③ 北川冬彦（1900－1990），日本诗人、电影评论家。东京大学毕业。发表诗论《诗及诗论》，提倡超现代主义，为日本现代诗发展的先驱。著有诗集《战争》和《下流之神》等。

④ 朔太郎即荻原朔太郎（1886－1942），日本诗人。主张用简明的语言来表达坦率的感情，在日本诗坛确立了近代口语自由诗的地位。著有诗集《吠月》、《青猫》等、诗论《诗的原理》和箴言集《新的情欲》、《虚妄的正义》等。

⑤「小さな熔炉」、『野間宏全集』第1卷、筑摩書房、1969年、319頁

在词语中最具体的事物是词语的作用以及这些作用的力量。

所谓一个词语持有的固有的力量是在这个词语作用于其他的词语，又被其他的词语所作用的过程中表现出来的。而且在对其他词语产生作用时自动地与其他词语的力量产生交错，在受到其他词语的作用时又产生了同样力量、从而被动地进行交错。这种力量的两次交错所取得的平衡和呼应决定了一个词语具有的作用力。因此，所谓词语具有的力量是相对的，我们可以在这个词语和其他词语的关系中发现这个力量，并能在统一的关系中活动。①。

这段论述非常清楚地展示了竹内胜太郎对于文学创作中词语使用的看法。在竹内胜太郎的观念中词语是有生命的，文学作品中的词语是通过"严密的思考力"和作者"意识"的协助被放入作品中的。文学作品中的词语，或者说以词语组成的作品世界就能从作品这个"全体"中获得本质的生命，从而超越了实用性、道具性的日常世界。竹内胜太郎追求的文学目标是一种"绝对的境地"。所谓"绝对的境地"，是指与现实世界的所有相对性相对立的，非现实的世界。这种追求文学的终极境地，特别是主张以诗歌的形式实现这种非现实的世界的文学观，是以马拉美和瓦莱里为代表的19世纪法国文学界所强调的。但是竹内胜太郎的思想观点又和马拉美和瓦莱里的观点有些不同，它包含了东方式的实践意味，从文学作品的词语中寻求"激励人生的力量"正是这种实践意味的一个表现。竹内胜太郎在《诗论2》中这样写道：

存在是一种运动。词语是一种运动。在本质的世界里它们是一体的。

不是有了人才有词语。人和词语是同时存在的。词语不

---

① 「ヴァレリーの詩の基礎」、『竹内勝太郎全集』第3卷、思潮社、1968年

单单是人外部的材料，也不是人让它存在的。词语是被产生的东西。①

竹内胜太郎的文学理想中兼容并包了东西方的思想，具有显著的独特性。竹内胜太郎的思想深深影响了野间宏的文学创作，例如野间宏在战后初期系列作品中经常使用的、具有象征意义的独特的语言风格就是受到了竹内胜太郎思想的影响。

## 第二节　野间宏"全体小说"创作的理论原动力

野间宏不仅从竹内胜太郎那里接受了西方文学艺术思想的启蒙，而且接受了西方哲学思想的启蒙。野间宏在竹内胜太郎的引导下接触的西方哲学家有康德、笛卡儿、斯宾诺莎、莱布尼茨、海德格尔和黑格尔，这些都是当时日本哲学界熟知的西方哲学家。此外还有日本的哲学家西田几多郎②和田边元③。其中西田几多郎的哲学思想对野间宏的影响尤为明显。竹内胜太郎的思想虽然涵盖东西，但还是有其根本的观点，其根本观点的主要来源就是西田哲学。前文曾引用过野间宏的一句话来概括他从竹内胜太郎那里接受的影响，即"我从这位诗人那里不仅学到了思考的方式，还学到了生存的方式。"④这里提到的"生存方式"正是来源于西田哲学。对于进入京都第三高等学校的野间宏来说，这种崭新的"生存方式"是将他从一直以来的苦恼中解脱出来的法宝，因为

① 「詩論　2」、『竹内勝太郎全集』第3卷、思潮社、1968年
② 西田几多郎（1870—1945），日本哲学家。生于石川县。东京大学专科毕业。京都大学教授。在佛教哲学研究等东方传统思想的基础上吸收康德和黑格尔等的西方哲学思想，建立起独特的西田哲学。著作有《善的研究》、《无的自觉限定》等。
③ 田边元（1885—1962）。日本哲学家。生于东京。东京大学毕业。京都大学教授。受西田几多郎的影响，提倡绝对辩证法，后提倡"物种逻辑"。著有《哲学通论》等。
④ 「小さな熔炉」、『野間宏全集』第1卷、筑摩書房、1969年、318頁

野间宏从少年时代起就为"应如何生存"的问题所困扰。

野间宏的父亲野间卯一，原是神户市一家火力发电厂的电气技师，后来开始信仰在家修行佛教的一支——亲鸾教①，不久成为亲鸾教"实源派"的教祖。野间宏从小就接受这种宗教的导引，曾一度被认为有望子承父业。正是这样的宗教经历，后来成为了束缚他、使他痛苦的根源。野间卯一在野间宏十岁时去世了，父亲的死让野间宏产生许多与神秘佛教中的地狱及惩罚有关的联想，和这些联想的斗争以及从这种联想中挣脱出来的欲望成为了野间宏后来早期文学创作的主要动机之一。

> 父亲那神秘的宗教和父亲的死，将我禁锢在了狭小的家里。我总是克制自己，将自己封锁在神秘的冥想中。神秘的宗教附带的令人恐惧的惩罚（意识），将我束缚着。②

在遇到竹内胜太郎之前，青年野间宏一直在不停地思考"人为何物，自己又为何物"的问题，支持这种思考的就是野间宏的性意识和性行为。正如野间宏所说，"我通过性的冲动，知道了我究竟为何物"③。野间宏还曾对文学作品中有关"性"方面的描写颇感兴趣，因为有关"性"的意识和冲动向野间宏展示了能够从神秘佛教禁锢的世界里冲脱出来的可能性。但是野间宏要想摆脱这种阴暗被动的境地，首先要打破的是"宗教"对自己思想的束缚，因为土俗宗教认为人的性欲是罪恶的、会受到惩罚的。对于"性"文学的喜好只是一种对宗教束缚的消极抵抗，是无法彻底

---

① 亲鸾（1173—1262），日本镰仓初期僧人。净土真宗创始人。据传为日野有范之子。在比睿山修学天台宗，29岁时拜法然为师，专心钻研净土宗教义。1207年净土宗遭禁时，被流放到越后。后在常陆等关东各地专心于传法。亲鸾肯定在家修行，自己也娶惠信尼为妻。其教义提倡"恶人正机说"，即只要心诚念佛，罪孽深重的恶人也可成佛。著有《教行信证》、《愚秃钞》等。

② 野間宏著、「鏡に挟まれて」、『全体小説と想像力』、河出書房、1969年、208頁

③ 野間宏著、「鏡に挟まれて」、『全体小説と想像力』、河出書房、1969年、211頁

打破父亲遗留的宗教影响的，还需要更加强有力的思想来支撑野间宏的抵抗行为，而真正从思想上给予野间宏指导并使他摆脱困惑的是竹内胜太郎。

竹内胜太郎接受的主要是西田几多郎哲学中有关"个体和全体"的部分。通过分析竹内胜太郎在《诗论 2》中有关词语和作品全体关系的观点以及他所追求的"文学终极境地"，可以将他的思想概括地称之为"艺术至上主义"；如果从哲学的角度看，是和西田哲学中的"绝对矛盾的自我统一"的观点相一致的。在这一点上，野间宏深受竹内胜太郎的影响。

野间宏在战后的创作旺盛时期撰写了多篇文学评论，其中多次、反复使用的说法有很多都能从竹内胜太郎的言论中看到。譬如竹内胜太郎反复用到的"生存的力量、作用、生命、运动" 等词汇，野间宏在他后来的文学评论中又加上了"肉体、冲动、欲望、行为、创造、历史"等概念词语。这些词语在"全体小说"的理论著作《萨特论》中均蕴涵着重要的含义。下面我们看一看西田几多郎的著作《作为辩证法的一般者的世界》中与上述词语相关的论述。

历史的世界必须是行为的世界。

历史的世界被认为是表现的世界。

艺术的直观必须是无限的作用。在艺术的创作作用方面，我们并不是概念性地构成事物，也不是被动地模仿事物。而是物在驱使我。物在使我运动。物成为我，我即是物。

不是离开了内在的事物才有外在的事物，也不是离开了外在的事物才有内在的事物。

从内部理解外部，从外部理解内部。个体要从全体的角度理解，全体从个体的角度理解。

欲望不是从我们的欲望中产生的，而是产生于我们处在物的世界中这个事实，是从我们拥有身体这个事实中产生的。

但是，被认为是欲望的对象的不仅仅是所谓的物，它必须是表现出来的事物。

我们的欲望必须是社会的、历史的。

冲动不能仅仅认为是由我们的意识引起的。进一步说，它也不是由物质引起的。我们看见在我们的内心深处有着无限的、深层的冲动。[①]

从上面的论述中可以看出西田几多郎给自己的哲学赋予了实践的性格，他没有触及马克思主义思想中的中心内容，即人类作用于自然、生产物品所引起的各种各样的现实问题。西田几多郎是以海德格尔的"绝对精神"为中心构建自己的理论体系的。

由于受到竹内胜太郎的影响，野间宏对西田哲学也非常感兴趣。接受了竹内胜太郎指导后的野间宏，虽然已经基本上从土俗宗教的思想禁锢中挣脱出来了，但是在他的内心深处，以"肉体冲动"的形式喷发出来的感受和无意识中抑制这一感受的压抑感之间的矛盾依然存在。随着野间宏开始追求文学和哲学思想方面的知识，他内心的这种矛盾变得更加深入，也更难把握。这个苦恼的根本原因是什么？这个苦恼的具体内容又是什么？不管是别人还是野间宏自己，都无法给出满意的答案。海德格尔曾说过，"人类的存在问题，必须只有通过存在事物本身去处理。"这种不断寻求人生出路的强烈的欲望其实是在寻求自己应该与之拼搏的对象，这是思想上的斗争。思想的斗争不是减轻了苦恼，而是加深了苦恼。野间宏的问题并不是简单的"性欲问题"。西田哲学认为个人的"肉体冲动"作为生命的自然应该加以肯定，如果没有这种肯定，人就不能生存下去。因此，作为内在事物的"肉体"的苦恼有必要以其他形式展现在"肉体"之外，那就是文学，所

---

① 引自竹内良知编、「弁証法としての一般者の世界」、『近代日本思想大系 11　西田幾多郎』、筑摩書房、1974 年

以说使用词语进行文学创作是必需的。展现这些内容的文学作品，必须要表现出生命存在的力量，其中使用的词语必须和"肉体"的深处以及观念的绝对高度相联系。这样的要求正是京都三高时期的野间宏全身心投入和追求的目标。像这样追求解决途径的思想历程，从具体的社会生活的角度看似乎很抽象，但这是人类生存的根本要求。在追求这种思想的同时可能会否定自己，但在形成另一个自己的同时又会向前行进。西田几多郎哲学在肯定了人的欲望和冲动的基础上，把它们作为行为和表现的个体放置在人的生存"全体"当中，并且主张在这样的行为当中寻求自我，从而达到不断改变自我的目的。

竹内胜太郎时期的野间宏完全沉浸到新鲜的文学和哲学知识的追求当中，他苦恼的中心是与"肉体"、"欲望"和"性"这些词语相关的内容。从西田哲学的阐述中野间宏找到了解决自己困惑的途径，看到了一线希望。野间宏战后初期作品的创作在很大程度上也是对自己青春时期困惑的阐释和解读。可以说这一时期野间宏思想的形成是促成战后以《阴暗的图画》为代表的初期作品创作的直接动力，也成为了野间宏后来以"全体小说"创作为目标的文学理想的思想基础。

概括地说，亦师亦友的竹内胜太郎对野间宏的影响主要体现在两个方面：一是西欧文学艺术思想的启蒙；二是日本西田几多郎哲学的启蒙。前者的启蒙使野间宏认识到日本近代以来的大部分小说是没有思想的小说、不具备激励人生力量的小说。竹内胜太郎的关于西方文学艺术思想的介绍和对近代日本文学的评价是野间宏立志创作不同于传统日本近代小说的"全体小说"的原动力。西田哲学中有关"个体和全体"辩证关系的论述是具有野间宏特色的"全体小说论"——《萨特论》的理论基础和源泉。在西田哲学的启蒙下，野间宏开始对自己理想中的小说创作理论有了初步的构想。

## 第三节 野间宏"全体小说"创作的"社会视野"原动力

### 一、20 世纪 30 年代的国际及日本国内政治背景

20 世纪 30 年代初的国际形势是这样的：结合 1933 年在对抗法西斯的斗争中遭到惨败的德国共产党的经验和 1934 年在组织人民战线上获得成功的法国共产党的经验，在 1935 年的共产国际第七次代表大会上"人民战线"的策略被采纳为战术，从而结成了广泛的反战和反法西斯的统一战线，用以对抗凶残的法西斯的进攻和日益迫近的世界战争的危机。这一运动抛开了以往认为在资产阶级和无产阶级的斗争中，社会民主主义者是从内部破坏劳动者运动组织的险恶的敌人的观念，把和社会民主主义者的合作作为中心，集合广大的群众包括农民、城市小资产阶级在内，组成了广泛的人民战线，这一主张标志了人民战线战术的划时代转换。

在这样的国际大背景下，日本国内的人民反抗战争的形势也发生了变化。1936 年 2 月的"二二六"事件①后，在莫斯科的野坂参三②撰写了《写给日本共产主义的信》，对日本共产党应该展开的新战术作了指示。但是当时的日本共产党中央由于日本法西斯政府的镇压和内部的派系斗争，已被破坏殆尽了。只有关西地方委员会为了清算所谓"多数派"的派别性格，在党中央再建委员会的名义下，于 1936 年 8 月 1 日发行了复刊《赤旗》第一号。但是其中的核心人物奥村秀松和宫木喜久雄在 1936 年 12 月一起

---

① 1936 年 2 月 26 日，旧日本陆军皇道派青年军官发动的政变。提出改造国家的要求，枪杀内大臣斋藤实、大藏大臣高桥是清、教育总监渡边锭太郎，重伤侍从长铃木贯太郎，占据永田町首相府邸等处。后于 29 日被认定为叛军，遭到镇压。

② 野坂参三（1892－1993），日本共产党领导人。生于山口县，庆应义塾大学毕业。1931 年因日本共产党遭到镇压而流亡苏联。1946 年回国。历任日共中央委员会主席、名誉主席。1992 年被开除出党。

被逮捕。因此 1937 年以后，在日本即将发动侵华战争的险恶环境里，应该成为人民战线战术核心力量的日本共产党已经不存在了，仅剩的一些共产主义组织为了党组织的重新建立进行着艰苦而绝望的努力。围绕人民战线战术的应用，出现了两种倾向：一种作为积极向再建党组织迈进的、采取了原则上拒绝人民战线战术的极左倾向；另一种是借口人民战线是国际性的决定，重视合法层面的活动，但却回避困难的重建党组织活动的右翼倾向。事实上，在日本的人民战线的活动展开必须以在 1936 年的总选举中获得迅猛发展的社会大众党为中心。但是，社大党的领导人物面对1936年日本国内的一系列诸如禁止媒体报道、思想犯保护观察法和特高警察网的扩大等状况，从一开始就没有采用人民战线战术的意愿。在此期间，以基层群众要求政治统一战线的愿望为基础，加藤勘十等人于 1936 年 5 月将劳农无产协议会改为政治结社。这个劳农无产协议会于 1937 年 2 月改称日本无产党。至此，本应作为日本人民战线中心的社大党陷入了巨大的混乱当中。在以加藤勘十等人为核心的日本无产党和以高野实等人为核心的日本劳动组合全国协议会（1934 年创立）联合提议下，山川均等人指导下的合法左翼人民战线活动得以开展起来。但是，1937 年 12 月，由于劳农派团体、日本无产党和全国协议会的主要成员齐遭逮捕，日本无产党和全国协议会被禁止结社，合法左翼组织也遭到了瓦解。

当时，在野间宏生活和学习的城市京都，活跃着一些民间左翼组织。首先是由杂志《美·批评》和《世界文化》的同人联合起来的、由中井正一、新村猛、久野收和真下信一等人组成的知识分子团体。这批知识分子从 1933 年起致力于介绍当时最新的国际形势，尤其是以介绍法国和西班牙人民战线的胜利成果为中心。通过发行周刊杂志《星期六》（『土曜日』），对日本人民战线的开展起到了促进作用。其次是由京都大学的学生编辑发行的杂志《学生评论》，主要参与人有小野义彦、草野昌彦和永岛孝雄。与这本杂志的编辑发行相呼应，1938 年 1 月在京都大学内成立了名为"标石"（「ケルン」）的学生进步组织。第三批是由继承河上肇[①]传统的长谷部文雄、林要和梯明秀等人组成的《资本论》研究会"。第四批是受共产国际派遣的小林阳之助依托大岩诚和弥津正志等人在京都形成的组织。小林阳之助和野坂参三、山本悬藏都是共产国际第七次大会的日本代表。其他的组织还有：北川桃雄、村田孝太郎和田中忠雄等人的"真理"（「リアル」）组织和竹村一的"同志社派"组织等。总体说来，日本侵华战争爆发前后的京都的政治状态，可以借用《阴暗的图画》中的话语来形容，那就是"阴暗的繁花盛开的时节"。[②]

在大阪，春日庄次郎与竹中恒太郎、安贺君子和横田甚太郎等人一起于 1937 年 12 月结成了"日本共产主义者团"，在积极进行党组织的重建工作的同时展开果敢的反战活动。春日庄次郎等人还创刊了机关杂志《在暴风雨中行进》（『嵐をついて』），后来还发行了大众启蒙报纸《民众之声》。上述报刊和文件都由布施杜生带到京都大学的"标石"团体，再发放给京都大学的学生。

在神户，日本劳动组合全国协议会神户地方协议会的组织者森贞一和矢野笹雄、奥田宗太郎一起组成了秘密书记局，他们为了组成人民战线，以神户地方协议会的名义从支持日本无产党转而支持社大党，努力筹措反法西斯统一战线的成立。

## 二、野间宏在 20 世纪 30 年代的活动

1936 年 3 月野间宏通过小学时代的友人羽山善治认识了川崎

---

① 河上肇（1879－1946）。日本经济学家。生于山口县，东京大学毕业。京都大学教授，努力普及马克思主义经济学。著有《资本论入门》和《贫困故事》。

② 「暗い絵」、『野間宏全集』第 1 巻、筑摩書房、1969 年、51 頁

造船厂的矢野笹雄。通过矢野笹雄，野间宏了解了当时在神户开展的人民战线运动的实际情况。神户的人民战线否定了再建共产党神户市委员会的方针，而是采用了通过"日本劳动组合全国协议会"来树立统一的劳动战线的战术。在政治方针上推出了支持社大党的主张，并致力于广泛地集结合法的组织。但是，当"全国协议会"以合法组织联盟的形式于1937年开始活动时，其主要成员全部遭到逮捕。

在同一时期，野间宏结识了京都大学学生运动的核心成员永岛孝雄和布施杜生。在后来的一段时间里，野间宏成了神户的劳动者团体和京都的学生团体之间的联系人。野间宏在当时曾认为在"骑墙观望派"的组织当中存在有人民战线的萌芽。"骑墙观望派"的说法来自于春日庄次郎，他曾经将一部分人民战线的成员贬为"骑墙观望派"。春日庄次郎主张的是克服困难重建党组织，这是一种英雄式的"玉碎"策略。野间宏的友人羽山善治逃脱了1937年12月"神户全国协议会"成员齐遭逮捕的命运，但并没有加入春日庄次郎等人的日本共产主义者团，也是因为和春日庄次郎等人的见解有所不同造成的，而野间宏基本和羽山善治持有同样的观点。

京都大学《学生评论》的团体和1938年1月成立的"标石"组织的同人们大都和野间宏持不同的观点。他们一心支持以重建党组织为目标的日本共产主义者团的战术。这群革命学生的核心人物永岛孝雄毕业于广岛高中，1934年进入京都大学哲学系学习。在泷川事件①发生的反动年代里，他巧妙地重新组织了学生运动，除了《学生评论》杂志的活动外还参与策划各种研究会的组织工

---

① 泷川事件，1933年发生的罢免日本京都大学法学系教授泷川幸辰的事件。文部省认为该教授具有共产主义思想，要求其辞职。京都大学法学系教授会反对文部省的要求，全体教师提出辞呈，进行斗争，但最后失败。也称"京都大学事件"。

作。自从接受了共产主义者团的指导后，永岛孝雄大胆地将《民众之声》等进步机关杂志带入京都大学校内并且组建共产主义支持组织。1938 年 6 月，《学生评论》团体的成员均遭逮捕入狱，永岛孝雄也在其中。而京都大学的"标石"组织还在坚持进行秘密活动。1938 年 9 月，在布施杜生也因共产主义者团的原因遭到逮捕后，"标石"组织仍继续保持活动，一直到 1940 年。永岛孝雄和野间宏在关于日本共产主义者团和人民战线的问题上是持有不同意见的，但是他们也有共同点：都曾为脱离西田哲学而苦恼过，都深受唯物论思想的影响。野间宏和"标石"的革命学生团体间决定性的不同在于野间宏是以法国象征主义为出发点来看待和认识问题的，即"通过艺术认识人生"的观点。

在日本侵华战争爆发前夕，在京都的"阴暗的繁花盛开的时节"里，野间宏就是这样一步步地完成自己思想和个性的成长的。这种"阴暗的繁花盛开的时节"的景象从 1937 年 8 月"真理"团体①同人被捕开始，逐渐走向衰败了。1937 年 11 月，《世界文化》和《星期六》的同人相继被捕；同年 12 月，小林阳之助以及神户的人民战线派的成员也遭到逮捕。1938 年 6 月和 9 月，《学生评论》杂志同人永岛孝雄、布施杜生和共产主义者团成员春日庄次郎分别遭到逮捕。小林阳之助、永岛孝雄和布施杜生等人不久后均死于狱中。

在京都的"阴暗的繁花盛开的时节"里，由于和各个团体中友人的交往，野间宏无意间成了那些原本孤立地斗争着的进步团体间的联系人，这些团体有："杂志《世界文化》"团体、"杂志《星期六》"团体、"杂志《学生评论》"团体、"京大标石"团体、神户人民战线派等。值得关注的一点是，野间宏虽然被这些团体的成员在运动中涌现的献身精神所感动，但是他始终坚守着"自我

---

① "真理"团体，同为当时的进步左翼组织，日语名称为"リアル"。

的绝对性"。这种"自我的绝对性"思想的形成和野间宏的"通过艺术认识人生"的思想是紧密相关的，这是一个充满了"基于个人利己主义基础之上的自我保存和固执己见气息"①的思想。从20 世纪 30 年代日本国内的政治斗争的现实状况来看，可以想见执著于这种想法的野间宏，必然会与自己最为接近的"京大标石"团体的同人在思想上处于对立的状态。

野间宏在 20 世纪 30 年代形成的小说创作中的"社会视野"是独特的：既带有竹内胜太郎时代影响下形成的"通过艺术认识人生"的象征主义文学的印记，同时又包含了参与实践革命活动、试图通过实践行动了解社会、反映社会的创作动机，由此产生了具有野间宏特色的"象征诗和革命运动"②相结合的创作思想。这一创作思想中蕴涵的矛盾以及由此带来的新的创作契机体现在了野间宏战后初期作为"全体小说"出发点的系列小说创作中。

---

① 「暗い絵」、『野間宏全集』第 1 卷、筑摩書房、1969 年、35 頁

② 引自「象徴詩と革命運動の間」題目、『野間宏全集』、筑摩書房、1969 年、325 頁

# 第二章 "全体小说"的战后出发

## ——《阴暗的图画》

　　《阴暗的图画》是野间宏在 1946 年发表的第一部"战后派"小说。这部作品在发表的当初就被以平野谦、本多秋五等人为首的《近代文学》同人们誉为日本文坛的"战后文学第一声"[①]。这一评价确立了《阴暗的图画》在日本战后文坛乃至日本文学史上的地位。这部小说无论对于野间宏还是日本战后文坛都是一部重要的作品。因此，正确解读这部小说对掌握之后野间宏的创作动向以及日本战后文坛的一些本质变化都是至关重要的。

　　小说以一群京都大学的大学生为出场人物，描写了 1937 年 7 月日本侵华战争爆发后日本国内阴霾的政治气氛。从小说中的人物对话可以得知小说时间是 1937 年 11 月份前后一个深秋时节的日子，小说仅仅描写了发生在这一时间段的半天内的事情。鉴于文中出现了"名为建设东亚新秩序的近卫声明"[②]的字样，可以初步断定《阴暗的图画》讲述的是 1937 年 11 月 3 日之后的某个深秋之夜的事情。与此相关的另一个重要信息是小说中提到的"人

---

　　① 提法见本多秋五著、『物語　戦後文学史（全）』、新潮社、1966 年、118 頁
　　② 所谓"建设东亚新秩序的声明"是指 1938 年 11 月 3 日日本近卫文麿内阁发表的关于对中国政策的声明，内容是呼吁中国国民政府协助日本政府以及维护和平、建立所谓东亚新秩序的声明。

民战线事件"①，即 1937 年 12 月山川均、荒畑寒村和加藤勘十等人遭到逮捕的事件。因此，可以肯定地推断，《阴暗的图画》中的小说时间是在 1937 年年底。

小说的主人公深见进介的形象被本多秋五概括为一种新的形象：

> 学习了共产主义学说的青年知识分子，在国内外形势都很险恶的日子里，想寻求一条既不成为叛教者也不成为殉教者的新的道路——不管存在与否的一条新的道路。②

本多秋五的见解一语中的，以往参加革命运动的人们的最终结果或是成为"叛教者"或是成为"殉教者"，而《阴暗的图画》的主人公首次以第三种新的形象出现。由于这一形象具有前所未有的特质，才使得《阴暗的图画》的构思、语言风格和主题显得如此地难懂深奥。小说开头描写的佛兰德③画家勃鲁盖尔④的图画正是小说主题的象征，突出表现了日本侵华战争爆发前日本国内的"阴暗"氛围，同时也是具有野间宏特色的"象征诗和革命运动"⑤这一矛盾结合体的象征。

---

①"人民战线"，20 世纪 30 年代后半期，以反法西斯作为共同纲领组织起来的统一战线。在 1935 年的共产国际第七次代表大会上被采纳为战术，1936 年在法国和西班牙获得了政权。在中国发展成了抗日统一战线。这里的"人民战线事件"是指日本侵华战争爆发后，日本近卫文麿内阁对日本国内合法左派的镇压事件。他们以建立反法西斯人民战线为借口，于 1937 年 12 月逮捕了山川均、向坂逸郎等 400 多人。第二年 2 月又逮捕了大内兵卫等所谓劳农派系的学者多人。

② 本多秋五著、「『暗い絵』と転向」、『転向文学論』、未来社、1957 年、234 頁

③ 佛兰德，比利时西部至法国北部北海沿岸一带的地区。中世纪以来毛纺织业发达。

④ 勃鲁盖尔，勃鲁盖尔家族是活跃于 16—17 世纪佛兰德画家家族。这里的勃鲁盖尔人称"老勃鲁盖尔"（1564—1638），因描绘农场和农民形象而知名，本文提到的"阴暗的图画"是"老勃鲁盖尔"有别于平日画风的画集，画集原题是"死的胜利"、"吞噬大鱼·小鱼"、"淫荡"、"饱食之国"等具有强烈幻想色彩的画集。

⑤ 引自「象徴詩と革命運動の間」題目、『野間宏全集』、筑摩書房、1969 年、325 頁

## 第一节 象征主义的画卷

《阴暗的图画》的开篇用了相当大的篇幅描绘了勃鲁盖尔的画集，象征性地揭示了日本的青年知识分子在战争的黑暗峡谷中寻求出路、寻求自我的痛苦历程。勃鲁盖尔生活在西班牙的格鲁一世、菲利普二世大肆入侵佛兰德并实行绝对专制统治的年代。[①]勃鲁盖尔画集中出现的种种似人非人的怪物象征了当时专制统治下得不到解放和自由的人们痛苦扭曲的灵魂。野间宏在小说开头浓墨重彩地描绘的"阴暗的图画"，是由勃鲁盖尔画集中的几幅画面组合而成的。开篇的第一句话颇具特色：

> 夹带着雪片的狂风从一片无草、无树、无果实的地带呼啸而过，带来一阵荒凉之意[②]

这段话的日语原文是具有粘质感的独特的长句，有别于以往的日本文学作品中平和、抒情的语言风格，因此经常被称作是极具战后风格的语言典范，同时也成为野间宏标志性的语言风格。开篇的这句话将读者一下子带入了一个阴森恐怖而又蕴涵着某种骚动的世界里。关于画集的描写为整部小说渲染了一种"阴暗"的气氛，这一连串阴暗的画面，不仅象征了小说中描写的那个时代的"阴暗"、战争期间众多青年知识分子晦暗的青春岁月，同时还影射了主人公深见进介，其实也是野间宏自身一直以来关于生存方式的苦恼和矛盾心态。

---

① 指16—17世纪西班牙殖民主义者对佛兰德（比利时西部至法国北部北海沿岸一带的地区）实行绝对专制统治的时期。

② 「暗い絵」、『野間宏全集』第 1 卷、筑摩書房、1969 年、3 頁 日语原文为"草もなく木もなく実りもなく吹きすさぶ雪風が荒涼として吹き過ぎる。"

## 一、阴暗的现实世界的象征

在野间宏对于画集的描写中，"遍布大地的黑色漏斗形的洞穴"①特别引人注目。事实上勃鲁盖尔的画集中并没有明显的"黑色漏斗形的洞穴"，这是小说主人公深见进介的独特发现，同时也是野间宏的独特发现。在深见进介的眼里，这些原本并不存在的洞穴竟然呈现出以下的状态：

> 那个洞穴的周围放射出一种光芒，就好像是充满过度生命力的嘴唇发出的光泽那样。
>
> ……
>
> 堆得高高的土馒头正中的洞穴，等待着接受重复的、钝重的且充满淫欲的接触，此外还有许多像是属于软体动物似的生物向大地张开了大口……②

从以上生动的描写中我们可以感受到深见进介的视角是非同寻常的，他眼中的画集已不再是勃鲁盖尔笔下单纯的画面，而是带有较多的个人感情色彩。深见进介在与自己思想接近的友人来往的同时，深深地感到自己理想中的道路与他们不一样，抱有这种想法的深见进介内心有一种难以言表的痛苦。

《阴暗的图画》描写的年代是 20 世纪 30 年代末期，当时的日本正筹措发动侵华战争，国内的军国主义强权统治极为猖獗。这一时期和勃鲁盖尔在画集中反映的黑暗年代极为相似。因此，勃鲁盖尔的画集对当时日本的青年知识分子产生了很大的影响。就像小说中的深见进介和友人们一样，当时的知识分子中间悄然传阅着勃鲁盖尔的画集，他们在现实中的体验和看画时的感受形成了共鸣。后来成为战后文学评论家的本多秋五也是他们中的一员。

---

① 「暗い絵」、『野間宏全集』第 1 卷、筑摩書房、1969 年、3 頁
② 「暗い絵」、『野間宏全集』第 1 卷、筑摩書房、1969 年、3 頁

本多秋五认为这种现象其实是以某种艺术的形式对现实进行抵抗，颇有点类似意大利文艺复兴时期古典主义盛行的意味。小说的主人公深见进介是一个学习过共产主义学说的青年知识分子，他对京都大学内反战的学生革命团体抱有好感，并为他们的献身精神所感动。但深见进介认为他们采取的是"没有办法的正确行为"，而他自己则要寻找一条"基于个人利己主义之上的保存自我和固执己见的"[①] "既不成为叛教者也不成为殉教者的第三条道路"[②]。深见进介的友人永杉英作等人后来遭遇了被捕入狱、惨死狱中的命运，深见进介自己也经历了入狱、转向、出狱，最后在一家军需工厂担任小职员，继续在现实的泥潭中挣扎。深见进介的内心很清楚，在当时的情形下，唯有像永杉英作那样拼死力争才有可能获得反战运动的胜利，而自己理想中的既要保存自我、又要追求革命目标的道路在阴森恐怖的环境中只能是一种幻想。这些充满着羞耻的、蠢蠢欲动的"不洁部位"[③]正是深见进介内心意识的伤口。在当时的背景下，当深见进介意识到"第三条道路"的虚幻和不可行，特别是与永杉英作等人的献身精神相比后，对"第三条道路"中蕴涵的个人主义的思想感到羞愧和痛苦。但深见进介又认为"即便在这些丑陋形态横行的时候也要显示自己的存在"[④]，这对于个性和自我长期以来备受禁锢的日本现实状况来说，具有特殊的意义。勃鲁盖尔的"阴暗的图画"中的"洞穴"象征着以丑恶的形象出现的深见进介的"个人主义思想"，但是这种自我觉醒的意识是在不断成长并走向成熟的。所以说，勃鲁盖尔的画集象征了20世纪30年代日本国内阴霾的政治气氛，而其

---

① 「暗い絵」、『野間宏全集』第1卷、筑摩書房、1969年、35頁
② 本多秋五著、『『暗い絵』と転向』、『転向文学論』、未来社、1957年、234頁
③ 「暗い絵」、『野間宏全集』第1卷、筑摩書房、1969年、4頁
④ 「暗い絵」、『野間宏全集』第1卷、筑摩書房、1969年、60頁

中的"洞穴"又象征了日本近代的"个体的自我确立"充满苦痛的艰难历程。

## 二、野间宏内心意识的象征

在《阴暗的图画》开篇的描写中，有一部分是关于一副名为"邪淫"的画面的描写：

> 长着尾巴像爬虫类生物的人叉开双腿、弯下腰……
>
> 在那两腿之间，也有着和大地上的洞穴一样的漏斗形的洞。①

在深见进介的眼里那个"洞穴"就是"性器官，如果有性器官这个词汇的话"②，他认为"这些人好像除了性器官以外没有任何具有其他机能的器官了。"③甚至小说中出现了"用那部分吃、用那部分笑、用那部分哭……"④等等近似疯狂的想象和描写。野间宏在这里借助"兽人"形象来描写人世间的淫荡世界，这和他独特的"肉体认识"是分不开的。《阴暗的图画》发表后，野间宏创作了一批诸如《两个肉体》、《濡湿的肉体》、《崩溃感觉》、《残像》、《地狱篇第二十八歌》等一系列作品。在这些作品中，野间宏执著追求的主题都是在《阴暗的图画》中若隐若现的"肉体认识"，其中有对主人公"肉体个人主义"丑恶性的扩大描写，有对"邪淫"的各式各样的恶人和愚人的描写。通过创作上述作品，野间宏试图探明的是"性"与宗教的纠葛关系。

深见进介内心的"阴暗"面中有一个重要的方面是"肉体问题"，他感觉到的与友人们的差异也包括这一点。深见进介曾向木山省吾说过：

①「暗い絵」、『野間宏全集』第1卷、筑摩書房、1969年、4頁
②「暗い絵」、『野間宏全集』第1卷、筑摩書房、1969年、4頁
③「暗い絵」、『野間宏全集』第1卷、筑摩書房、1969年、4頁
④「暗い絵」、『野間宏全集』第1卷、筑摩書房、1969年、4頁

　　说到底是受到肉体问题的牵制。我一直就没有搞清人的肉体是怎么回事。①

　　日本人的肉体是扭曲的，我们的肉体被扭曲且腐烂着。我们必须将这些肉体扳正。②

　　从深见进介的话语中我们能感觉到野间宏所持有的特异的宗教体验。在上一章中已经提到了野间宏自幼开始的特殊的宗教体验以及由此造成的内心纠葛。野间宏因为自小受到父亲传输的宗教理念的影响，认为人自然的性欲要求是罪恶的，因此为自己内心受到压制却益发强烈的对"性"的渴求寻求自由的出路而作的努力成为了野间宏战后初期文学的重要主题之一。青少年时期的野间宏曾被日本近代作家谷崎润一郎③笔下关于"性"的丰富描写所吸引，同时也醉心于阅读波德莱尔④的《恶之花》。这些事实反映了野间宏内心深处和宗教意识处于矛盾纠葛状态的"性认识"。野间宏对于侧重"性"方面内容描写的文学作品的喜好只是一种对宗教束缚的消极抵抗，是无法彻底打破父亲遗留的宗教影响的。因此还需要更为强有力的行为，也就是佛教中所称的"恶行"，这种行为就是野间宏的"性行为"。野间宏曾说过："我通过性的冲动，知道了我究竟为何物。"⑤对"性"方面的好奇心和自身的"性冲动"不断地推动野间宏打破神秘佛教的冥想世界。有关"性"

----

① 「暗い絵」、『野間宏全集』第 1 卷、筑摩書房、1969 年、35 頁

② 「暗い絵」、『野間宏全集』第 1 卷、筑摩書房、1969 年、35 頁

③ 谷崎润一郎（1886－1965），日本小说家、剧作家。生于东京，从东京大学中途退学。是日本第二次"新思潮"文学运动的同人，擅长以华丽的笔触在小说中描画唯美的、与传统道德相背的空想世界。从日本大正时代后期（20 世纪 20 年代）起热衷于表现日本的传统美，在作品中开创了具有日本古典王朝文学风范的艺术风格。主要作品有小说《春琴抄》、《细雪》，随笔《阴翳礼赞》等。

④ 波德莱尔（1821－1867），法国诗人。法国象征派诗歌的先驱和现代派文学创始人之一，代表作是《恶之花》。

⑤ 野間宏著、「鏡に挾まれて」、『全体小説と想像力』、河出書房、1969 年、211 頁

的行为还向野间宏展示了能够帮助自己从禁锢的神秘佛教世界中冲脱出来的可能性。因此，野间宏笔下的深见进介的行为从表面看与常人有着很大的差异。在《阴暗的图画》中，战斗的马克思主义者永杉英作、羽山纯一身上几乎见不到像深见进介那样阴暗的"性认识"，他们对存在于深见进介内心的神秘宗教和"性"之间的矛盾一无所知。这样一来，深见进介自然就和永杉英作、羽山纯一等人之间产生距离感了。

小说中有关深见进介的心理活动的一段描写，可以表明深见进介和永杉等人的分离是不可避免的：

他（深见进介）想，"我该来的地方，我应该在的地方，除了这里（永杉英作等人处）别无他处。"但他转念又想，"不是这里。我的道路与这条道路是偏离的。"①

很显然，深见进介与永杉英作等人的距离感不仅仅是由于他们在"政治认识"上的差异引起的，其根源是由深见进介自身特殊的"肉体认识"和土俗宗教的特殊背景造成的。从这一角度看，野间宏在《阴暗的图画》里提出的"个人利己主义"、"自我绝对性"、"第三条道路"等决不是一个个空洞的概念，而是野间宏站在想要挣脱既往被压抑的"肉体认识"，被压抑的"人性"的立场上喊出的口号。野间宏蕴积的力量与日本战后社会里渴望真实，打破强权，实现自我的潮流不谋而和，从而使野间宏的"个性化"的问题具有了普遍的"战后"意义。

将个人内心的阴暗以及以"肉体认识"为主的"性认识"在《阴暗的图画》这样有着明显政治倾向的作品中表现出来是一件困难的事情。因为在与政治有关的文学领域里，带有强烈个人色彩的有关"性"的话题是受到压制的。即使在日本战败后的社会里，人们看待"性"问题的目光也是轻蔑的或是好奇的，《阴暗的

---

① 「暗い絵」、『野間宏全集』第 1 卷、筑摩書房、1969 年、35 頁

图画》中欲言又止的情节，晦涩难懂的语言风格都与这一点有关。了解这一点，是解读《阴暗的图画》除了作为战后派文学的代表作品以外、小说深层意味的钥匙。

## 第二节 《阴暗的图画》中的"战后"意义

### 一、创作动机的"战后性"

《阴暗的图画》（1946 年）在发表的当初被以平野谦、本多秋五等人为首的《近代文学》杂志社的同人们誉为文坛的"战后文学第一声"。原因有二：一是，这是一部日本战败后最早发表于日本文坛，具有战后特色的小说；二是，也是更为重要的，小说中蕴涵着具有标志性的"战后"意义。战后文学批评家本多秋五等人使用的"战后"以及战后派作家作品中的"战后"不是一个简单的时间概念，而是指文坛上有别于战前文坛的新阶段，这个"新"，表现在文学观念、作品主题以及文学表现形式上。野间宏在《我的创作体验》一书中称《阴暗的图画》是自己的第一部小说。实际上，在《阴暗的图画》之前，野间宏曾在京都第三高等学校时代的同人杂志《三人》上发表过《车轮》、《青年之环（部分)》等小说。因此对于野间宏来说，《阴暗的图画》的创作一定具有某种开创性的意义，我们不妨把它看作是作为"战后派作家"的野间宏诞生的标志。《阴暗的图画》的内容大都是关于战争背景下的大学生反战运动，为什么把这样一部描述战争内容的小说称作是第一部战后文学作品呢？众多战后文学评论家赋予它的"战后"意义又表现在哪里呢？当然，小说开头关于勃鲁盖尔"阴暗的图画"的晦涩难懂的长句，有别于日本战前文坛的、极具象征意义的画面描写等都具有显著的"战后性"，但笔者认为《阴暗的图画》中蕴涵的"战后"意义首先来源于野间宏的创作动机。

野间宏在《谈谈自己的作品》中，对《阴暗的图画》的创作动机是这样阐述的：

> 《阴暗的图画》是一部以京都大学的学生运动为题材的小说。创作动机的产生是在昭和 14 年（1939 年）前后。我一直带着这个创作动机走过了战争。我最早写出来的部分曾在战争中给下村正夫看过，也对桑原武夫谈过。那时的草稿丢失了，战败当年的九月份我又重新开始写，剩余的部分是十二月份去东京时在瓜生忠夫家的二楼完成的。这部作品是在战争期间重压于头顶的压力被解除后、以爆发的形式将郁积于心底的东西书写出来的产物。因为此，文章的措辞中有许多言辞不清的地方，还有一些粗野的、让人感觉不快的地方。但是我认为（其中）充满了激情。我一边写这部作品，脑海里一边常常浮现死于狱中的布施杜生，我以对杀害他的事物的愤慨为动力，每天伏案写作。①

这段文字清楚地表述了野间宏为什么不得不写出《阴暗的图画》的根本动机。简单地说，就是布施杜生的死。野间宏在京都大学学习期间，通过小野义彦结识了京都大学的《学生评论》杂志团体，这是一个在当局的严厉镇压下仍勇敢坚持抵抗的学生运动的核心团体。在团体成员中，野间宏最为熟悉的有永岛孝雄和布施杜生。1938 年永岛孝雄和布施杜生相继被捕入狱。由于事态进一步恶化，永岛孝雄于 1942 年、布施杜生于 1943 年相继死于狱中。前面引述的野间宏的文字中提到，《阴暗的图画》创作动机的产生是在 1939 年前后，这说明了两位朋友的入狱事件极可能是野间宏创作的最大动机。野间宏自己的处境也很艰难：1938 年从京都大学毕业后，进入大阪市政府的社会部工作；1941 年野间宏作为候补兵应征入伍，第二年被派往菲律宾，在那里参加了一系

---

① 「自分の作品について 1」、『野間宏全集』第 14 巻、筑摩書房、1970 年、253 頁

列战役；1942 年 5 月，因患疟疾被送入马尼拉野战医院治疗，10 月追随原部队回到日本；1943 年初夏，野间宏因违反治安维持法①，经陆军军法会议审判后投入陆军监狱，年末被放出监狱回到原来部队，但仍处于被监视之中；1944 年野间宏所属的部队再一次向东南亚开拔，由于野间宏仍处于被监视之下，就让他退伍了；野间宏想返回大阪市政府工作，但由于犯过法、复职没有希望，只好在大阪的一家军需公司工作，在此期间日本宣布战败了。

日本宣布战败后，野间宏立即着手进行《阴暗的图画》的创作。笔者认为正是这种动力和激情成为了野间宏战后初期文学创作的出发点，这种动力还具有普遍性，它甚至可以说是整个战后派文学作家全体的原动力。那么野间宏当时如此迫切地进行创作的动力到底是什么呢？野间宏曾将这时候的心情描述为："这部作品是在战争期间重压于头顶的压力被解除后、以爆发的形式将郁积于心底的东西书写出来的产物。"②显然，这时的创作动机和 1939 年时的最初的创作动机具有本质上的不同。1939 年永岛孝雄和布施杜生只是被捕入狱，还没有屈死狱中；大学毕业后在大阪市政府工作的野间宏也还没有亲身经历战争。野间宏的创作动机发生本质性的变化应该是在 1941 年即第二次世界大战全面爆发后开始的。野间宏的战争经历无疑将他最初的创作动机深化甚至改变了。当时日本政府对国内反战的共产主义运动加大了镇压的力度，例如野间宏在战争期间被判违反了治安维持法，其中很重要的原因只是因为他与永岛孝雄等人有过交往。1945 年日本宣布战败之时，野间宏内心最大的感慨就是失去友人的悲痛和遗憾。因为在日本战败前，唯有共产主义运动分子从根本上指出了日本侵略战

---

① 日本于大正十四年（1925 年）为镇压共产主义运动由加藤高明内阁起草制定的治安法，禁止变更国体和否认私有财产制度的结社与活动。昭和二十年（1945 年）十月废除。

② 「自分の作品について 1」、『野間宏全集』第 14 卷、筑摩書房、1970 年、253 頁

争的本质。在战争中，共产主义的正确性和前景还不明朗，但当这一正确性被日本战败的事实证实时，野间宏对于友人们的殉死又有了全新的、不同于战时的感受：既然这个理想是切实的、可实现的，那么友人们有如流星滑过天际般短暂的生命轨迹留下了太多的遗憾。野间宏认为如果他们顽强地活下来了，活到理想成为现实的那一天，还能大有作为。但是，战时日本国内的状况使永岛孝雄等不可避免地遭遇了速死的命运。《阴暗的图画》主人公深见进介在日本战败前对他们行为的评价是"具有没有（其他选择）办法的正确性"①，这同样也是野间宏的看法。

## 二、"第三条道路"的"战后"意义

在《阴暗的图画》中，主人公深见进介选择的"第三条道路"也包含着"战后"因素。小说对深见进介选择的"第三条道路"有以下的描述：

> 基于个人利己主义之上的、保存自我、散发着固执己见气息的道路。②

这句话中隐含的意思是：人必须活着，无论如何也得活着。即使跌落到污浊和悲惨的深渊里，只要能够活着，就必须活下去。因为"死"意味着万事皆休，是一切事情的终结，是对人的全盘否定。人的价值的显现是扎根于绝对地，全面地肯定人性的基础之上的。因此野间宏让《阴暗的图画》中的深见进介走上了一条"自我完成的道路"，这条道路和永岛孝雄他们的道路不一样，对于像深见进介这种具有朦胧的"保存自我"、"完成自我"的知识分子来说，没有第二种选择。野间宏写道：

> 他（深见进介）认为他应该在的地方，他应该来的地方，

---

① 「暗い絵」、『野間宏全集』第 1 巻、筑摩書房、1969 年、60 頁

② 「暗い絵」、『野間宏全集』第 1 巻、筑摩書房、1969 年、35 頁

除了这里别无他所。他的想法的确是正确无误的，是他的全身心要求他具有的想法，他在内心深处认可这一想法的同时，与他们（永岛孝雄等人）诀别，并开始踏上"追求自我完成的道路"。[1]

从野间宏大学毕业到日本宣布战败的这一段时间，正是野间宏为了"追求自我完成的道路"经历了充满了污浊和悲惨的历程的阶段。当然，在这段时期里，日本战败的现实还没有出现。因此，匆匆而死的友人们的"没有办法的正确性"以及和友人们诀别后走上"自我完成道路"的深见进介的行为正确性无法得到证明。野间宏对自己选择的道路也常常充满了疑惑和不安，时常陷入自责和羞愧当中。当日本战败的现实最终来到并开始了"战后"这个全新的时代时，最能激荡野间宏心灵的莫过于两点：一是对友人们行为纯粹性和正确性的感慨；二是对自己独自一人迈出的"追求自我完成道路"的步伐正确性的感慨。不难想象后者给予野间宏的冲击力更大。正是在这两者的作用下，野间宏将"郁积于心底的东西以爆发的形式"[2]创作了《阴暗的图画》。野间宏正是站在了"战后"这一视角上才会有如此的感慨，因此小说虽然叙述的是战前和战时的事情，但从作者的创作动机来看，小说主人公选择的"第三条道路"具有极为浓厚的"战后"意义。这种"战后"意义，无论对于野间宏还是战后派作家们，都是触发他们在战后进行系列创作的契机。战后文学评论家们赋予《阴暗的图画》"战后"意义的主要原因也在于此。

### 三、深见进介的"个人利己主义"

从上述分析不难看出，《阴暗的图画》具有很浓厚的政治倾向。

---

[1]「暗い絵」、『野間宏全集』第 1 卷、筑摩書房、1969 年、35 頁

[2]「自分の作品について 1」、『野間宏全集』第 14 卷、筑摩書房、1970 年、253 頁

但如果仅仅把它看作是一部政治小说，那么对于这部小说的分析就过于简单化了。要想探明政治面纱背后的小说真面目，关键在于对小说主人公深见进介的"个人利己主义"的解读。

小说中提到的深见进介选择的"第三条道路"是他区别于其他友人的，极为个性化的选择。深见进介作为战后文学中的"第三种新形象"的主要依据就是他所选择的"第三条道路"。"第三种新形象"的说法最早是由战后文学评论家平野谦提出的。他在为1955年日本新潮文库版的单行本小说《阴暗的图画》撰写的解说文中这样写道：

> ……历来参与革命运动的人们达到的结果，只能是殉教者或是叛教者。到了《阴暗的图画》的主人公这里，第一次出现了第三种新的形象。应该注意的是，这种新形象是前人未曾涉及过的，刻画这一形象的艰难已被清楚地表现在了《阴暗的图画》难以读懂的构思、结构及主题上了。[①]

很显然，平野谦对"第三种新形象"给予了较高的评价。但我们从小说中几乎看不到这条道路的具体内容，所能读到的只是下面这样的叙述："（这是一条）基于个人利己主义之上的自我保存和充满固执己见气息的道路"[②]。这里提到的"个人利己主义"到底具有怎样的特性呢？野间宏只是大致地将"个人利己主义"描述成"将通过科学性的操作追求自我完成的诸多努力"[③]。这种解释显得空泛且没有说服力。整篇小说始终没有阐明"第三条道路"的具体内容，也没有探讨产生这种想法的深层原因。那么，深见进介的"个人利己主义"的具体内容究竟是什么呢？小说为我们提供了另一个了解的突破口，那就是深见进介和女友北住由

---

① 松原新一等著、『増補改訂　戦後日本文学史・年表』、講談社、1985年、63頁
②「暗い絵」、『野間宏全集』第1巻、筑摩書房、1969年、35頁
③「暗い絵」、『野間宏全集』第1巻、筑摩書房、1969年、35頁

起的恋爱经历。

　　深见进介不是个只追求官能享受的堕落青年，他非常有理性，也有革命理想。但是他的恋爱行为却有些破格。小说中提到，深见进介如果不和北住由起发生肉体关系，他就无法爱北住由起，他们之间的恋爱关系是建立在"肉体"基础上的。当深见进介"下决心不再来时，却由于对这些东西（北住由起的肉体）的爱恋是那样地强烈，他动摇在一种难以舍弃的痛苦中"①，深见进介"承认自己对北住由起的执著扩展到了自己的全身，并且将自己的全身烤焦了"②。深见进介在提到与北住由起的关系时常常用到"执著"一词，而不是"爱"。"执著"中包含的独特的"肉体认识"是值得深入探讨的话题。

　　前文曾提到深见进介对勃鲁盖尔的画集中最感兴趣的是有"洞穴"的画面。这是一个个充满了浓厚的、阴暗的两性关系描写的画面：

　　　　赤裸的女人拥抱着一个同样是赤裸的，长着像狼一样的尖嘴、野兽一样的腿的男人在接吻。③

　　深见进介想把目光从画面上移开，却欲罢不能。因为这幅画"触及了他的痛处"④，"使他的脑海里浮现起北住由起和他（自己）的身影"⑤。深见进介的渴望和画面中的景象不谋而合，他渴望像这幅名为"淫荡"的画面中的裸体男女那样，和北住由起在肉体上融合在一起。深见进介祈望通过这样的融合使自己从神秘宗教的束缚中解脱出来，这就是深见进介的"肉体解放思想"。小说中深见进介的"个人利己主义"就是以这种极具个性化的、"肉

---

①「暗い絵」、『野間宏全集』第 1 巻、筑摩書房、1969 年、26 頁
②「暗い絵」、『野間宏全集』第 1 巻、筑摩書房、1969 年、35 頁
③「暗い絵」、『野間宏全集』第 1 巻、筑摩書房、1969 年、46 頁
④「暗い絵」、『野間宏全集』第 1 巻、筑摩書房、1969 年、16 頁
⑤「暗い絵」、『野間宏全集』第 1 巻、筑摩書房、1969 年、47 頁

体化"的形式体现出来的。

然而，现实中的北住由起和"淫荡"画面中的女人不同，她是一名有知识的、平凡的女性，她尊敬、信赖并且深爱着深见进介。由于北住由起不能够理解深见进介的"肉体解放思想"，这种认识上的差异造成了他们之间的不合。深见进介对于男女关系的愿望，既不是通俗意义上的肉体欲望的满足，也不是简简单单的情感上的互相依赖，而是比这两者都更为激烈的、厚重的情感，这是一种混沌不清的、甚至连自己的存在都席卷在内的"肉体的热情"。北住由起对这种肉体上的"个人利己主义"感到恐惧，但是小说中对于北住由起的恐惧心理没有直接描述，只是轻描淡写地叙述了北住由起认为自己的想法幼稚而庸俗，从而羞愧地离开了深见进介。我们可以看到野间宏在作品中欲言又止的姿态，这使得小说中表现的深见进介的"个人利己主义"的内容更加模糊。

在大学里，深见进介是被冠以"顽固的灵魂封锁"之名的学生。他的孤独癖和个人利己主义招来了周围人群的冷嘲热讽。但是这种孤独和利己主义是深深扎根在他内心深处的东西，很难轻易摆脱。深见进介对于自己的特点感到绝望且难以启齿，他无法直截了当地向友人们倾诉内心的隐痛。最终，深见进介和最为亲近的友人木山省吾及恋人北住由起分手了，他成了真正的"孤家寡人"：

　　我现在成了孤家寡人。是的，我又一次回复到了原来的自己。

　　我必须再一次从自己的底层钻出来。[1]

从深见进介的内心独白可以看出，他具有一种无论如何也要从孤独和个人主义的深渊里挣脱出去的欲望。深见进介的欲望也反映了野间宏当时真实的内心感受，可以说深见进介在很大程度

[1] 「暗い絵」、『野間宏全集』第1卷、筑摩書房、1969年、60頁

上是野间宏的化身，两者在许多事件的经历和见解上是相同的。野间宏将自己在战争期间精神上经历的痛苦和矛盾通过深见进介这一文学形象表现出来，使得读者可以窥见战争期间像野间宏这样的知识分子的真实的现实和精神遭遇。

## 第三节 《阴暗的图画》在野间宏"全体小说"创作中的地位

《阴暗的图画》无论是作为野间宏"全体小说"创作的起点，还是作为日本战后文学的"第一声"，其意义都是巨大的。野间宏在自述中反复提到，《阴暗的图画》之后的多部作品都是将《阴暗的图画》中涉及的问题单独放大，通过小说创作实践作进一步的探讨。因此，这部作品是解读野间宏系列作品的切入点。作为野间宏战后"全体小说"创作的起点，《阴暗的图画》在两个方面为后来的创作打下了基础，即社会性和思想性。这两点主要体现在《阴暗的图画》的创作扬弃了"私小说"和无产阶级文学小说的创作方法和作品内容上。

在《阴暗的图画》中，深见进介的文学形象无论在人物经历还是性格方面几乎等同于野间宏。小说中有对深见进介极为详细的面部描写，甚至让读者感受到了作者的自我陶醉感。此外，小说中细腻的心理描写也和日本近代小说传统中注重内心世界的表现一致。在小说中，野间宏大都将心理描写的对象仅限于主人公一人，小说非常谨慎地避免涉及其他人物的内心世界，即使有所涉及，也是通过主人公的推断和想象进行描写的。因此，小说内容大都是关于主人公（或者说是野间宏本人）个人的思考、想象、心理乃至生理状态。

《阴暗的图画》中这种关注自我、剖析自我的显著特点让人很自然地联想到了日本文坛 20 世纪初期出现并对后来的小说创

作产生重大影响的"私小说"。"私小说"的文学形式是在 20 世纪
初的日本自然主义文学运动中出现的。20 世纪初，日俄战争后的
日本文坛受到了西欧自然主义文学思潮的猛烈冲击，应运而生的
日本自然主义文学大致有如下三个特点：一是，强调文艺要排除
一切目的和理想，如实地表现自我的感觉即可；二是，强调文学
的价值在于"真"，即要求作家像自然科学家那样，原原本本地再
现现实生活的现象；三是强调人的"自然性"、"本能冲动"对人
的生活所起的决定作用。由于当时日本时代背景的作用，日本的
自然主义文学还有两个思想特征：一是反对封建道德，尤其是反
对封建家族制度；二是追求个性，具有强烈的自我意识。"私小说"
形式遵循自然主义的创作原则，脱离了时代背景和社会生活，描
写作家个人的心理活动或身边琐事。"私小说"是日本战前文坛的
重要小说形式，可以说几乎每一位活跃于战前文坛的作家都写过
"私小说"。

　　日本著名的文艺评论家平野谦在论著《艺术与现实生活》
（1958 年）中提到，日本私小说有两大类，一类是克服了危机感，
内心达到自我与外界调和状态的"心境小说"或称之为"救助小
说"①；一类是立足于自然主义文学传统之上的"放弃现世者、破
灭者小说"，这类小说通常以日常生活中遭遇的悲惨状况作为小说
成立的前提。野间宏的《阴暗的图画》更接近后者。然而《阴暗
的图画》中虽然大量描写了人物的心理活动、突出了强烈的自我
意识，但是刻意描写的是一个社会化了的"自我"。从主人公深见
进介与朋友之间的交往经历、大学中各种组织社团间针锋相对的
争斗以及小说行文充满粘质感的厚重的语言风格等无不显示了野
间宏在内容和形式上对传统文学的超越。从 20 世纪初日本自然主
义文学运动兴起到战后日本文坛恢复正常文学活动之前，除了无

------

① "救助小说"，日语原文为"救いの文学"。

产阶级文学中涉及了政治和社会的话题外，极少有作家结合纷繁的外部世界探索"人应该如何生存"以及"人存在的价值"这些深层次的问题。这和日本文学的传统风土有着必然的联系，日本古典文学对政治的态度普遍比较淡漠，文学作品多以吟咏自然抒发个人情怀为主，社会性不强；同时日本自古以来佛教思想、宿命思想影响广泛，古典小说喜用平板冲淡的描写手法，推崇远离政治、社会的"纯文学"①。

野间宏作为日本战后派文学的代表作家，他的小说无论在创作背景、题材，还是创作手法上都与"私小说"有着明显的区别，但作为同一文学风土中的产物，两者间的继承、变化和改进关系是值得研究的。日本战后文学产生的背景是 20 世纪 30 年代以来日本文坛的"三足鼎立"局面，即无产阶级文学、新感觉派文学和"私小说"同时并存的日本文坛。20 世纪 20 年代至 30 年代出现在日本文坛的无产阶级文学和新感觉派文学都是为了产生新的文学秩序而兴起的文学运动，它们试图改变的是自然主义文学运动以来成为日本文学"病患"的"私小说"式的文学风土。但这两种文学运动收效甚微，都于 1935 年前后烟消云散了。这两种文学派别的失败除了当时日本国内的政治原因外，还有文学运动自身的原因——运动后期的作家创作过多地受到了"私小说"创作理念的束缚。战后文学中的大部分作品都显露了对过去的日本文学传统的否定，野间宏作为战后文学中的"第一人"，他在这方面所做的努力尤为突出。野间宏在力图摆脱"私小说"创作理念约束的努力在他后期创作的长篇小说中有较多的体现。在《阴暗的图画》中虽然我们能够隐约见到无产阶级文学和新感觉派文学的影子，但是《阴暗的图画》中的主人公与参与反对战争的学生团

---

① 纯文学，日本文艺用语。指和通俗文学、大众文学相对的，不以取悦读者为目的，而以纯粹的艺术感受为中心创作的文学作品。

体间若即若离的关系，主人公对于反战革命运动的态度，小说开篇用新奇、晦涩的语言描写勃鲁盖尔的"阴暗的图画"的语句，还有这部小说在发表的当时带给大众的震撼感受，都是 20 世纪 30 年代的无产阶级小说和新感觉派小说所无法比拟的。

当然，《阴暗的图画》中也留有一些"私小说"手法的痕迹。不过作为一名努力通过创作实践实现自己文学理想的作家，野间宏在他的战后初期系列作品中并没有局限于"私小说"的手法，而是不断地尝试新的表现手法，力图挣脱"私小说"传统的。野间宏在他的后期创作，尤其是长篇小说的创作中充分运用了"全体小说"的创作理念，即从社会、生理和心理三方面全面刻画人物的手法，所以说野间宏对于"私小说"传统的真正超越是在其后期创作中实现的。

《阴暗的图画》与日本文坛战前的作品间最大的不同是它在一定程度上改变了日本文学作品传统意义上的内涵，使得文学作品成为反映大众心声，反映社会变化的精神产物。战前文坛也曾出现过将文学和政治、社会联系起来的文学。但是由于政治的目的过于突出，几乎掩盖了文学本来的面貌，使得文学和政治表现为一种牵强的、不成熟的关系，比如无产阶级文学。无产阶级文学的出现，使日本近代文学首次经受了思想洗礼。无产阶级文学建立起了以革命为目的的思想体系，这对自然主义以来的文学传统是一个强有力的冲击。无产阶级文学认为文学应该具有社会和阶级的使命，它将以往的日本传统文化和文学全体作为资产阶级性质的东西加以否定。无产阶级文学虽然是日本文学史上首次将政治和文学联系起来的文学，但毕竟还是一种较为幼稚的文学。野间宏认为：

> 无产阶级文学给人一种牵强的感觉，它将作为人应具有的感情的、本性的东西抹煞掉，一味地服从于革命和斗争的需要，这是片面的。

无产阶级文学给人的感动不是艺术性的感动。①

野间宏认为自己文学创作的出发点和立场是象征主义，站在这个立场改造日本文坛是野间宏从就读京都第三高等学校的学生时代起就有的理想。这一立场显然包含了野间宏"通过艺术认识人生"的观点，并且试图通过这个观点创作出"对人具有感染力"的作品。对《阴暗的图画》中"深见进介"形象的塑造是野间宏将自己一直以来的观点付诸实施的初步尝试。虽然距离后来的文学创作目标"全体小说"还有很远的距离，但是毕竟迈出了关键的一步。从这个意义看，《阴暗的图画》开辟了日本文学发展中的一个新天地，野间宏深厚的西方文学修养使小说呈现出与众不同的面貌，同时野间宏又立足于"战后的日本"这一特殊的历史环境，将动荡、矛盾和彷徨中的日本人，尤其是知识分子形象表现得淋漓尽致，显示了野间宏吸收西方文学创作理念，扩大和深化"日本文学"内涵方面的努力。野间宏是战后日本文坛最早公开发表作品的作家之一，他的文学创作和理念对当时的战后派作家以及后来日本文坛的影响是深远的。

本多秋五曾对以《阴暗的图画》为代表的战后文学作过这样的评价：

> 战后文学中既有私小说因忠实自我而忽略的对社会的关心，又有无产阶级文学中因重视社会而忽略的凝视、分析自我的一面。这两者以不可分割的形式同时存在于战后文学中。②

从自然主义文学运动以来，日本文坛一直刻意地回避"政治"的话题。战后文学则对政治抱有极大的关注，但同时又极力与无产阶级文学的"政治优先"的意识抗争。战后文学的作家们认为

---

① 「プロレタリア文学の問題」、『野間宏全集』第 18 巻、筑摩書房、1971 年、88 頁
② 本多秋五著、『物語　戦後文学史(全)』、新潮社、1966 年、102 頁

那种刻意向政治靠拢的文学以及以政治为目的的文学无法行使文学本来的使命，相反还会影响文学的正常发展。战后文学所主张的在文学中表现政治和社会的观点，是指扩大文学的视角和范围，将社会内容以及人与社会的关系写进文学作品中，从而摆脱战前文学局限于描写个人的状况。《阴暗的图画》及其他战后作家的作品显示了作家们在恢复文学的主体性方面所做的努力。继《阴暗的图画》之后，野间宏为"全体小说"的完成所作的持续不断的理论和实践方面的努力，使得他成为开拓日本文学新领域的战后文学作家中的佼佼者。

# 第三章 "全体小说"理论雏形

## ——"综合小说论"与战后初期系列小说

### 第一节 《青年之环》初期创作与"综合小说论"的实践局限

　　野间宏很早就开始从事《青年之环》的创作，这部屡经修改，创作时间跨度达 20 多年的"全体小说"的代表作最早发表于 1940 年 5 月和 6 月的《三人》杂志上，但是小说仅仅发表到第二部就停笔了。当时野间宏已经从京都大学毕业，就职于大阪市政府社会部的福利科。野间宏再次在杂志《近代文学》上连载发表第一次修改后的《青年之环》（第一部）是在日本战败后的 1947 年下半年。《青年之环》的时代背景是 1939 年间的 3 个月，当时已经发动了全面侵华战争的日本在国内施行国家总动员法，国内的物资和国民的精神都处于战时日本政府控制下。《青年之环》第一部和第二部分别于 1949 年和 1950 年由日本河出书房出版发行。小说第三部的发行则是 12 年后的事了。1971 年完整的五卷六部本的《青年之环》正式出版发行，此时距离最初的第一部的出版已经过去了 22 年。野间宏在最后的完整版出版前，对早年发行的第一部、第二部进行了大量的修改，《青年之环》的创作可以说贯穿了野间宏文学创作的鼎盛时期。

　　从 1950 年到 1962 年，《青年之环》的写作曾中断了 12 年之久，这个 12 年可称为《青年之环》创作中的第一次中断。那么，第一次中断的原因到底是什么呢？这还得从野间宏早期创作的

《青年之环》第一、第二部中寻找答案。

早期的《青年之环》第一、第二部中，主人公之一的矢花正行对于自己没有向在受歧视部落中担当负责人的岛崎坦白自己以往的经历和信仰①感到不安。同时矢花正行在工作上受到政府机关的"不求有功，但求无过"的消极工作作风的影响，一时间对工作失去了热情。在日本当局对学生运动进行弹压的情况下，矢花正行和以前的朋友们召开会议、商量对策的时候，对众人为了保护自我绞尽脑汁、挖空心思的做法感到厌恶。同时，在会议现场的矢花正行仍然感觉到自己对已分手的恋人大道阳子存有肉体上的欲望，他对这样的自己感到厌恶。小说中是这样描述的：

> 对一个女人的身体这样执著的、无法随意搁置情欲的这种情欲旺盛的自己产生了一种厌恶感。②

另一个主人公大道出泉为了摆脱特高警察的监视，远离了革命活动团体。同时，由于患上了梅毒，大道出泉采取了自虐的生活方式。他面对积极投入部落解放活动的矢花正行是一种矛盾和落寞的心理，因为在之前的学生运动中大道出泉是矢花正行的前辈，比矢花正行更早参加革命团体的活动。早期《青年之环》作品中的主人公在精神上和实际的生活环境中都处于闭塞的、没有出路的状态。

野间宏在战后初期发表的著名的文学理论著作《小说论（Ⅰ）》和《小说论（Ⅲ）》中阐明了自己早期追求的小说方法。在《小说论（Ⅰ）》中，野间宏这样阐述道：

> 要描写一个人物，就不能忽视对这个人物产生作用的国

---

① 根据小说《青年之环》第1部第2章"煤烟"中的内容，矢花正行学生时代曾与人民战线运动有联系，现在仍和日本共产主义团的活动家有交往。

② 「青年の環」、『野間宏全集』第7卷、筑摩書房、1974年、125頁

际关系力量。而且，这种国际性的力量还不是托尔斯泰[1]在《战争与和平》中描写的、只是在几个国家间运动的力量。同时还必须考虑国内经济方面因素的影响、这个人物所处的地方上的影响、家庭的影响、过去经历的影响、生理条件、心理条件等等，都必须明确地表示出来。而且，还必须搞清楚几个方面的内容，比如这些条件是以什么样的比例对一个人物产生作用的，又是采用什么样的形式对人物产生作用的，还有，经济条件和生理条件的组合又会形成什么样特别的条件来驱使和作用于一个人物。以往的小说家没有具备这种严密的方法。因此，他们有时候会非常独断，会任意左右作品中人物的言行。[2]

在《小说论（III）》中野间宏认为：

> 19世纪以前的小说不管是巴尔扎克[3]的还是司汤达[4]的小说，都是从外部把握人物。但是20世纪的小说，比如普鲁斯特[5]、乔伊斯[6]、纪德都是从人的内心把握心理世界。第二次世界大战后，可以说产生了将19世纪和20世纪的小说思想结合起来的观点。内部和外部，将19世纪和20世纪的小说

---

① 托尔斯泰（1828－1910），全名为列夫·托尔斯泰，19世纪俄罗斯伟大的现实主义作家。出身名门贵族。传世的不朽之作有《战争与和平》、《安娜·卡列尼娜》和《复活》等。

② 「小説論 Ⅰ」、『野間宏全集』第14巻、筑摩書房、1970年、29－30頁

③ 巴尔扎克（1799－1850），法国小说家。19世纪现实主义文学的杰出代表。共创作小说92部，冠以总名《人间喜剧》，其中著名的作品有《高老头》、《欧也妮·葛朗台》、《贝姨》等。

④ 司汤达（1783－1842），法国小说家。19世纪现实主义文学的杰出代表。他的代表作品长篇小说《红与黑》是批判现实主义文学的奠基作。

⑤ 普鲁斯特，即马塞尔·普鲁斯特（1871－1922），法国20世纪最伟大的小说家，意识流小说的先驱与大师。

⑥ 乔伊斯，即詹姆斯·乔伊斯（1882－1941），乔伊斯是20世纪最伟大的作家之一，他的"意识流"思想对全世界产生了巨大的影响。乔伊斯的长篇小说《尤利西斯》就是意识流作品的代表作，是20世纪最伟大的小说之一。

综合起来的**综合小说**的课题……为了描写一个人物，就要将与之有关的社会条件、生理条件、心理条件明确地表现出来，必须描绘出生理和心理都存在的形象。[①]

《小说论（Ⅰ）》和《小说论（Ⅲ）》都写于 1948 年，是《青年之环》第一部作为单行本发行的前一年的事。著名的野间宏"全体小说论"以"生理的、心理的、社会的""综合小说论"的形式初露端倪。但是，野间宏提出的从国际关系方面、经济影响方面、家庭及过去经历的影响方面，还有人物自身的生理和心理条件等方面描写人物的观点，表面看起来固然是一种有效地、客观地把握人物形象的办法，但是从创作实践的角度来看，无疑是极具难度的一种方法。因为囊括的条件很多，实际操作起来几乎是不可能的，这只是野间宏的一个创作理想。在提出这一理论的当初，野间宏自己也承认"我的小说现在还没有超出实验小说的范畴。"[②]

"综合小说论"是野间宏"全体小说论"的雏形，虽然没有详尽的理论阐述，但是至少为野间宏今后的文学创作指明了方向。由于"综合小说论"没有具体的指导创作实践的理论体系，所以野间宏要实现创作"综合小说"（"全体小说"）的理想，还需要艰难的小说创作实践和在实践基础上的理论总结。

根据野间宏关于"综合小说论"的阐述，我们可以看出，野间宏试图超越通过描写人物的内心世界塑造人物形象的普鲁斯特和乔伊斯的方法以及从外部条件描写人物的巴尔扎克和司汤达的方法，力图将欧洲 20 世纪前半期的文学方法和 19 世纪的文学方法结合起来。野间宏之所以产生这样的想法是基于自身的战争经历，野间宏感到日本近代以来的文学方法无法反映自己经历过的战争以及通过战争发生了巨大变化的日本社会和日本人的精神世

---

① 「小説論　Ⅲ」、『野間宏全集』第 14 卷、筑摩書房、1970 年、39 頁
② 「小説論　Ⅲ」、『野間宏全集』第 14 卷、筑摩書房、1970 年、30 頁

界。战争不仅破坏了人们拥有的外部世界，还严重损伤了人们内在的精神世界。野间宏强烈渴望的是以往的日本文学风土中没有的、崭新的方法意识。

没有具体方法论支撑的"综合小说论"是不可能有效地指导小说创作的。但是笔者并不因此否定野间宏提出"综合小说论"方法意识的意义。因为从野间宏的整体文学创作角度来看，"综合小说论"蕴涵了野间宏后期的"全体小说"理论著作《萨特论》中有关小说"全体"内容的萌芽。"综合小说论"反映了野间宏有关"全体小说"的部分构想，具体说来有两点：一是在塑造人物的"全体"的同时也描写出包围在人物周围的现实状况的"全体"；二是在作品中构筑小说的虚构空间，采取一种对应现实状况的姿态。由于理论内容的欠缺，"综合小说论"的内容远远不能驾驭野间宏战后初期的小说创作实践。为此，野间宏的理论和实践之间就产生了差距，自然也就造成了初期创作实践的停滞状态。

野间宏面临的困境是当时所有承担日本现代文学的作家们面临的难题。众所周知，上个世纪以来的两次世界大战将"神"及一切既有的价值观从人们的精神世界里彻底地驱逐出去了，人们面对的是一个真实的、纷乱的、价值观迷失的世界。那么，人们在这个没有"神"的世界里怎样才能把握人类的"全体"呢？

法国著名作家萨特在没有"神"存在的现实基础上，深入到人类存在的底层，排除了"神"的视角，将目光全部集中在人的内心世界，以探寻人"存在"的本义为目标，寻求通向自由的道路。在萨特的笔下，作为个体的人物是自由的事物，通向自由的道路上有着与这个自由的人物的自由选择相关的存在主义倾向。但是，萨特从这个决心出发创作的小说《自由之路》没有最终完成，萨特也面临着同样的问题：在第二次世界大战后的欧洲社会里，在推行文学创作的过程中，面对自己面前的巨大的世界的"全体"时，萨特也没有找到合适的方法论开展自己的小说创作。在经历了两次世界大战后，促使生活在这个世界上的作家进行创作的混乱的现实状况是极为复杂的、前所未有的。

野间宏在日本战后文学道路上的探索也是极为艰难的。《青年之环》的创作中断之后，野间宏创作了《真空地带》、《骰子的天空》、《我的塔矗立在那里》等多部长篇小说。这些作品作为一个个独立的作品世界存在的同时，也是为了续写中断创作的《青年之环》而做的准备工作，是野间宏向创作"全体小说"迈进的阶梯。前文提到的"综合小说"的构想究竟应该如何实现呢？野间宏虽然提出了这个重要的问题，但是没有明确论述如何实现这一构想的方法，野间宏只是笼统地论述为：

> 为了塑造一个人物，就要明确这个人物的社会条件、生理条件和心理条件，必须塑造出作为生理的、心理的和社会的存在的人物形象。①

野间宏"综合小说论"中存在的问题是：名称虽然是"综合"，但是野间宏的关注点主要还是集中在战后初期创作中显现的一些相对独立的问题上。在与"综合小说论"紧密相关的文学论《人的要素的分析和综合》②一文中，野间宏主张从生理、心理和社会三方面分析性地描写人物，并在此基础上将这一手法作为一个整体的"综合小说"的方法。特别值得关注的是，在这篇文章中野间宏将象征主义手法中探究人物意识层面的手法扩展到描写人物的生理方面，由此引发了野间宏对于人的"肉体认识"的关注，这也是野间宏战后初期小说的重要特征之一。而关于"综合"的方法，野间宏仅仅论述为归纳总结三要素分析结果的方法。在完成了《真空地带》后，特别是在具备了将《真空地带》电影化的经验后，野间宏开始注重将人物放置在故事情节中描写的方法，

---

① 「小説論（Ⅲ）」、『野間宏全集』第14卷、筑摩書房、1970年、42頁
② 日语名称为『人間の要素の分析と総合』。

并依据故事情节统一生理、心理和社会三要素来构建人物形象。但是小说创作方面的"综合"并不是像组装一个器物那样，将各个零部件正确地拼装起来就可以了。以野间宏的三要素的综合为例，并不是将这三要素简单地放置在小说中就可以了。"社会"、"心理"和"生理"三要素之间必须互相关联、互相作用，才能构成一个有机的小说整体。野间宏战后初期在向"全体小说"递进的过程中，首先关注的是有关人本能的"肉体问题"，野间宏认为人的"肉体"是人的"外部"和"内部"、社会和个人、生活和生殖、宇宙和人类的结合点。所以战后初期野间宏的系列作品将关注点集中在"肉体问题"的原因，除了野间宏自身经历和性格的原因外，从"肉体问题"方面寻求对"综合小说论"的突破也是一个重要原因。与"肉体问题"相关联的三要素间对应的关系分别是"社会"对"心理"、"心理"对"生理"、"生理"又与"社会"相对应，三者之间互相影响、对立，由此产生了无数的戏剧性的场面。具备了历史批判和现实批判意义的小说的故事情节就是通过这些小小的戏剧性场面连缀而成的。野间宏通过包括《真空地带》在内的多部长篇小说的的创作实践，在理论上逐渐从"综合小说论"向"全体小说论"过渡和迈进了。

当野间宏再次继续《青年之环》的创作时，已经从"综合小说论"的模糊和暧昧的阶段过渡到完全自由的阶段了。原先的"综合小说论"中欠缺的东西正是关于小说"全体"概念的论述。野间宏在中断《青年之环》的创作期间，明确了"全体"的概念，并且发表了"全体小说论"——《萨特论》。《萨特论》和《青年之环》的重新创作之间的关系是极其紧密和重要的。野间宏从创作《真空地带》起已经认为小说情节的设置是使小说接近"全体小说"的重要因素，也是促成长篇小说发展和形成的动力。随着创作实践工作的深入，野间宏的文学理论也逐渐地从"综合小说论"的理论框架向"全体小说论"的理论体系过渡了。

## 第二节　野间宏战后初期系列小说创作意图

　　野间宏"战后初期系列小说"主要指 1946 年至 1948 年间集中创作的 7 部长篇及中篇小说。这 7 部小说分别是《两个肉体》（1946 年）、《濡湿的肉体》（1947 年）、《脸上的红月亮》（1947 年）、《地狱篇第二十八歌》（1947 年）、《残像》（1947 年）、《悲哀的欢乐》（1947 年）和《崩溃感觉》（1948 年）。这七部小说都是野间宏在日本战后不久创作的，在小说创作的手法和表现的主题上都有不少类似的地方。在《从〈阴暗的图画〉到〈真空地带〉的创作意图》一文中，野间宏表达了自己创作这一系列作品的初衷：

　　　　在战争中，有许多人即便在表面上协助战争的进行，但内心却有着另外的想法。由于无法忍受过于严厉的镇压，许多人变得孤立，从而封闭在各自孤独的思考中。我也陷入过同样的状态。因此我倾向于关心自己和对自己内心世界进行探究。当然从能力上讲，我也擅长对内心世界的探究。也就是说，只要向自己的外部跨出一步，那儿就有战争和军国主义。我原本应该做的是清醒地睁开双眼批判这一切，但是我们却遮住了双眼，向下看了。在这种情况下，人的心理自然就成了小说描写的第一对象。这是在欧洲的乔伊斯、普鲁斯特在一战后创作的《尤利西斯》和《追忆似水年华》中采用的小说描写模式。在日本，稍晚于欧洲，出现了由伊藤整、横光利一和川端康成等人创作的心理小说。在年龄上比他们小一轮（12 岁）的我也学习了欧洲的新文学，尝试着探索人的内心世界。但是，我的探索和欧洲心理主义文学对心理的探究不同。我对心理的探究是更为深层的、必须联系起与心理相关的生理方面的内容。我打算不仅仅把心理作为精神现象，而是把它和肉体的生理结合起来考虑，把它当作和生理相关联的事物来看待。

但是，仅仅如此还不能说很充分。刚才我写到了战争中遮住了自己看待外部世界的眼睛。这里，我们大家必须考虑以下问题。我们遮住眼睛不看的外部世界是给众多的人们带来灾难、让日本社会走向灭亡的战争。遮住眼睛不看这样的现实，能够抓住人的本质吗？如果只是探究与社会隔离的人的内心世界，是不能抓住人的本质的。我是这样认为的。从整个人的真实面来看，内心世界的真实只是其中的一小部分。为了抓住人的真实、普遍的真实，必须认真看待社会问题。①

从上文的阐述可以看出，野间宏在战后初期以战争和战争影响为主题的小说中试图侧重于两方面的描写：一是心理现象和生理现象结合起来，将生理现象作为人物内在心理的一种表现去分析，这就是野间宏初期系列小说中突出的对人物"肉体问题"的关注，关于这个问题，我们将在下一节中继续探讨。二是联系社会现实，才能更好地反映人物的内心世界，探求到人物的真实面目。野间宏在《阴暗的图画》中对此进行了初步的尝试，在《从〈阴暗的图画〉到〈真空地带〉的创作意图》中野间宏也谈到了这一点：

我在战后的第一部作品《阴暗的图画》就是基于这样的考虑创作的。书中描写的是一群战争中无法按照自己的意愿正确生存的青年在寻求正确的理想和道路的过程中受挫时的思想、心理和肉体关系。书中描写的是日本侵华战争开始不久后的某一天发生的事。这部《阴暗的图画》是对包括战争中的自己在内的青年们的思想、心理和肉体方面的一系列反

①「私の小説観－『暗い絵』から『真空地帯』への創作意図」、『野間宏全集』第14卷、1970年、279－280頁

省。当然不仅仅是对过去的反省，其中还反映了在日本长期以来的军国主义和封建主义的专制中被扭曲了的日本人的思想、心理和肉体，在小说中还流露了试图解决这种扭曲现状的愿望。……我的意图是从肉体的角度去描写这种扭曲的现象，而不是从思想或是精神的角度。因此描写每一个人物的焦点、关注的目光都是在人的肉体上。也就是说，不是把心理作为人的精神现象考虑，而是经常将笔触引入肉体和生理的深处进行描写。这种方法在迄今为止的日本文学中还没有见到。基于这样的想法我创作了《阴暗的图画》。

但是这部作品得到了各种各样的批评。通过这些批评我明白了自己没有注意到的方面和欠缺的地方。正因为是初期的作品，所以在语言的运用和人物的描写方面有许多不成熟的地方。但是在创作上是倾注了十分的心血。但是仅仅依靠《阴暗的图画》中的视点还不能充分地挖掘人物。还必须找出更为正确的、心理和生理联接和分裂的法则。然后再如何将这一点和人的社会生活联系起来呢，我必须将问题考虑到这一步。①

由此可以看出，《阴暗的图画》之后的系列小说主要是围绕与人物的心理状况结合的人物的"肉体问题"展开描写的，这和之前野间宏提出的"综合小说论"是一致的，我们可以清晰地看出野间宏力图在作品中实现从"社会、心理、生理"三方面塑造人物形象的创作手法。

---

① 「私の小説観－『暗い絵』から『真空地帯』への創作意図」、『野間宏全集』第14卷、1970年、280－281頁

## 第三节 战后初期系列小说中的"肉体问题"

萨特曾说过，作家创作是一个"解毒和重新信仰"的过程。
野间宏的小说《阴暗的图画》的创作过程便是如此。野间宏带着
对黑暗的战争时代的记忆潜入"痛苦的自我"的内心深处，通过
写作完成了一种交待，得到了暂时的解脱。其实野间宏在"阴暗
的图画"中挣扎的时候已经抱定了一个新的信念，在《阴暗的图
画》的结尾部分，野间宏借深见进介之口说出：

　　我必须再一次从自己的内心挣脱出来。[①]

这正是野间宏发出的"重新信仰"的声音。可以说写作《阴
暗的图画》是野间宏进入"自己的内心"的过程，当野间宏完成
了这一次艰难的潜入后，他所抱定的信念就是再一次从自己黑暗
的内心世界里挣脱出来。

阅读过野间宏战后初期系列小说的读者都会注意到小说中大
量关于人物本能的肉体欲望的描写，野间宏为什么、又是怎样使
得"肉体问题"成为自己文学作品中执著描写的对象的呢？在早
期的文学评论《关于自己的作品》中，野间宏这样说道：

　　如果战争结束后自己再次回到文学的道路上，那么应该
在怎样的原点上开始文学创作呢？

　　（在现代日本文学作品中）没有一部作品能够从内心深处
抹去战争带来的不安、痛苦和黑暗，也没有一部作品能够纠
正自己的歪曲、肮脏和丑陋，能够从根本上支撑自己、使自
己活下去的作品一部都没有。[②]

野间宏在这里提到的"歪曲、痛苦、黑暗、扭曲、肮脏和丑

---

① 「暗い絵」、『野間宏全集』第 1 卷、筑摩書房、1969 年、60 頁
② 「自分の作品について（Ⅰ）」、『野間宏全集』第 14 卷、1970 年、251－252 頁

陋"，都是战争年代以精神的名义强加在肉体之上的东西，二战期间日本国内经历的是法西斯军政府统领下的精神主义的时代，是一个以精神的名义驱使"肉体"赴死的时代。"肉体"是个体存在的根本所在，在个体的自由活动和权利受到限制的年代，个人的"肉体"和想活下去的呼声一起受到了极度的压制。因此，为了使个体的要求正当化，为了使想活下去的呼声重新出现，野间宏从《阴暗的图画》中首先提出了"肉体问题"，并且在后来的系列小说中从各个层面进行了探究。这批小说就是本节具体讨论的《两个肉体》、《濡湿的肉体》、《地狱篇第二十八歌》、《脸上的红月亮》、《残像》、《悲哀的欢乐》和《崩溃感觉》。其中的后四篇小说中，"肉体问题"和战争问题紧密地联系在一起。

在《两个肉体》中，男主人公由木修是一个具有分裂人格和矛盾内心的角色。他认为自己和恋人光惠之间的恋爱是这样的：

> 从某种意义上讲是哀伤的，同时从某种意义上讲又是滑稽的。因为那个时候的年轻人，对应该在恋人面前完全袒露的自己的肉体感到恐惧，并将这个肉体分裂成两部分，一半奉献给了恋人，另一半供奉给了正义。[1]

由木修之所以会产生这样的想法，是因为他的恋人光惠对他强烈的肉体欲望感到恐惧，同时对他持有的左翼思想也感到不安和困惑。类似的情节在《阴暗的图画》中也有描写。野间宏的生平经历告诉我们，野间宏自身也有过这样的创伤。野间宏通过文学作品的描述多次触及自己的痛苦经历，正是为了彻底探究这种创伤深处所隐含的东西。野间宏这种近乎偏执的创作视角是他战后初期系列小说的共同特点之一。《两个肉体》中有这样的描述：

> 他（由木修）的眼睛在内部打开了。他的眼睛在看他肉体的内部。他觉得自己在观察自己内部的同时，光惠在害怕

---

① 「二つの肉体」、『野間宏全集』第 1 卷、筑摩書房、1969 年、61 頁

着自己的身体。

接着，他在自己黑暗的肉体中，沿着皮肤，大大地睁开了肉体的眼睛，他感觉到（肉体的眼睛的）目光投向了接触着自己的她（光惠）的肉体。[1]

这段有关男女两性接触的大胆描写让人想起了《阴暗的图画》的开篇对勃鲁盖尔画集的描写以及描写勃鲁盖尔的画集时野间宏的视角。野间宏是通过《阴暗的图画》的主人公深见进介谜一般游走的目光来描述画中的景象的。与此同时还存在着一个超越深见进介的目光，这个"黑暗的、没有神采的、暴露出淫荡意味的目光，不知从哪儿开始紧盯着这幅画"[2]，这段大胆而神秘的描写成为了野间宏战后作品的标志。前面提到的"暴露出淫荡意味的目光"并不是来自于画中那些畸形的人们的眼睛，而是一种超越了他们的"眼睛"，是来自于野间宏自己。在《两个肉体》中，这个飘忽神秘的"目光"很明确地变为了凝视自己肉体内部的"目光"。

在《两个肉体》中，经过这样的目光的审视，读者看到的是两个人的肉体在进入真正肉体关系前的一系列的事情，比如两人的碰撞、摩擦、争吵，听到欲望呻吟后的厌恶和恐惧。男主人公由木修认为这一切必须恢复到正常的、自然的状态，但他又无法明确地表达这样的意思，因为用他自己的话来说，"两个肉体"之间存在的"不是爱，的的确确不是爱"[3]。在完成了这样的确认后，小说的故事没有进一步发展，只是描述了人们送别一群出征兵士的场景。在这样的场景中，由木修"感到自己的身体被嵌入了万

---

[1]「二つの肉体」、『野間宏全集』第 1 卷、筑摩書房、1969 年、64 頁
[2]「暗い絵」、『野間宏全集』第 1 卷、筑摩書房、1969 年、1 頁
[3]「二つの肉体」、『野間宏全集』第 1 卷、筑摩書房、1969 年、69 頁

岁的呼声和光惠的身体之间"①。野间宏在《两个肉体》中试图剖析人物矛盾内心的的尝试只是以"审视肉体内部的目光"的出现而告终。

在《濡湿的肉体》中，曾经"审视肉体内部的目光"又在看些什么呢？在这部小说中，这种关注的目光投向了更为具体的手或是嘴唇这些肉体部分的动作上。小说中下面的这些描述，可以使读者清晰地感知这一点。

> 他（木原始）感到自己的意识一直在关注和优子的嘴唇接触时的自己的触感上"

> 他感觉到她手指发出的异常强大的抓握力在他手中产生，这种很难说是恐怖的、但是包含着战栗的手的感觉，从手指尖沿着手臂向上传递的时候，一种强烈的厌恶的情感使他的身体颤抖起来。②

这部作品中有关"肉体"描写的最明显的特征是将"肉体"和属于精神范畴的概念联系起来了。小说中提到男主人公木原始追求的理想女性是"肉体的贝雅特里奇"③，他希望这个"肉体""能够正确地认识他自己的'肉体'的内涵、构造和机能"，能够从他的"肉体"中"引导出生命的延展力，痛快地释放他的阴暗的、被封闭的欲望"④。在《阴暗的图画》中，野间宏也曾提到"肉体的贝雅特里奇"，在《濡湿的肉体》中，野间宏对这一概念的描述更加细化和具体了。小说中写道：如果没有这样的"肉体"，木

---

① 「二つの肉体」、『野間宏全集』第 1 卷、筑摩書房、1969 年、73 頁
② 「肉体は濡れて」、『野間宏全集』第 1 卷、筑摩書房、1969 年、74 頁
③ 贝雅特里奇，原文是 Beatrice。意大利诗人但丁（1265－1321）在《新生》、《神曲》中作为基督教的爱的寓意加以歌颂的女性，原意为"施予恩泽者"。在《神曲》中，先由古罗马诗人维吉尔引导但丁游历地狱和炼狱，接着由但丁青年时代的女友贝雅特里奇引导但丁游历天国。
④ 「肉体は濡れて」、『野間宏全集』第 1 卷、筑摩書房、1969 年、82 頁

原始就会感到自己的"肉体"是一个阴暗的事物,会亵渎自己内心的"自然和生命"。他想在自己所爱的少女的"肉体"中"无限地漫步",但是由于少女的"肉体"向他展示了恐怖的一面,因此两人的"肉体"就堕入了"丑陋的斗争的状态中"。当他来到另一个女人身边时,"他感到女人的肉体的本质和自己肉体的本质是完全不合拍的两个肉体。"① 木原始认为原因是对方无法理解自己的严肃的内心世界。最后木原始的告白是:"事实上我不由得厌恶起自己的肉体来。我觉得自己一直被自己的肉体驱使着。"②

这部小说中关于"肉体问题"的分析虽然比《两个肉体》更为深入和具体,但作为文学作品来说还夹杂着许多不成熟的创作手法,文中充斥了大量的告白式的话语,使得小说的叙述视角显得单一和刻板,人物形象的塑造也比较单薄,缺少立体感。不过,这部小说还是很好地展现了青年时期的野间宏是如何被"肉体问题"所困扰的。正如小说中描写的那样,野间宏也曾徘徊于两个女性之间,其精神和肉体也曾处于割裂状态中。这种精神和肉体割裂开来的原因并不是由于外界的客观事实造成的,而主要取决于野间宏长期以来受到压抑的内心世界,精神和肉体的割裂在一定意义上构成了野间宏内心世界的特征。野间宏的有关"肉体问题"的认识在他幼年时期所接受的佛教教义的左右下,一直处于被压抑的状态之中,因此成年后的他近乎病态般地追求肉体上的解放。然而,在日本战前并不开放的年代里,野间宏的行为并没有获得他所期待的解放,依然受到压制。因此,他的精神和肉体始终处于一种割裂状态之中。战后初期的野间宏一方面意识到自己肉体的丑陋,一方面又强烈地追求肉体欲望的解放。这成为了野间宏初期创作中关注的一个主题,关于这个主题的探讨一直持

① 「肉体は濡れて」、『野間宏全集』第 1 卷、筑摩書房、1969 年、110 頁
② 「肉体は濡れて」、『野間宏全集』第 1 卷、筑摩書房、1969 年、111 頁

续到《崩溃感觉》的创作。野间宏将原本属于精神领域的理念与"肉体问题"联系起来，追求所谓的"肉体的贝雅特里奇"。同时，野间宏也开始关注人物"肉体"周围的现实世界，逐渐意识到必须在具体的社会条件和环境中才能确立正确的"肉体认识"。这点认识也是最终促使野间宏超越战后初期系列小说的创作风格，走向"全体小说"创作的原因之一。

从野间宏的在具体的社会条件和环境中出发才有可能确立正确的"肉体认识"的观点来看，这个时期野间宏探究"肉体问题"的作品中，最为优秀的是《地狱篇第二十八歌》和《脸上的红月亮》，这两部小说因涉及到当时的现实社会的问题曾引起过巨大的反响。野间宏在日本战败后承认了自己作为马克思主义者的身份，并于1946年底加入了日本共产党。入党一个月后，野间宏因《濡湿的肉体》受到来自党内的严厉批判。以当时的日共总书记德田球一为代表的所有与文学相关的党内人士都出席了会议。他们围绕《濡湿的肉体》中有关"肉体问题"的探讨和两性关系的露骨描写对野间宏进行了严厉的质问。在日共党内几乎没有人理解野间宏探究"肉体问题"的深层原因，而且当时党内也没有形成一种正确批判文学作品和文学家的形式和方法。党内人士一致从党派的道德主义出发，指责野间宏的作品是一种颓废的作品，指出当前还有更为重要的工作要做，并且出现了完全不理解野间宏创作初衷、从政治意识出发的言论：他们认为野间宏作品中的"肉体"不是生活着、劳动着、思考着以及拥有爱憎感情的现实中的"肉体"。总体说来，对于当时还是年轻作家的野间宏，这种来自日本共产党内部的批评没有表现出理解和包容的态度。这段史实反映了处在文学创作摸索阶段、关注自己内心涌动的某种矛盾事物的野间宏和其他的日共文学家之间的鸿沟。京都大学时代的野间宏和他的革命家朋友之间的分歧以新的形式再次出现了，而这次野间宏所面对的则是自诩为肩负新使命的集团中的正统派，所以其差距显得更大。野间宏在回忆这段往事时认为，当时党内的批判方式丝毫不符合对于文学作品和文学家的批评原则。围绕《濡湿的肉体》对野间宏进行的质问大都充满了对野间宏的不理解和嘲笑，但是这些嘲笑丝毫没有左右野间宏继续探索和写作的意志，反而更加激发了他以科学的方法不断地在小说创作中摸索和实践的决心。

在《地狱篇第二十八歌》中，野间宏关注"肉体问题"的方法和深度更前进了一步。这部小说的主人公木原始①从一开始就表现出了对自我的明确认识。先来看一下小说开篇的这段话：

> 木原始再次拜访江岛春枝时，他清楚地知道将自己吸引到春枝身边的东西是什么，他的心中连一丝爱的柔情都没有。②

从这段话中很明显地能看出主人公赤裸裸的肉体欲求。《地狱篇第二十八歌》中主人公的目光不仅关注自己肉体的内部，而且还凝视自己欲望的对象，并且视线从欲望的对象再回到自己，然后再从自己到欲望的对象，采用了一种交织的、精密的手法描写主人公对于"肉体"的感觉。从而使得读者对于主人公的"肉体认识"有了较为明晰的把握。

我们来看看木原始偷窥女主人公江岛春枝的场景：

> 她还没有留意到木原始的存在。她的一双眼睑染上了红晕，就像是被从内心喷发的火焰染红了似的。看起来像是她肉体内多余的柔情流泻出来一般。……她是一个已经远离自己身边的存在。……春枝睁开了闭着的双眼。抬起了靠在右手上的脸。这时睁开的双眼中闪动着异彩，上唇微微扭曲，流露出一种肉欲的暗示。她伸出两手、碰到花瓶中的松枝。

---

① 与《濡湿的肉体》中的男主人公同名。

② 「地獄篇第二十八歌」、『野間宏全集』第1卷、筑摩書房、1969年、138頁

慢慢地将自己的脸凑到松针上。突然间，她紧紧闭上了双眼。她像是要点亮松针似的，把脸凑向松针。……①

木原始看着这一切，似乎亲身感受到了松针刺到女人脸上时的快感。同时他的心中充满了"不可名状的痛苦和憎恶"。"他觉得植物那繁密的尖针透过女人的脸刺向了她孤独的灵魂，同时也刺到了他自己孤独的灵魂。"②而后，他看到将脸从松枝上移开的女人的脸上呈现出一种"寂寞的、无依无靠的失落表情"③。他感到了一阵吹过女人肉体内部的"暴风雨"④。就在这时，女人的目光突然看到了他，"她发现自己的秘密被强行无理地夺走后，全身因羞耻而战栗起来。"⑤

这一段形象的描写，准确地抓住了男女主人公的心理活动，野间宏不仅将关注的目光投向主人公的肉体内部，而且对人物"肉体认识"的描写更为细腻、精练，同时通过对人物内心活动的描写，从感性的和理性的层面立体地描摹出了人物的形象。在《地狱篇第二十八歌》里，野间宏放弃了在《阴暗的图画》中大量使用的具有抽象意味的词汇，而是采用了直白、生动的描写，着意捕捉人物生动形象的动作神态，并且和直观背后隐藏的深意结合起来，给读者呈现了一种更为具体、生动、立体的人物形象。小说中使用了许多描述人物心理作用于外界事物以及外界事物作用于人物内心的词语，如"泄露、喷发、刺激、贯穿、到达、吸引、拒绝、被夺走"等。这些描述性的词语和形象的事物结合起来，为人物的"肉体认识"和内心世界赋予了深层的含义。这一点是野间宏探讨"肉体问题"的文学作品和一般的浅薄的"肉体

① 「地獄篇第二十八歌」、『野間宏全集』第 1 卷、筑摩書房、1969 年、139 頁
② 「地獄篇第二十八歌」、『野間宏全集』第 1 卷、筑摩書房、1969 年、139 頁
③ 「地獄篇第二十八歌」、『野間宏全集』第 1 卷、筑摩書房、1969 年、139 頁
④ 「地獄篇第二十八歌」、『野間宏全集』第 1 卷、筑摩書房、1969 年、140 頁
⑤ 「地獄篇第二十八歌」、『野間宏全集』第 1 卷、筑摩書房、1969 年、140 頁

文学"①不同的地方。

上述含有深意的描述性的词语并不仅仅体现了野间宏在文学修辞上的功夫,更重要的是与野间宏一贯以来的探究人物内心世界的创作态度有关。野间宏在描写小说人物时候,特别是在描写以自己为原型的人物的时候,是抱着透过外表挖掘人物内心隐藏的事物的态度创作的。下面的这段描写就很好地展现了野间宏对于男女之间的"肉体问题"的探究。

> 他(木原始)准备转身离去,女人顺着墙壁滑落的身体映入了他的眼帘。这个动作以一种奇异的力量抓住了他的目光。这是一种抵达他身体欲望底层的力量。……他走近窗边,将自己的手放在那个变得苍白的、颤抖着的八根手指上。那种让他的全部存在战抖的生命的颤动通过他的指尖传递到了他的情欲另一侧。他觉得两人的手接触的地方好像有火在燃烧。这两个肉体的暗中的连接点。他感到某个强大的无形的手将这个连接点绑缚得更牢固了。②

在野间宏的作品中,男女双方肉体的结合大都是追求情欲释放的结果,而不是野间宏理想中追求的"神圣的爱"的形式。就像《地狱篇第二十八歌》中的木原始凝视的总是"被无尽的情欲的渴望惩罚的自己的(扭曲的)脸,他永远也无法理解自己为什么需要对方(女性),也不知道自己真正追求的是什么,他认为女人雪白的、袒露无遗的肉体的颜色不是自己追求的东西"③,但是自己"为了得到这一切,所付出的代价是和隔着一层肌肤在燃烧

---

① 肉体文学,第二次世界大战后,在日本文坛由田村泰次郎等人提出。是一种重视人类活动唯一的主体—肉体,主张从肉体的原始要求中探求人类的真实,并由此求得再发展的文学。

② 「地狱篇第二十八歌」、『野间宏全集』第1卷、筑摩书房、1969年、149页

③ 「地狱篇第二十八歌」、『野间宏全集』第1卷、筑摩书房、1969年、150页

的憎恶和冷笑相交换的情欲的斗争"①，其中"不可理解"的状态是，木原始始终无法真正理解自己的情欲对象。他的面前好像竖着一堵不可穿透的墙壁，使得他处于一种渴望受罚的状态中，以至于他发出这样的呐喊："对了，我要一直保持这样。不，我要一直呆在散发着我这种人的气味的洞中。然后，我想把其他人强行地拽入我的洞中。"②

在《地狱篇第二十八歌》中，集中体现了野间宏独特的、缜密的自我探究的创作手法。野间宏运用这种方法力图去挖掘自己的内心世界，一个自己也无法控制的，无奈的矛盾世界，这是一个以自我主义、利己主义为中心的内心世界。在《阴暗的图画》中，野间宏也曾描述过这样的内心世界，并称之为"基于利己主义的自我保存和散发着固执己见气息的道路。"③此后野间宏以"释放封闭在自己内心的意识内容"为目的进行战后初期系列小说的创作。他在《地狱篇第二十八歌》中挖掘出自己心中与"神圣的爱"分离的情欲，并打算惩罚这样的情欲，这是一种发自内心的审判利己主义的态度。我们必须看到这种"对情欲的渴望"背后隐含的实际上是对理想爱情的渴望，在野间宏看来，这是可求不可得的事物。野间宏一直关注自己精神和肉体的裂痕以及自我和他人之间的裂痕，这是因为他在内心深处一直渴望获得"爱"，对于"爱"的渴望源自于野间宏的出身背景和战争经历。当然，这个渴望强烈的方面，也正是野间宏的痛苦集中体现的地方。

在《脸上的红月亮》中，有关男女间"肉体问题"的探讨上升到和现实社会相联系的层面。小说中描写的那个痛苦的世界是经历了战争并因战争而受伤的人们共同拥有的世界。这个世界也

---

① 「地獄篇第二十八歌」、『野間宏全集』第 1 卷、筑摩書房、1969 年、150 頁
② 「地獄篇第二十八歌」、『野間宏全集』第 1 卷、筑摩書房、1969 年、151 頁
③ 「暗い絵」、『野間宏全集』第 1 卷、筑摩書房、1969 年、35 頁

是野间宏描写"战争和人"的主题的一个切入点。小说中诉说的痛苦的双重含义是这部小说超越了一般探讨"肉体问题"小说的重要原因,即战争带来的"痛苦"将男女主人公拉近,但是也正是这个"痛苦"妨碍了两个人的结合。

主人公北山年夫在奔赴战场前,曾和一个女人交往过。但是这个女人只是作为北山年夫从前恋人的替身,北山年夫对她并没有真爱。而这个女人却是全身心地爱着他、信赖他。北山年夫对此心怀歉疚,但是并不了解这个女人的真实感受。他真正认识到这个女人的痛苦和爱的价值是在自己进入战场后。在战场上北山年夫领悟到只有靠自己的力量才能守护自己的生命,同时也看到了包括自己在内的人们显露的自私本性并为此感到痛苦不堪。他由自己的痛苦了解到了恋人苦恋自己和为自己付出却没有回报的痛苦。通过体味她的痛苦,北山年夫忍受住了战场的残酷活了下来。他在战后回到日本才得知恋人已经去世了。在工作场所北山年夫碰到了一个和自己一样,因战争在精神上有过创伤的女性堀川仓子。孤独而美丽的堀川仓子在战争中失去了新婚的丈夫,她美丽的外表显现了一种凄惨的美。正是这种独特的美打动了北山年夫,他认定堀川仓子和自己拥有同样的痛苦,他认为这样的两个人是互相需要的,应该互相依靠。北山年夫认为:

> 如果像他这样的人心中多少还存有真实和真诚的话,他想以这种真实和真诚去抚慰她的心灵。……如果这样,两个人的内心能够面对面地交换各自的痛苦,两个人能够交换各自生存的秘密,两个人能够袒露各自的真实……能做到这样,人生就有新的意义。①

北山年夫的这番内心表白正是从战争中生存下来的人们发自内心的呼唤。但是,"痛苦"不是"爱",虽然"痛苦"是转换成

---

① 「顔の中の赤い月」、『野間宏全集』第 1 卷、筑摩書房、1969 年、135－136 頁

"爱"的一个契机。"痛苦"不可能将现实中的两个人带入幸福的境地。因为"痛苦"是个人内心的分裂和矛盾造成的，拥有这样心态的人是不可能真正地爱别人的。北山年夫和堀川仓子最终未能走到一起，这是小说中体现的另一种痛苦观。北山年夫认为如果两个人能够互相交流痛苦的内容，人生就会具备新的意义，但立刻又认为这是不可能实现的事情，由此他也发现了自己以个人主义为中心的内心世界。具体的体现是：在战场上只顾保存自己的生命，对战友弃之不顾的个人主义。这个经历显示的是只有自己的生命是自己的东西的"自我绝对性"。这样的记忆显然会打破人们对于"人生新的意义"的希望，这是"战争"这种超越个人力量的事物在个人心中残留的难以掩盖的创伤。这种对希望的打击是持续的，它会随时从过往的记忆深处跃出，在现实生活中以幻觉的形式呈现。出现在堀川仓子脸上的"红月亮"就是这种幻觉的表现。这样的幻觉侵扰了现实，对现实中的"肉体问题"产生了影响。幻觉中所显现的痛苦，以及直视和剖析这种痛苦的意志，也是野间宏创作这部小说的初衷。

## 第四节　战后初期作品的巅峰之作——《崩溃感觉》

　　发表于 1948 年 1 月的《崩溃感觉》是一部结构奇特的小说。《崩溃感觉》被野间宏称作是"实验小说"[①]，是其战后初期系列作品中的最后一部小说。从总体来看，这部小说内容散乱，没有完整的故事情节，不像《脸上的红月亮》那样结构均衡，叙事条理清晰。但是笔者认为在野间宏初期的系列作品中，《崩溃感觉》是最具爆发力、最吸引人的一部小说。作为小说，它在形式和结

---

　　① 提法见「自分の作品について（Ⅰ）」，『野間宏全集』第14卷、筑摩書房、1970年、255頁

构上确实有所欠缺，但它就像是一个有血有肉的生物那样栩栩如生地展现在读者面前。在《崩溃感觉》中，野间宏同样描写了一位有着战争心灵创伤的主人公及川隆一。小说中的时间也是设定在战后，但主人公的言行与《脸上的红月亮》中的北山年夫有很大不同。相比较而言，野间宏对于小说主人公及川隆一的塑造更加成熟、有力。

《崩溃感觉》和《脸上的红月亮》一样，小说中的男主人公都是从战场归来的青年，但是战争给他们留下的创伤却不相同。《脸上的红月亮》中的北山年夫的战争创伤集中体现在对自己在战场上见死不救行为的歉疚和自责上；《崩溃感觉》中的及川隆一内心的战争阴影则是自己在战争中一次失败的自杀行为。后者的战争创伤显得更直接也更惨烈。《脸上的红月亮》和《崩溃感觉》之间最重要也是最具有决定意义的区别，是对两位女主人公形象塑造的差异以及男主人公和各自恋人间所呈现的不同关系。这一区别使得《崩溃感觉》表现的主题更具尖锐性和深刻性。在《脸上的红月亮》中，北山年夫和堀川仓子最终未能结合，小说要表现的主题也正是在主人公拒绝结合、拒绝融入新生活中体现并完成的。而《崩溃感觉》的主人公及川隆一与北山年夫很不相同。《崩溃感觉》是从这样一句话开始的："及川隆一走出借宿的二楼东侧的房间，去和恋人西原志津子幽会……"[1]及川隆一和西原志津子的最初的相遇是极其偶然的，他们两人的结合也缺少牢固的感情基础。因为当初"这两个人的结合目的，就是肉体。"[2]问题是，他们为何、又是如何因"肉体需求"走到一起的呢？

及川隆一和西原志津子的初次见面是在东京九段下的一家书店里。在店中狭窄的通道里相遇时，他们都注意到了对方。在随

①「崩解感觉」、『野間宏全集』第 1 巻、筑摩書房、1969 年、175 頁
②「崩解感觉」、『野間宏全集』第 1 巻、筑摩書房、1969 年、176 頁

后的两三次巧遇后，首先打招呼的是西原志津子。接下来两个人就"极其简单地、过于简单地"[①]发生了肉体关系。值得注意的是，及川隆一平时是一个"一直尽量避免投入到和别人发生新关系中"[②]的人。经历过战争并在战争中被追逼到生死边缘的人们，很可能会既不信赖任何人、也不会轻易肯定任何人。在这一点上，北山年夫和及川隆一是相似的。但是他们愿意接近的女性却大不一样：堀川仓子是战争寡妇，她的心里埋藏着战争的阴影，在北山年夫眼里她就是战争创伤的象征；西原志津子则相对年轻，她在一家曾为战争服务的军需工厂工作，因为有一个在厂里担任要职的好友，所以她在工作场所比较舒适随意。虽然西原志津子也在战争中失去了哥哥，也是战争的受害者之一，但当她说："讨厌，战争是挺讨厌的。"[③]这句话时，总让人有种冷冰冰的、事不关己的感觉，而堀川仓子是绝对不会说出含有这种语气的话。西原志津子对战争的现实是缺少批判的，即使诉说自己的不满，也就停留在反对工厂的某些不合理的规定上。如果说堀川仓子的存在对于北山年夫来说就是"战争创伤"的话，那么西原志津子对于及川隆一来说只是个模糊的存在，至少西原志津子和"战争"没有直接的关系。在一定意义上，西原志津子只是一个将"战争"与"战后"连接起来的中介物。恰恰因为西原志津子具有的这个性质，所以一向不轻易和他人发生联系的及川隆一和西原志津子的结合才成为了可能，我们要关注的是这两者的结合所具有的深层含义。伴随着及川隆一和西原志津子的不期而遇，及川隆一从名为"战争"的躯壳中被拖到了战后的现实生活中。因此，和《脸上的红月亮》相比，《崩溃感觉》描写的内容让人更为真实地感觉

---

① 「崩解感覚」、『野間宏全集』第 1 卷、筑摩書房、1969 年、202 頁
② 「崩解感覚」、『野間宏全集』第 1 卷、筑摩書房、1969 年、203 頁
③ 「崩解感覚」、『野間宏全集』第 1 卷、筑摩書房、1969 年、203 頁

到了战后的日常生活现状。比如，西原志津子到书店的目的是为了看大型的时装杂志；还有穿着"腰间皮带耷拉着的绿外套"①的女学生在街上走着的情景等等，都是对战后日益变化的社会现实的描写。及川隆一被这样的气氛包裹、融化，他再想非常执著地拒绝"战后"现实已经不可能了。而事实上及川隆一已经一定程度地被卷入战后生活中，但是这并不意味他能很快地、完全地适应战后的生活。

及川隆一在战争中失败的自杀留下的除了精神上的屈辱和痛苦外，还有一个肉体上的创伤，那就是只剩三根指头的左手。在和西原志津子的肉体接触中，虽然掺杂一些不真实的、虚伪的情感，但及川隆一的身心确实得到了短暂的自由和解放。即便如此，他还是不能完全从自己的"左手回忆"中解脱出来。这个"皱巴巴的伤痕"②，不仅一直带给他肉体上的痛苦，更主要的是它不断地唤起及川隆一对自己在战争中选择自杀方式的屈辱记忆。这样的记忆是不容易被战后的时光消磨掉的。比起和西原志津子的交往，在小说中最能充分体现这一内心矛盾和痛苦的情节是与及川隆一同住一间公寓的大学生荒井幸夫的自杀事件。

荒井幸夫的自杀据说是因为恋爱不顺利引起的，但这样一个学生的自杀却唤起了及川隆一对于自己在战场上自杀未遂的痛苦回忆。面对荒井幸夫的尸体，及川隆一的感受是复杂且痛苦的：

> （及川隆一）仿佛觉得自己的眼睛被一种看不见的磁力或是其他的什么力量捕捉住了一般。这对于他来说是一个特别的瞬间。他内心感到一种自己被无数次来回颠倒般的精神上的眩晕感。深深的静寂从他的耳后蔓延到大脑的各个角落，然后又在角落里扩散开来……从那深不可测的脑髓末端勾起

---

① 「崩解感觉」、『野间宏全集』第 1 卷、筑摩书房、1969 年、205 页
② 「崩解感觉」、『野间宏全集』第 1 卷、筑摩书房、1969 年、203 页

了平日隐藏在他心里的秘密和痛苦。①

荒井幸夫的自杀让及川隆一走进了自己内心的"战争"隐痛。从这个意义上讲，荒井幸夫的死成为了及川隆一进入"战后"世界的新的障碍。已被西原志津子拽入战后现实社会的及川隆一又一次被拖回到"战争"中。及川隆一虽然表现出了近似本能的抵抗意识，但是这个事件无疑更加深了他接受战后现实的难度。小说发展到这里，产生了与《脸上的红月亮》异曲同工般的效果。

在《脸上的红月亮》中对人的希望造成打击的力量在《崩溃感觉》中显得更为强烈。这种力量将人从内部击跨，将人的自我意识毁灭得支离破碎。对小说主人公造成压迫的是两个具有象征意义的事物：一是及川隆一自己残缺的左手；二是同屋室友的尸体。及川隆一虽然和西原志津子一直保持着肉体关系，但实际上及川隆一并不爱她，因为他是一个连自己都不爱的人。战场的经历使他不敢面对自己，在战场自杀未遂的事件留给及川隆一精神上的创伤就像是石块似的东西，无论到什么时候都不会溶解和消逝。像这种触及人物内心深处的探究，单单通过人物的行动和会话是无法充分表述的，只有通过对一种无意识中的、只有肉体还记得的阴暗的感觉的描写才能将小说人物内心复杂的感受描写出来。野间宏在《崩溃感觉》中对这方面意识的描写，可以说是非常淋漓尽致的：

> 软乎乎的感觉、粘稠的脑浆、自己的体液向体外迸发的影像在黑暗中一下子涌入自己的眼帘。爆炸引起的强烈震动让他的全身感到身体里的肉、体液、淋巴球和神经网都在摇

---

① 「崩解感覚」、『野間宏全集』第 1 卷、筑摩書房、1969 年、178 頁

动的一种粘乎乎的感觉……①

这种"崩溃"的感觉不断地撕裂着及川隆一，打击着他的希望，不断地将他拉回到战争中生命即将终结时候的体验中。这种不断地将主人公拉回到往昔岁月的意识正是野间宏的意识，是野间宏自日本战败以来无以言表的意识。让我们来看看野间宏自己是怎样描述这个意识的吧：

> 在战争和战斗中，一切人际关系都被切断了。我带着这种强烈的、难以拭去的印象从战场回来了。我要将这些崩溃了的人物明示出来，否则和他们的联系就无法建立。因此我尝试着从细微之处探究这些疲惫的、联系被切断的人们的方法。《崩溃感觉》就是来自于这种想法的作品。②

上文提到的"方法"具有非常重要的意义。继《濡湿的肉体》之后，野间宏因为《崩溃感觉》再次受到日本共产党党内文学家们的攻击。尽管如此，野间宏对这部自己投入了满腔激情创作的小说很满意。野间宏在小说中运用象征主义、心理主义等各种方法尝试性地塑造人物形象，执著地探究社会中的人和世界的本质意义。方法不是技巧，而是一种探求事物本质意义的途径，是日本近代以来的小说家很少有意识地探求的事物。日本战败后，战后派的作家们为了实现文坛的复兴，实现文学反映社会、激励人生的真正使命，意识到在小说创作中方法的运用是不可欠缺的。野间宏作为这方面的先驱，为了掌握小说中塑造人物、描摹社会的方法，在以《阴暗的图画》为首的战后初期系列小说创作中一

---

① 「崩解感覚」、『野間宏全集』第 1 卷、筑摩書房、1969 年、180 頁 日语原文是 "ぐにゃりとした感覚、ねちゃねちゃした脳漿、闇の中で自分の目に一瞬映し出された自分の体液が体外に放つ精気の影。爆裂の強烈な振動が彼の全身の触感に与えた肉や体液や、淋芭球や神経網などの揺れる、ぐにゃりとした内部感触……"

② 「対談 日本共産党の中の二十年」、『野間宏全集』第 16 卷、筑摩書房、1970 年、644－645 頁

直作着艰难的努力和尝试。

野间宏在《崩溃感觉》中使用的方法是"精细地、不断地观察疲惫的、被切断了一切联系的人们"①，过去的惨痛经历通过肉体的感受在记忆的深处得以复苏，最后打破了现在的"生"的平衡。野间宏通过捕捉人物内心的细微变化来描写这一切，并尝试着运用自己独特的语言风格来描写这一切。《崩溃感觉》中有这样一段描写：

> 及川隆一呆立在门口，就这么一直面对着背对着自己的、从天花板上垂挂下来的尸体。从蔓延在他脑海中的深沉的静寂中，他似乎听到了一种大提琴的琴弦被拨动了的声音，这种透明的震动穿过他脑髓的深处渐渐传来。这个声音好像是从尸体的周围向他自己这边流淌过来似的。他自己的脸颊就好像山间的空气般鸣叫起来。呆立不动、瞪视着尸体的他的视觉也好像在发出声响。然后他感到自己紧张的大脑正从记忆的深处将某种东西呼唤出来。②

这里的"记忆深处"的"某种东西"正是及川隆一战争期间的自杀经历。战场上引爆手榴弹企图自杀的情景重又闪回到及川隆一的脑海中，尤其是自杀时候的"崩溃感"。当小说主人公的视觉等感觉器官和外界的对象接触时，意识当中的创伤以一种惨烈

---

① 「対談　日本共産党の中の二十年」、『野間宏全集』第 16 巻、筑摩書房、1970 年、644－645 頁

② 「崩解感覚」、『野間宏全集』第 1 巻、筑摩書房、1969 年、179 頁　日语原文是"及川隆一は入り口のところに立ったまま、この自分のほうに背中を向けて天井から垂れ下がっている死体にじっと向かい合っていた。と彼の頭の中いっぱいに広がっていた深い静寂の中から、何か太いチェロの弦を震わせるような、脳髄の底を透明な振動がくぐって行くような響きが聞こえてきた。それはまるでこの死体の周囲から彼のほうに向かって流れ出てくるかのようである。そして彼は自分の頬が山の空気か何かのように鳴っているのである。じっと引き据えるようにして死体のほうに向けた彼の視覚が、また鳴っているかのようである。そしてかれは自分の緊張した頭脳がその記憶の中から何物かを呼び出そうとしているのを感じていた。"

的状态呈现在眼前的表现手法正是野间宏独特的描写方法，这种方法在他战后初期的系列作品中经常被运用到，只不过《崩溃感觉》中这种手法的表现力更为强烈。及川隆一为了逃避这种反复出现的"崩溃感觉"，将自己全身心地投入女人的怀抱，试图借此寻求解脱。野间宏在初期作品中涉及的"肉体问题"，在《崩溃感觉》中被赋予了新的社会意义。及川隆一在战后的生存状态是极为痛苦的，因为他除了通过自己的肉体本能感觉能得到短暂的解脱外，一切有关生命的价值观都已崩溃了，在他的生活中看不到丝毫"生命的新的意义"。《崩溃感觉》的创作意图反映了野间宏自《阴暗的图画》以来的创作出发点：即"自我是无法逃避的"，因此野间宏一直对自己（包括小说中的主人公）的内心进行有意识的、方法性的探索。《崩溃感觉》就是这条摸索道路上的一个顶峰，同时也是野间宏创作生涯的一个瓶颈。野间宏意识到这一点是在《青年之环》的初期创作遇到挫折之后。此后，他对自己内心世界进行了更为广泛深入的挖掘，更为注重小说方法的运用，从《崩溃感觉》到完成"全体小说"的代表作《青年之环》，其间又经历了十几年的时间。

阅读《崩溃感觉》之初，往往会感到小说的行文异常晦涩沉重，这一点与《阴暗的图画》很相似，但《崩溃感觉》中的人物命运比《阴暗的图画》中的人物命运更悲惨。《阴暗的图画》中晦涩的语言更多地包含了彷徨和苦闷，而《崩溃感觉》的语言，正如小说题目所显示的，处处都隐含着一触即发的"崩溃"感，这正是野间宏要传达给读者的主题。如果说对文字的运用在《阴暗的图画》中只是一个尝试的话，那么在《崩溃感觉》中文字的感染力与小说的主题就形成了相辅相成、缺一不可的完美整体。无论从哪一方面看，《崩溃感觉》都是野间宏初期创作的顶峰，也是其后期创作的新起点。

在《崩溃感觉》中野间宏多次将审视的目光集中到人物的内

心世界，通过主人公的思绪不断地去追问、思索人存在的价值和意义。这种存在主义哲学思索的倾向在《阴暗的图画》中还只是比较模糊的意识，到《崩溃感觉》中已变得清晰明朗了。存在主义哲学思想在野间宏初期作品中的反映，可以看作是隐藏在这一系列小说中的线索之一，而且这一思想是在不断发展、变化的，体现了野间宏在运用存在主义文学创作手法方面的成熟和深入。在《阴暗的图画》、《地狱篇第二十八歌》、《脸上的红月亮》和《崩溃感觉》等作品中，野间宏花费了大量的笔墨描写男女主人公情感纠葛的内容以及男主人公在女性观和人生观方面的发展变化，这些转变从一个侧面体现了存在主义哲学的思考方式逐步渗入小说主人公思想中的过程。

野间宏的战后初期创作理念的变化是和日本战后特殊的社会现状紧密相关的。在日本战后特殊的社会现状中，人们从存在主义哲学中发现了一些与现实贴近的关于人的存在本质的论说，促使生存在现实世界的废墟和精神世界的空虚当中的人们通过存在主义哲学思想重新审视并探讨人存在的根本意义。从宏观来看，正是当时的时代氛围促使了从《阴暗的图画》到《崩溃感觉》之间的转变，小说中主人公形象的变化正是当时社会大背景的一个缩影。

《崩溃感觉》的主人公在结束了多事的一夜后回到自己的住处时，感到内心有一种"无法消化的沉重感"[1]。野间宏在进行战后初期创作的时候，内心肯定也有同样的感受。对于野间宏来说，"无法消化的沉重感"在小说人物的"肉体问题"上表现得尤为厚重。当然，野间宏试图探究的并不局限于"肉体问题"一点，因此野间宏在战后初期系列小说创作之后，又写了《真空地带》以及《骰子的天空》、《我的塔矗立在那里》和《青年之环》（续）

---

[1]「崩解感覚」、『野間宏全集』第 1 巻、筑摩書房、1969 年、213 頁

等描写现实社会的变化与人物命运紧密相连的作品。概括地说，野间宏的战后初期小说创作为他后来的文学创作奠定了坚实的基础，是解读野间宏"全体小说"创作思想的一个重要的切入点，也是了解日本战后派作家群体创作特色以及日本战后社会的生动而切实的资料

# 第四章 "全体小说"创作的实践准备

## ——《真空地带》的创作

### 第一节 野间宏创作《真空地带》的目的和意图

在完成了战后初期系列小说之后，野间宏在小说的创作实践中积累了一定的经验。但是这些经验还不足以完成《青年之环》这部以"全体小说"为目标的小说创作。野间宏当时面临的一个重要的问题是如何在小说中设置情节，使得小说形成一个完整统一的"全体"。换句话说，就是如何将"综合小说论"中提出的社会的、心理的和生理的内容通过情节的串连结合成一个小说"全体"。《真空地带》的创作尝试是野间宏通过小说创作实践实现"全体小说"理想的第一步。

野间宏认为作家是通过作品来证明自己对文学探究的过程和内容的。因此，要得到多数读者的共鸣，就必须通过作品来证实自己探究的内容，而这种探究的态度在大众文学中是没有的。大众文学只是在作品中设置人物、安排错综复杂的事件，但是并不深究人物和事件的真实性以及它们背后隐含的意味。野间宏认为正因为自己要在小说中进行探究和证明，所以必须在小说中使用平白易懂的表达方式，巧妙地将人物配置在一个又一个的场景中，多个事件要一个接一个有序地展开，然后才能通过各个人物和事件之间的关联对人物和事件进行分析和探究。野间宏在创作《青年之环》之初，一直被自己是否具备作家资格的疑问所困扰。为了解决这个疑问，野间宏采取的解决办法是进行创作实践。通过战后初期系列小说的实践，站在《真空地带》创作出发点的野间宏决心要写出和读者、和社会紧密联系的作品。

此时横亘在野间宏面前最大的难题是情节的组织。野间宏认为日本的小说从明治时代后期开始丧失情节。二叶亭四迷在《小说总论》中提到："依靠模写和情节小说得以成立。"明治时代以后的《浮云》和《破戒》中还能看到模写和情节的影子，但是后来的情节逐渐隐去，只剩下模写了。日本近代以来的作家们正是在这种丧失了小说情节的封闭传统中，一步步地成长起来的。野间宏虽然认为自己并没有完全受到这种传统的支配，但是在实际的创作活动中，他发觉这样的传统出乎意料地深深扎根在自己的创作实践中。因此在执笔创作《真空地带》时，如何编写小说的情节令野间宏绞尽脑汁。

从完成的《真空地带》来看，野间宏最终成功地设置了情节，使小说形成了一个有机的"全体"。野间宏在创作小说前参与的一次电影制作工作是《真空地带》情节设置成功的重要原因，这次经历成了野间宏编写小说情节的学习过程。由于电影是一种直观的艺术，所以电影的制作偏重情节的设置而非对人物和事件的平面摹写。一般说来，电影从开始到结束都有几十个不同场景，各个场景中都包含有一定的人物和事件，电影就是将这一个个场景紧密联系起来的整体。因此电影对情节间的关联和逻辑性有极为严格的要求。通过电影制作的启蒙和引导，野间宏成功地在《真空地带》中设置了情节。

《真空地带》是一部以揭露战争中的日本军队和军国主义的本质为主题的小说。由于野间宏在作品的情节设置和展开方面投入了很大的精力，因此在战后初期的系列小说中尝试的对人的本质进行深入细致的描写在《真空地带》中被削弱了。如果说战后初期的系列小说是分析型的小说，那么《真空地带》则是综合型的小说。当然这些作品都是野间宏以思考和实践"全体小说"的创作方法为前提创作出来的，所以说它们都是野间宏在为最终实现"全体小说"——《青年之环》的创作所作的准备。

野间宏认为在"战后时代"的日本文学中，真实逼真地描摹人物、事物原本状态的自然主义文学的影响依然存在，但是这种创作出发点和态度并不能够抓住人物和事物的本质。事实上，在日本现代文学的中心区域一直持续着这种摹写事物的文学和以改变这种恶劣的文学状况为理想的文学之间的斗争。野间宏认为用自然主义的文学观无法描写现代复杂的人类社会，更无法揭示现代社会的本质特征，今后的文学会越来越注重探究人的本质时应该具备的创作手法。基于这样的想法，野间宏开始着手创作《真空地带》。

关于《真空地带》的创作意图，野间宏在所写的文学评论文章中多次提到：

> 我在战争中一直想着必须要写战争小说，特别是以批判军队为目的的小说。……我在受到制裁时（指被捕并投入陆军监狱）心中燃烧着强烈的怒火，我对自己说，如果不揭露军队的真实面目就决不能死。[1]

> 我打算在这部小说（《真空地带》）中描写军队的内容和构造。我在这部小说中想写的内容有，一旦进入了军队人性是怎样被剥夺的事实，这些被剥夺了人性的士兵又是怎样被培养成战士的过程。我认为描写军队的内务班就可以达到上述的目的。内务班是一个束缚士兵，令人窒息的场所。[2]

在《真空地带》中之所以选择"内务班"作为军队的缩影加

---

①「戦争小説について」、『野間宏全集』第 14 巻、筑摩書房、1970 年、261 頁
②『『真空地帯』大阪公演に寄せて」、『野間宏全集』第 17 巻、筑摩書房、1970 年、525 頁

以描写，野间宏有其充分的理由。在《完成了〈真空地带〉》一文中，野间宏这样说道：

> 要想描写军队必须先描写内务班……内务班是最能体现军队组织本质的单位。军队是以战斗为目的存在的组织，内务班是为了军队全体存在的目的而存在的。战争迫使个人面对死亡，十分残酷，为战争服务的"内务班"也要求个人采取残酷的生存方式。战争是军队的本质，这个本质在军队的最小部分的单位即"内务班"中也有充分的体现。这种军队本质的威势表现在内务班士兵的行动、情感和意识上，体现在这些活生生的人物的肉体和精神上。[①]

野间宏认为应该从内务班士兵的生存现状中对战争的历史本质加以捕捉和描述。从野间宏的话语中，我们可以清楚地看到野间宏创作《真空地带》的具体意图。这个意图明确体现了野间宏对西田哲学中的辩证法相关理论的实践运用，即通过"全体"理解"个体"，通过"个体"理解"全体"。可以说《真空地带》的创作意图，是野间宏根据自己所掌握的马克思主义的思想和所具有的战争经历，结合西田哲学的理论形成的。

从小说的具体描写中，也能够很明显地看出野间宏的创作意图。野间宏曾说过："我在《真空地带》中想写的，是知识分子和革命家的责任"。[②]这个意图和前文提到的揭露战争本质的意图是统一的。野间宏是一位一直想把自己的经历和体会通过文学语言表述出来的作家，从他战后初期的创作来看，这种动力是持久和顽强的。野间宏在战争快结束时，作为因犯在陆军监狱待过半年，其间的经历有一部分在 1947 年发表的小说《第三十六号》中被作

---

① 本段大意概括自「『真空地带』を完成して」、『野間宏全集』第 14 卷、筑摩書房、1970 年、278 頁

② 「『真空地带』を完成して」、『野間宏全集』第 14 卷、筑摩書房、1970 年、278 頁

品化了。在《第三十六号》中，野间宏刻意抑制人物的自我表达，表现出了一种与战后初期系列小说不同的倾向。所谓抑制，是指野间宏在作品创作的过程中，压抑住了初期作品中一贯具有的潜藏在心底的的怨气和想要喷发出来的冲动，而是着重思考如何能更准确地抓住自己的这种体验所具备的普遍意义。毫无疑问，野间宏的这两种意愿，在创作《真空地带》时曾经有过斗争。想要倾诉的冲动并不会一经抑制便会轻而易举地消失，那种埋藏在心底的怨气会在适当的作品中，突破顽强的抵抗，通过适度的文字表达、使之带有更为普遍的意义。《真空地带》对于野间宏来说就是这样一部作品。这部作品有别于野间宏之前的战后初期系列作品，在小说的语言风格和情节设置等方面变得更为成熟，在实现真正意义上的"全体小说"创作的道路上又向前迈进了一步。

野间宏创作《真空地带》的巨大动因也是值得关注的一个问题。前面通过野间宏自己的话语已经作了部分说明，但是单凭作家对自己作品的评价和分析还不足以说明问题，还应从其他渠道去研究和求证。《野间宏全集》第 14 卷收录了野间宏在创作《真空地带》前后发表的系列文章，主要是关于人和社会方面的文章。其中还有 1949 年写的关于"人民斗争"的记述。通过了解和分析这些文章，可以推想出创作《真空地带》时的野间宏的思想倾向。

野间宏在 1946 年底加入日本共产党组织后，深感自己只是一个思想领域的马克思主义者，并没有将思想内容真正付诸行动，并为此进行了反省。随后野间宏通过参与地区的日本共产党组织活动，深入到包括点心店老板、文具店老板、学生和劳动者在内的集体活动中。在这些活动中，野间宏感到"革命不在我的头脑中。我自己的内容（思想）在这个运动中逐渐改变了。"①更为重

---

① 「対談　日本共産党の中の二十年」、『野間宏全集』第 16 巻、筑摩書房、1970 年、646 頁

要的是，野间宏在这些活动中更清楚地认识到了现实中资本主义社会的构造。野间宏还说出了要在这样的资本主义社会构造之上创造"爱"的决心。所有的这些思想其实都是创作《真空地带》的重要起因，也是贯穿于小说全篇的思想。

野间宏在《真空地带》之前的小说主人公大都是大学生或是高中毕业生，是一批青年知识分子形象。小说中虽然也有市民阶层和大众人物的出现，但都不是生动具体、形象鲜明的人物，野间宏在这些人物的描写上也没有倾注太多的笔墨。但是在《真空地带》中，情况就发生极大的改变，比如对于木谷一等兵这个非知识分子出身的士兵的深入细腻的描写就让看惯了之前野间宏作品的读者耳目一新。知识分子出身的曾田总体说来是带有自嘲意味的野间宏的化身。曾田在小说中表现出的对大学生出身的染一等兵的关爱，对举止令人作呕的学徒兵安西的关注的目光以及对木谷内心涌动的力量的误解等都来源于野间宏深入基层组织活动，对人物观察面扩大的经历。

关于充斥在小说《真空地带》中的针对天皇制军队的满腔怒火，野间宏曾说过：

> 如果不运用残酷的军队刑法、军法会议和监狱，日本的资本主义就无法致士兵于死地。日本的资本主义和帝国主义不具备将士兵作为丰富的物资豢养的能力。①

在战争年代，一张明信片的价格就能召集到一个士兵，而获得大炮和马匹的代价却要远远高于士兵。这种对普通士兵的蔑视和贬低是当时的日本资本主义和帝国主义的上层统治者普遍采取的态度。野间宏通过《真空地带》将这种埋藏在日本普通大众心中的怒火表现了出来，这正是野间宏所说的"与大众拥有共鸣的、互相呼应的世界"。野间宏正是通过参与"人民斗争"的每一天，

---

① 「『真空地带の意味』」、『野間宏全集』第 4 卷、筑摩書房、1970 年、329 頁

明确地把握了这种与"大众"的"共鸣"和"呼应"。《真空地带》反映了野间宏当时的精神状态经历了一次脱胎换骨的过程。通过小说创作，野间宏拓宽了自己关注社会的视野，与社会民众的联系更加紧密。《真空地带》后来被翻译成法语、英语、波兰语、汉语、俄语、捷克语、匈牙利语等多国语言版本，成为世界各国的人们认识日本法西斯军队内部真相的一个窗口，《真空地带》作为日本战后文学的代表作品在世界范围产生了深远的影响。

从野间宏总体的文学创作角度来看，《真空地带》"是为了将贯穿文学作品中轴的情节和伟大的思想纳为己物的一种尝试"[①]。《青年之环》的初期创作之所以陷入停顿状态，野间宏认为其中一个重要原因是贯穿小说"全体"的情节的欠缺。野间宏在创作《真空地带》之前明确地表示，为了最终完成《青年之环》，《真空地带》的创作尝试是必需的，事实证明这个尝试是成功的。《真空地带》不仅具有广泛的社会影响力，而且对于野间宏的创作生涯来说是迈上了一个新的台阶，距离《青年之环》的完成又近了一步，而且《真空地带》的创作实践还为后来的"全体小说论"的著作《萨特论》的发表打下了坚实的实践基础。

## 第二节　野间宏小说情节观与西方传统小说情节观

一般说来，小说的情节是将作品中的各个事件和人物连接起来的线索，小说由此能自始至终成为一个连贯的整体，通过情节的作用作家的思想才能在小说中得以展现。小说的情节是小说的人物在超越自己力量的、由巨大的"全体"力量支配的小说世界中遭遇各种事件并在这些事件中行动的时候展现的"全体"和个

---

① 「『真空地帯』を完成して」、『野間宏全集』第 14 卷、筑摩書房、1970 年、276 頁

人之间的纠葛。小说的情节是由作家创造的，通过情节的设置，作家想要表达的思想呈现为一种所有读者都能看见的人物行动和事件，这些人物行动和事件又通过小说情节连接起来，并呈现出一种内在的逻辑关系。这条线索将个体的人物和小说中的现实世界的"全体"联系起来，使得少数人物的经历和思想具有普遍的意义。野间宏曾说过：

> 我曾经深入地思考过情节这一点，在这个思考当中也包括彻底克服私小说的想法。

> （情节）不仅对于小说的展开是一个重要的东西，小说还因此成为大众的东西。①

由上述的言论可以推断野间宏认为小说的情节是支撑作家思想戏剧性展开的重要线索，读者通过这条线索被引入作品包含的深层意义中。小说的情节是了解作品、了解作家创作思想的一个入口。野间宏在《真空地带》中设置的就是具备以上作用的情节。

野间宏在 1968 年出版的《萨特论》中的一章"全体的小说"里，对自己的小说情节观进行了理论上的总结，这段总结也可以看作是野间宏对自己之前的文学创作实践的一个总结。野间宏是从小说的主题和情节的关系入手阐明自己的观点的。首先野间宏根据字典的解释给小说的主题下了一个定义，他认为主题是促使作家开始创作的事物，主题指导作品全体中各个情节的配置并提供情节发展的素材。主题是为作品带来统一性的、有独特要素的事物。野间宏认为主题就是作品全体的代表，是作品的一条主线，它将作品中的各个部分连贯成一个全体。主题是构成和生成作品全体的骨骼和血管，是组建作品全体并在作品中不断起到这个作用的一个构成部分。野间宏认为尽管进行小说创作的是作家，但是作家不应过多地干涉小说人物，而应把各个人物放在主题之中

---

① 「『真空地帯』を完成して」、『野間宏全集』第 14 巻、筑摩書房、1970 年、277 頁

去观察。通过主题巧妙的作用，作家逐渐地将遮蔽在人物外表的东西一层层地剥掉，作品的全体就会逐渐变得明朗化，由此获得了自由的人物将作品全体的中轴串连起来并引导情节发展。野间宏主张作家只能根据作品的主题来创作，将主题引发的复杂的视线作为自己的视线来观察和描写人物，同时作家也应不断地根据这样的主题调整自己的创作。

　　阐明了有关主题和情节的关系之后，野间宏还提到了主题、情节和作品的语言风格之间的内在联系。野间宏认为作家的创造力是受作品的主题左右的。作品的语言风格最能直接且集中地表现作家的创造力。语言风格是作家在选择词句描写对象的过程中产生的作家独特的措辞，这里提到的"独特的措辞"包括对词义的新的认识和在新的意义上的使用。语言风格是将整部作品统一起来的手段，是将作品全体中的现实世界和构想的小说世界表现出来的途径。因此，作品的语言风格也是受作品主题影响的。作家通过表现构想世界的语言风格体现作品的主题，进而反映现实世界。

　　概括地说，野间宏认为情节和作品的"全体"直接相关。情节是朝着作家设置的小说世界的"全体"发展前进的。作家使作品人物生活在作品的"全体"中，将人物设置在情节的框架中，人物凭借自身的力量反抗这个框架并且使这个框架变形。个体和全体的这种对抗关系就形成了最后起决定作用的作品情节。优秀的作家是善于通过语言的力量来汲取探究自我的力量并组织起作品的"全体"的。

　　野间宏的情节观和近代以来占据日本文坛主流的小说情节观、西方传统的情节观以及西方现代叙述学中的情节观都存在着差异。

　　野间宏深受西方文学的影响，从踏入文学道路之初就立志挣脱"私小说"的束缚，创造真正意义上的文学。为此，野间宏提出了他理想中的小说理念——"全体小说"。"全体小说" 理论的提出是建立在综合了欧洲 19 世纪和 20 世纪文学创作特色的基础上的。野间宏的情节观和"私小说"的情节观大不相同。

　　"私小说"的文学形式在日本文坛的出现和兴盛是有其传统基础的。从明治文学史中可以看到不少类似"私小说"前身的小说形式。明治中期的"第一人称小说"被认为是"私小说"的一种前身。例如，在 1885 年到 1897 年间分八部发表的东海散士的政治小说《佳人之奇遇》①就是这样一部小说②。当时声望颇高的评论家高田半峰在 1886 年 3 月的《中央学术杂志》上称该部作品不属于"真正的小说"③。因为作者不仅通过第一人称的叙述角度直接向读者述说，而且将其他的出场人物也作为自己的代言人，由于小说中过度的主观性使得小说失去了"真正的小说"的特点，因而受到了当时评论家的指责。1925 年，作家兼批评家小岛政二郎④在谈到这部小说时认为："这部小说（《佳人之奇遇》）是这个时代的小说中罕见的一部**私小说**。"⑤这是"私小说"的名称第一次被正式使用。日本近代文学先驱坪内逍遥在小说理论著作《小说神髓》中开始使用的"小说"⑥一词，具有和日本 20 世纪 20 年

---

　　①《佳人之奇遇》讲述的是各式各样的爱国主义者和自由主义者，特别是爱尔兰女性红莲和西班牙女性幽兰之间纠葛的故事。讲述整个故事的是冠以作者之名的第一人称叙述者。在这部作品中第一人称的叙述者和作家本人常常合而为一，因此作品中常常会出现主观推断和主观想象的内容。作品中叙述的大部分事情都带有自传的性质，这样的内容和小说的形式不仅被当时的读者所接受，而且还大受欢迎，使得《佳人之奇遇》成为当时最有名的政治小说。

　　② 此观点参照イルメラ・日地谷＝キルシュネライト著、三島憲一　山本尤　鈴木直相沢啓一訳、『私小説　自己暴露の儀式』、平凡社、1992 年、185－186 頁

　　③ 日语原文为"**本格小说**"。

　　④ 小岛政二郎（1894－1994），日本小说家、批评家。生于东京，庆应大学毕业。在古典文学鉴赏和大众小说等众多领域均有建树。著有《眼中人》等作品。

　　⑤『文芸講座　明治小説史』、稲垣達郎 1953、1925 年、39 頁

　　⑥ 作为"novel"和"roman"的译文。

代的理论意义上的"真正的小说"同样的意义，即作品的虚构性成了决定作品是否能成为"真正的小说"的重要因素。自传性素材的过度使用被认为是和虚构性相对立的，因此可以说，这部19世纪末期发表的《佳人之奇遇》已初步具备了"私小说"的特点。

向"私小说"更加递进一步的是1895年尾崎红叶的小说《青葡萄》。值得关注的是一般读者对于该小说的接受态度，因为读者的喜好也是文学风土的一种表现。当时有的评论家尖锐地指出该部小说的世界和现实过于接近。和《佳人之奇遇》一样，《青葡萄》被认为不具备"真正的小说"的性质。具有强烈纪实风格的《青葡萄》的确超脱了当时普通小说的范畴。尾崎红叶在这部作品中写了他的一名学生某天晚上八点突然发病起到第二天早上五点被运送出去为止的九个小时间发生的事情。小说以第一人称的口吻描写了三个被连续唤来的医生徒劳的救治。描写"真实的事件"是这部作品的意图，人名地名都用了真实名称的第一个文字来代替，这种做法后来成为了"私小说"创作中的规范。尾崎红叶试图通过描写"事情本来的面目"尝试自己对于西欧自然主义文学的理解，即"艺术存在于再次还原自然的倾向中"的观念。《青葡萄》是作者将自己身边的事物作为描写对象的小说作品，是后来"私小说"中的"身边事物型"①小说的最早的代表作。此后，北村透谷、国木田独步和田山花袋的作品中都呈现了自传倾向。在这些作家倡导的自然主义文学理论的影响下，20世纪初期的日本文坛文学批评的立场也悄然发生了变化：在此之前被认为不符合小说形式而被拒绝的现实描写，现在反而成了文学应该具备的使命。在现实创作中，出现了描写作家自身生活的作品，田山花袋的小说《棉被》宣告了日本传统的散文文学模式的巨大改变，这一改变构成了日本"私小说"模式的基础。

---

① 即"身边もの"，私小说的一种，以描写作家周围、身边的人和事情为主。

　　在日本近代文学史上与"私小说"有关的重要的文学理论的大致情形如下：明治初期在文学理论界的主流是继承明治前的观念，即对近世町人文化①中产生的大众散文文学——戏作文学②持蔑视态度。戏作文学作品是虚构性质的作品，作为一种娱乐手段的同时也起到了宣扬统治阶层提倡的儒家思想的作用，其中包含有明显的劝善惩恶的思想。由于戏作文学带有色彩浓厚的"虚"③的内容，所以和正统的学术著作和传统的和歌等"实"文学形成了对立的双方。为此从日本近世时代起，所谓的文学创作被分为优秀的"艺术"文学和低俗的町人文学，这个标准后来延续到了"纯文学"和"大众文学"的区分上。

　　在由明治维新引起的政治、精神领域的大变动中，立足于戏作传统的文学也被赋予了新的使命。政治小说就是其中一例。比如《佳人之奇遇》，这部小说显示了意识形态利用文学这一形式进行宣传和教化的可能性。小说的价值在西欧的精神世界中历来是受到高度评价的，这一见解随着众多其他西方精神世界的经验传入日本并固定下来。关于文学自律性的要求在19世纪末的《小说神髓》中得到了明确的表现。进入近代以后，日本文坛对于小说文学评价水平的提高，一般认为是受到了西欧文学理论影响的结果。"空想的"、"虚构的"和"不真实"等"虚"的因素已逐渐不是小说文学的特点，取而代之的是"现实"和"真实"的特点，也就是写实主义的观点被特别地附加在了小说文学上，由明治维新带来的和西方文化碰撞的结果也加剧了这种倾向。比如，新闻界的成立对文学产生了强烈的刺激，大大拉近了文学和现实的距

---

　　① 町人文化，指日本桃山、江户时代城市的手工艺人、商人等市民阶层创造的民众文化，相对于贵族文化和武士文化而言。

　　② 近世后期出现的通俗文学，特别指小说一类，类型有黄表纸、洒落本、滑稽本、读本、合卷、人情本等。

　　③ 指假话、谎言等。

离。在日本文化圈内达成的艺术作品和"写实"的原则结合的共识使得小说脱离了近世不入主流的"戏作文学"的标记，获得了"艺术作品"的地位，由此成为了近代日本文学中具有代表性的门类。

由于明治初期的文学批评界仍是将"小说"看成属于戏作文学范畴的产物，所以小说中的自传要素不符合这一门类的特点，为此《青葡萄》受到了当时评论界的排斥。有一点值得关注的是作为戏作文学本质要素的"情节"的淡化在《青葡萄》中已经显而易见了，这一特点后来成为了此类小说更为明确的发展倾向。其结果是，小说逐渐归属于日本古典文学传统中的日记、随笔这类"高等"的文学范畴，日本近代文坛的小说也就向着忠实于"写实"原则的这些传统理念上的文学靠近了。《青葡萄》在日本文坛出现的时候，小说和日记还是两个完全不同的领域。随着越来越多的"身边事物型"小说的出现，以及"描摹现实"和"绝对的真实"这两条自然主义理论的倡导，小说和日记在内容和形式上逐渐接近了，这种倾向在"私小说"的形成中达到了极致。因此说20世纪初期形成的"私小说"的小说形式，不仅仅体现了传统的诗学原则，"私小说"描写对象的领域、形式、描写的特点以及其中表现的人生感觉等方面，是深深扎根于日本古典传统的艺术史、文学史当中的。概括地说，近代以来的日本小说尊崇写实，主张在作品中表现"真"，排斥虚构的世界，强调淡化情节。很显然，野间宏的情节观与近代以来的日本小说情节观是很不相同的，更多的是受到了西方传统的和现代叙述学中的情节观的影响。

西方古典和传统文艺理论一般认为小说的故事和情节是一回事。也就是说情节是故事中的结构，而不是与故事相对立的叙事单位。由因果关系联结的故事有情节，而仅仅由时间关系串连的故事则无情节。但是现实生活中发生的事情往往具有偶然性，传统文学作品中的"因果链"在某种意义上说是一种理想化的艺术建构。除了流浪汉小说和编年体小说，传统小说家特别是 19 世纪的小说家一般全都选用有因果关系的故事事件，使它们组成一个有开端、发展、高潮和结局的整体，因果关系也就成了传统情节中必不可少的因素。

谈及现代西方叙述学中有关情节的概念，必然会涉及两个门类的叙述学在情节观上的不同见解。这两个门类之一的俄国形式主义叙述学对"情节"的理解是这样的：情节不是叙事作品内容的一部分，而是作品形式的组成部分。它把"情节"与"故事"截然区分开来。"故事"是指作品中按实际时间、因果关系排列的所有事件，而情节则是指对这些素材进行的艺术处理或是在形式上的加工，尤其是指在时间上对故事事件的重新安排。结构主义叙述学对于情节观又有其独特的见解，结构主义叙述学的代表人物西摩·查特曼认为每部叙事作品都有两个组成部分：其一是"故事"，即作品的内容；其二是"话语"，即表达方式或叙述内容的手法。查特曼认为情节属于"话语"这一层次，它是在"话语"这个层面对故事进行的重新组合。

第一次世界大战以来的西方社会条件下，传统的情节观受到了强烈的冲击。面对战争带来的价值观混乱的精神世界和无政府状态的社会现实，很多作家再也不能或不愿在小说作品中表现理想化后的现实生活。除了一些供消遣用的作品如侦探推理或是惊险小说外，现代作家摒弃了情节的完整性和戏剧性，而是力求在小说中再现日常生活中的偶然性。在弗洛伊德精神分析学等现代思潮的影响下，不少作家把注意力完全转向人物的内心世界。他们往往只展现人物日常生活的一个片断，其中的事件仅仅是引发人物心理反应和意识运动的偶然契机。由于传统的批评家一般都认为因果关系是情节的必要因素，因此他们将意识流等现代作品的特点视为"情节淡化"或"无情节"。针对这一观点，结构主义叙述学家查特曼断言："一个叙事作品从逻辑上来说不可能没有情节。"查特曼将情节分为"结局性情节"和"展示性情节",并认为传统的情节属于"结局性情节",它的特点是有一个以结局为目的的基于因果关系之上的完整的演变过程。而意识流等作品中的"情节"则属于"展示性的情节",它的特点是"无变化"和"偶然性"。这种"情节"以展示人物为目的,不构成任何演变;作者仅用人物生活中一些偶然发生的琐事引发人物的内心活动以及展示人物的性格。很显然,依照查特曼的观点,只要故事事件在作品中起到了骨架的作用,即使互相之间不具备因果关系,也可称之为情节。①

野间宏在《真空地带》中体现的情节观更偏向于查特曼提出的"结局性情节"的范畴,小说中情节的设置和发展是野间宏为了塑造人物形象和推动小说"全体"、表现主题思想的有力工具。

## 第三节 《真空地带》情节组织

### 一、通过人物遭遇组织情节

"没有缠绑腿"的士兵木谷,是野间宏设置在小说《真空地带》开篇的人物形象。这个人物形象的塑造推动着小说情节的发展。"绑腿"是士兵必备的装束,是"军队"这个特殊的人类社会的象征。因此"没有缠绑腿"显示了木谷这个回归兵营的士兵在军营中的特殊位置,同时也引起了读者的好奇心。围绕"绑腿"的疑问很自然地推动小说的情节向前发展。小说开篇以回忆的口吻介绍了上等兵木谷在两年前的遭遇:

自进军队以来第一次不用缠绑腿。

---

① 以上资料参考自申丹著,《叙述学与小说文体学研究》,北京大学出版社,2005年,53页

隐藏在上衣里的两手被铐上了手铐，腰间绑上了绳索。①

木谷就是这样被带出了军营，在陆军监狱两年的刑期结束后木谷被降级为一等兵，再次以没有缠绑腿的形象回到原来的军营。野间宏运用了一贯的象征主义手法，通过"没有缠绑腿"的细节寓示了回到军营的木谷是一个出狱者、一个军营中的特殊人物。这一细节的描写，同时也暗示了小说的情节将围绕这样一个中心人物逐步展开。木谷的行动是一个将各种有关情节串连在一起的主线索。

在野间宏笔下，军营是一个没有自由空气的"真空地带"，而比军营更为残酷的、剥夺人的自由和侮辱人的生命的地方则是陆军监狱，这两处场所都是木谷熟悉和亲身经历过的。野间宏在和高桥和巳的谈话录《想象力的解放》中提到：

> 如果不是经历了陆军监狱的人就无论如何理解不了日本军队。②

这是野间宏从自己的亲身经历中提炼的真实感受。野间宏在小说《真空地带》中，通过一个与众不同的、"没有缠绑腿的"、从陆军监狱回到军营的士兵的思想和行动，将小说中的"内务班的世界"和"陆军监狱的世界"不断地进行对比。野间宏在强调军营是"真空地带"的同时，更进一步渲染了陆军监狱的超越军营的极端"真空地带"的性质。在内务班这个"真空地带"中，恰恰因为还存在些许的自由（和陆军监狱相比），士兵和军官们各自为了自己的利益与周围的人们或是互相憎恨、或是互相阿谀奉承、或是互相欺骗，每个人的自私利己主义在军营这个"真空地带"中赤裸裸地表现出来了。

小说的情节随着木谷回到军营后的一举一动缓缓地向前进

---

① 「真空地帯」、『野間宏全集』第 4 卷、筑摩書房、1970 年、3 頁
② 「対談　想像力の解放」、『野間宏全集』第 20 卷、筑摩書房、1970 年、392 頁

展。作为从陆军监狱回到军营的士兵，木谷的情感是复杂的。野间宏首先描写的是木谷对军营中一切事物的亲近和熟悉感。比如，当木谷穿过营门回到军营的时候用的动词是"回来了"①，当木谷看到副官室的炉火、在走廊里嗅到兵器的油味、看到兵营宿舍窗外的天空以及卷着暖和的毛毯的时候感觉是回到了熟悉的环境里。再次进入无趣乏味、缺乏自由的军营，木谷却认为是"回来了"，木谷这种对军营的情感在平日看来是不正常的，但是如果结合他曾经的陆军监狱的经历就不足为奇了。因为陆军监狱是个"连活动自己的手足、眼睛、鼻子、眉毛、耳朵等的自由都被剥夺了"②的地方。抱着"回来了"的思绪的木谷的内心其实是一个充满了矛盾的特别的世界。无论是人物外形还是人物的内心活动都暗示着小说将会有一个戏剧性的发展。

　　果然，在木谷进入军营后不久，那种刚刚进入营门的亲切感渐渐地消失了。木谷感觉到上级军官和周围的士兵们并没有把他作为一个归来者欢迎，而且从众人的言行中木谷也感觉到了敌意。他对前来迎接自己的上级准尉军官极为敏感，虽然准尉对他的归来表示了温和的态度，木谷却认为他是不可不提防的人物，并且凭直觉认为准尉的和善亲切的外表下隐藏着某种危险。而对自己漠不关心的吉田军曹③，木谷又感到"一阵袭上后背"的憎恶感。木谷的形象开始显露出了其可悲的一面：木谷神秘的被捕和在陆军监狱的非人待遇已经将他的精神承受力折磨殆尽，任何人在他的眼里都是如此地可疑。此时的木谷很想摆脱"出狱者"的标签，尽快地隐藏到大众当中，但是他已无法像新来的士兵那样平凡，他始终备受军营中众人的关注。因此木谷的思想和行动始终处在

①「真空地帯」、『野間宏全集』第 4 巻、筑摩書房、1970 年、3 頁
②「真空地帯」、『野間宏全集』第 4 巻、筑摩書房、1970 年、19 頁
③ 军曹，日本陆军下士官军衔之一，位于伍长之上，曹长之下。

矛盾状态中,这也使得他始终保持着在军营中的特殊地位。

在木谷徒劳的挣扎之中,读者渐渐看出木谷在军营中是无法消除内心矛盾的,因为他的思想和肉体被一种极为强大的力量紧紧地挟制住了。这种力量是他在陆军监狱所受的痛苦带来的,这种痛苦已经深入骨髓,无法剥离了。这种巨大的怨恨使得木谷转向军队中的其他士兵所看不见的事物,以寻求解决和发泄的途径。小说中关于这方面的情节是木谷对自己被关进陆军监狱原因的调查。军营是一个封闭的世界,在其中生活的士兵不允许拥有自己独特的内心世界。木谷恰恰违背了这样的所谓"常规",试图通过自己积极主动的行动在军营中挖出入狱的原因,由此许多相关的人物和事件呈现了出来,木谷这个人物调动起了整部小说的情节,实现了野间宏赋予他的作用。

野间宏在小说中不仅试图揭露军队是无法自由生存、是剥夺人性的地方,还要彻底暴露日本资本主义社会军队机构的本质。"真空地带"就是这种机构的一种代称。野间宏在《完成了〈真空地带〉后》中曾经这样叙述道:

> ……写完了《真空地带》的今天,我终于……有了完成没有写完的长篇小说(指《青年之环》)的信心。从这一点上讲,可以说《真空地带》是我为了完成长篇小说而写的小说。……我认为《真空地带》是我为了掌握贯穿文学作品中轴的情节(的设置)和宏大的思想而作的尝试。
>
> 我曾经深入思考过关于情节方面的内容。在这个思考中,包括彻底克服私小说的念头。作家不是反映自然生成的人,而是必须像自然生成人一样(在作品中)创造人物。不是简单地反映事实,而是要描写出事实背后的本质。……做到这个作家最根本的条件也是我曾考虑过的问题。①

---

① 「『真空地带』を完成して」、『野間宏全集』第 14 巻、筑摩書房、1970 年、276 頁

从上述文章中可以看出，"剥夺人性"的军队内务班的各种事实和野间宏通过木谷的人物形象对"事实背后的本质"的探究构成了贯穿《真空地带》中轴的故事情节和宏大的思想内容。与这个中心和主题相配合的小说内容就是从陆军监狱归来的木谷的言行，这些言行缓缓地向读者展示了军队组织或者说资本主义社会的一个侧面的本质特征。从这个角度看，木谷的言行显然是小说的明线。

在小说中，木谷一等兵最初是犯了一个私吞长官落下的钱包的盗窃罪，此时木谷所属的师团经理部内部围绕实力派年轻军官的权力归属问题正在进行着派系争斗，木谷本人在毫不知情的情况下被卷入其中，这使得木谷受审的状况恶化了。再加上师团的上级军官害怕在审判木谷的过程中暴露派系斗争的真相，因此故意放大和歪曲了木谷事件的真相，最后甚至动用了军法会议，将木谷判了比他实际所犯的罪行严重得多的重罪。木谷成了上层权力斗争的替罪羊，在陆军监狱度过了两年有余的牢狱生活。关于木谷罪名的捏造在小说中有着细致的描写，使读者可以解谜团似地了解事情的来龙去脉，并且在这个过程中渐渐看清了军队的实质。总体说来，贯穿这部小说的故事情节进展得极为自然和出色。

小说接近尾声，木谷被派遣去参加野战部队的经过使得小说的故事情节发展得更为完整。木谷在痛苦的牢狱生活中曾一心想等出狱后找出当年判他重罪的幕后指使者。因此，刑满后回到中队的木谷立刻开始查找事实的真相。但是，当木谷将要得知事实的真相时，原先指使判他重罪的上层机构的力量又像一道看不见的厚墙挡在了他的面前。在木谷茫然不知所措的同时这堵墙的竖立者们已经决定派木谷参加野战部队了。对于当时的士兵来说，参加野战部队无异于送死，所以从这个意义上讲，木谷最终还是未能挣脱"真空地带"，成为了可悲的牺牲品。小说中将木谷直接推往野战部队的金子军曹，也不过是受到构成这堵墙的军队黑幕指使的傀儡而已。

木谷在雨夜逃跑的情景是小说最后的一个亮点，和小说开头一样具有象征意义，使得作品形成了一个前后呼应的完整故事。这个结尾也体现了野间宏在场面描写方面的功力，既简洁又有力。

木谷好容易才脱下皮靴，抛到围墙外面去，又往上爬。他穿着冰凉的袜子的脚在墙板上不知几次地滑下来。当他终于爬到墙顶上的时候，他就一纵身跳过墙外的一道明沟，屈着脚跌倒在冻硬了的马路上。在他硬邦邦的身子下面，有块积了雨水的地面反射着对面民房的灯影，照出他的脸。木谷的脚再也不能在冻土上跑路了。被雨水打湿了的地面好像从下面沉重地冲击着他的脚底板。很明显，他不能再打着光脚逃跑了。冰冷的雨水弄湿了木谷的头、木谷的脸和木谷的脊背。他的胸部像火一般地燃烧着，但是，却在愈来愈小地紧缩着、僵硬起来。……[①]

木谷最终也未能逃脱"真空地带"的范围，被押上了参加野战部队的战船。木谷的抗争最终是徒劳的，"真空地带"——军队机构以它强大的力量吞噬了木谷这样的士兵。

## 二、通过变换叙述视角组织情节

从《真空地带》的第三章开始，很多事件都是通过曾田一等兵的视角描述出来的。野间宏赋予木谷的感觉、情感和行动，很多是借助知识分子出身的士兵曾田的视角来反映的。通过曾田的视角、从另一个角度组织情节发展是野间宏在这部小说创作中的又一特点，这一特点使得小说的情节能够多角度地、更为丰富地展开。

野间宏设立的这个曾田的叙述视角是一个清醒的、有意识地

---

[①]「真空地带」、『野間宏全集』第4卷、筑摩書房、1970年、314頁 译文参照肖肖译，《真空地带》，人民文学出版社，1959年，378－379页

认识"真空地带"的知识分子的视角，是作品中包含的一个"知识分子和大众"的视角。野间宏将 20 世纪 50 年代初期的、包括自己在内的知识分子的希望反映在了曾田的身上。从某种意义上讲，曾田是野间宏在《真空地带》中的化身。曾田内心隐藏着社会主义的思想，在小说中他的身份是一名和军队的中枢机构直接打交道的优等兵，在军队中占据着特殊的地位，他对于木谷这个不像士兵的士兵的真实面目很感兴趣。曾田很想知道木谷毫不畏惧地行动的原动力是什么，而在知晓了木谷行动的真实动机后，他对眼前的事实又有了新的认识。曾田的这种自我发现以及他在军队全体中的状态，实际上是处在一个巨大的矛盾当中。

曾田的意识和行动首先体现在与木谷的关系上。曾田从木谷一出场就注意到了他，并且试图从木谷这个特殊的士兵身上找到别的士兵所没有的东西。曾田对木谷的关心和注意来源于他内心的社会主义思想。曾田通过了解到的关于木谷进入陆军监狱的原因得知：木谷"没有对觊觎将官的财物表现出丝毫的悔意，并成为了当局憎恨的目标"①。曾田由此在内心认定木谷一定是思想犯。但是现实当中曾田看到的木谷却缺乏思想犯所应具备的理性形象，这让曾田产生些许的失望，曾田甚至觉得："比起眼前真正的木谷，以前的木谷（传闻当中的木谷）更加吸引他"②。木谷在曾田的心目中一开始是盗窃犯和思想犯的两个形象。但不久之后曾田从这种认识中挣脱出来，开始以冷静的视角关注眼前真实的木谷。小说中有这样一个场景：木谷和曾田来到马场放马，在马场这样一个和军营具有完全不同的气氛的场所，木谷感到了前所未有的畅快，因而产生了一种冲动："我想把自己的事情全都告诉眼

① 「真空地帯」、『野間宏全集』第 4 卷、筑摩書房、1970 年、79 頁
② 「真空地帯」、『野間宏全集』第 4 卷、筑摩書房、1970 年、80 頁

前的这个人（指曾田）"①，通过倾听木谷的一番热烈的倾诉后，曾田得知木谷不是纯粹的思想犯，但是木谷头脑中具备的也不是一个简单的盗窃犯所能拥有的思想力量，那就是不畏"军队"这个严格的等级社会的约束，大胆地以自己的实际行动来探求军队本质的力量。曾田虽然没有立刻相信木谷的这番话，但是木谷所说的一切已深深地嵌入曾田的脑海。曾田对于木谷的态度，一方面依旧保持着认为木谷到底是思想犯还是盗窃犯的疑问，另一方面又确信木谷身上有着作为知识分子的自己不知晓的某种东西，并且继续以好奇的姿态对此进行观察，曾田在这部小说中的意识和行动一直都受到木谷身份之谜和木谷身上隐藏的生命力的左右。这也是小说中的两个叙述视角融汇的焦点，从而使得小说情节的发展和叙述显得更为立体也更具说服力。

木谷在曾田的眼中到底是怎样一个形象呢？曾田偷窥到木谷在射击台后的杨树根部弯下腰，偷偷地在做些什么的样子。"看起来木谷确确实实用两手在刨掘杨树的根部"②。"蹲踞"、"挖土"、"隐藏什么"、"藏有秘密"，上述这些动作的描写不是偶然的，它们是野间宏一贯喜欢使用的、带有象征意义的词语。从这些描写可以推断，木谷的确在隐藏着什么。木谷是将憎恨隐藏在自己的内心，蓄积在自己的内心。木谷所受虐害的经历为他带来的唯一情感就是憎恨。当木谷因礼数不周受到士官斥责的时候，木谷的神态是"一直保持着瞄准什么东西的眼神沉默不语"、"一动都不动"③。有时候在曾田的眼中，木谷的脸显得像是"从某个黑暗的、深层的地方"探出来的东西似的；而有的时候，曾田又看到木谷将自己的身体隐藏在窗内，从二楼的窗户眺望楼下将要外出的士

---

① 「真空地带」、『野間宏全集』第4卷、筑摩書房、1970年、82頁
② 「真空地带」、『野間宏全集』第4卷、筑摩書房、1970年、71頁
③ 「真空地带」、『野間宏全集』第4卷、筑摩書房、1970年、15頁

兵的队列。看到木谷的这种举动，曾田感觉到自己开始逐渐理解木谷，这是一个在人人都感到痛苦的军营中，因遭遇了不公正的待遇而受到歧视的一个生命。这样的生命只有在受到强力压制的时候才能发出灰暗的光芒，这个光芒正是能够从军营内部对军营世界进行动摇的力量。除此以外的所有事物都不能给这个"真空地带"的内部带来变化。每当想到这个问题时，曾田的眼前就会出现木谷的形象。曾田所理解的木谷的灰暗的、持有秘密的形象是与"军队的神圣的秩序"相对立的。小说中有这样一段话，正是对曾田所理解的木谷形象的注解：

> 作为一名士兵对自己的长官不应使用的言辞，在他（木谷）持有的私人物品的笔记本里到处可见，木谷抱有的思想，被认为是在维持军队的神圣秩序的基础上最为有害的东西。①

不久曾田就看到了更为激烈爆发的木谷。木谷将地野上等兵推倒在地后，小说写道：

> 曾田被那里爆发般的奇怪的哭声和持续不断的殴打扰乱了心思，同时也吃了一惊。哦，在那里的，正是挖掘杨树下的泥土、隐藏什么东西的木谷。②

在曾田眼里的木谷的形象，被赋予了一种超越了生命力的、阴暗的、却极具爆发力的力量。当然这和野间宏对于生命认识的根本思想是直接相关的。从野间宏在战后进行创作开始，他就一直在通过作品探索生命存在的本质，但是在《阴暗的图画》到《崩溃感觉》这一系列初期的创作中，都没有描写过以一种剧烈的行动爆发的形式表现出来的生命力。在《阴暗的图画》中的主人公决定走自己的路后，紧接着就陷入了使行动不可能实现的崩溃状态。而在《真空地带》中，主人公重又回归行动，这显示了野间

---

① 「真空地帯」、『野間宏全集』第4卷、筑摩書房、1970年、121頁
② 「真空地帯」、『野間宏全集』第4卷、筑摩書房、1970年、143頁

宏心中开始有了非知识分子的普通民众的存在,"民众存在"的感觉也是野间宏后来一直寻求的事物。《真空地带》中野间宏描写的对军队机构的憎恨和反抗的力量正是来自于民众。

在《真空地带》中,野间宏不论是在创作上,还是思想上,都有了明显的进步。在创作方面,他有意识地进行了情节设置,使得小说故事趋向完整,圆满。《真空地带》具有野间宏初期小说创作中没有出现过的、贯穿起整部小说的完整情节,《真空地带》中的"情节"一方面起到了引发读者兴趣,促使读者阅读下去的作用,同时还为我们展示了日本资本主义社会的一个完整侧面,使读者读完小说后,能够彻底了解二战期间日本军队组织的表象和实质。在思想方面,他由单纯的知识分子描写转向知识分子(静)和民众角色(动)相结合的表现方式,并由此找到了自《崩溃感觉》以来封闭的、思想上没有出路的突破。虽然《真空地带》的结局依然是徒劳的抗争,但是读者还是感受到了之前从未有过的力量和希望。野间宏在《文学入门》中说的一段话提到了《真空地带》的创作和战后初期其他作品之间的关系:

> 《真空地带》……可以说在对人性探究的方面比起我以往的作品要退步。但是……我在《阴暗的图画》和《青年之环》(指《青年之环》的初期创作)中一直探索的问题可以说通过完成《真空地带》的创作,以小说作品的形式得到了解决。通过《青年之环》我做到了对人物探求的深化,但是我未能将自己深化的探求的内容和更多的人一起共享。究其原因,是因为我没有掌握将这些内容向更多的人传达、将这些内容表达为人们感兴趣并且能引起共鸣的方法。……在创作《真空地带》时我首先考虑的就是这个问题。我考虑的是怎样向更多的读者传达在《青年之环》中探求的内容,怎样创造和

大众拥有共鸣的、互相呼应的世界。[①]

野间宏在这里提到的"和大众拥有共鸣的互相呼应的世界"到底是什么样的世界呢？正如前文曾经提到过的，野间宏称之为"真空地带"的军营是一个极度封闭的世界，生活在其中的人们的欲望和野心都是以最为露骨的形式在互相碰撞。野间宏运用其出色的文学手法描写出了这些人物和事件之间精密的"力学关系"，暴露了日本法西斯军队丑陋的本质。虽然小说的描写面主要集中在军队里的一个小小的机构——"内务班"，但因为野间宏采用了精准的描写手法，所以能够挖掘到人物内心和军队本质很深入的地方，从而使得读者能够推断和知晓小说没有直接描写的日本军队的全貌。很显然，野间宏的立场和观点是"民众化"的，是从"民众"的视角进行观察和描写的。野间宏在1951年创作《真空地带》之时，针对《人间》杂志的"为谁创作小说"的问卷调查，曾作过这样的解释：

　　我在写《阴暗的图画》的时候没有考虑读者。从那之后，我逐渐明白了阅读我作品的读者存在的事实。我收到了来信，也受到了评论。演讲会的空气扑面而来。我从这方面得知了社会的展望作为一种具体的、有形的事物在自己脑海中形成了。我的读者是知识分子和劳动者中的知识阶层，还没有广泛地扩展到劳动者、市民阶层当中。这是因为我还未能达到将自己的问题作为社会的问题、将社会的问题作为自己的问题的地步。读者的批评让作者成长。但是向读者妥协的时候又会让作者堕落。我现在感受到了作为民众诗人的困难之处。我现在考虑的事情有，尽量使用简单明了的语言，尽量少使用抽象话语但同时又要表现出判断作用，要将沙龙式的封闭的比喻，甚至连巴尔扎克都感到困惑的隐喻变为大多数人都

--------

① 「文学入門」、『野間宏全集』第 20 卷、筑摩書房、1970 年、90 頁

能明白的、逼真的东西等等。①

　　这段文字显示了野间宏在小说创作的方法论上又向前迈进了一步，在《真空地带》中可以看到这些方法论的具体实践和展示。《真空地带》的完成标志了野间宏通过小说情节构建"小说全体"的成功实践，同时也反映出野间宏注重小说社会性，注重在小说中反映"和大众拥有共鸣的、互相呼应的世界"意识的深入和发展。《真空地带》具备的强烈的现实主义批判作用是野间宏创作上的一个新成就。

---

　　① 发表于1951年3月的《人间》杂志上。

# 第五章 "全体小说"的成功尝试

—— "新写实主义"作品《骰子的天空》

## 第一节 野间宏创作《骰子的天空》的目的和意图

### 一、关于小说"社会性"体现的文学实践

《骰子的天空》是野间宏在完成《真空地带》后的又一部长篇小说。这部小说在野间宏的文学创作史上具有重要的地位，因为《骰子的天空》是野间宏第一部可以真正称作是"全体小说"的作品，并且和后来的"全体小说"集大成之作《青年之环》在创作上有着必然的联系。野间宏发表于 1967 年的谈话录《文学创造的秘密》中这样谈到《骰子的天空》和《青年之环》之间的联系：

> ……写了《骰子的天空》之后，（我）就能够写《青年之环》中出场的女性（大道）阳子的资本家父亲了。如果没有写这部作品，就无法写出《青年之环》的那个侧面。[①]

野间宏在发表于 1968 年 9 月的《创作全体小说的志向》一文中也提到了相关的话题：

> 《青年之环》是战后我大概三十三岁的时候开始写的。那时像这样的关于资本家的事情，我是写不出来的。写《骰子的天空》的时候，我拜访了相当多的、各种类型的公司总经理和职员。……然后，一点点地开始明白这些人究竟是怎

---

① 「対談 文学創造の秘密」、『野間宏全集』第 14 卷、筑摩書房、1970 年、477 頁

样一个人群。因此也就能够写资本家的事情了，也能够写《青年之环》中的大道家族的事情了。①

可以看出，《骰子的天空》是野间宏为了继续曾一度中断创作的《青年之环》而必须进行的创作实践准备。但是野间宏的上述言论仅仅是从小说某一部分的具体内容的创作准备上阐述了两部作品间的关系，其实《骰子的天空》和《青年之环》之间的必然联系还涉及到了野间宏在文学创作论上的发展变化。野间宏自1946 年到 1958 年②所写的文学论是在逐渐发生变化的。发表于1958 年 7 月的《论感觉、欲望和物》中的一段话更是表明了野间宏在文学论的认识上发生的质的改变。文章开篇这样写道：

同时描写人和围绕人的事物，是我在创作作品时放置在中心位置的目标。③

这段话标志着野间宏自 12 年前初次发表《青年之环》以来在文学创作理论上达到的一个高度。他在这篇文章中所写的另一段文字更加充分地体现了这一点：

……商品生产和商品流通的体系……以及为了保护这个体系的某种统治权力的体系……这个体系现在渐渐成为了一个巨大的事物横阻在人们面前，并且渐渐地远离人们的视线、隐藏起来。这正如人们很难看见自己的欲望渐渐从内心深处涌动起来一样，是很难被人们看见的。但是，为了描写驱动人的事物，就必须从人的内心深处把握住这种看不见的欲望，同样的道理，为了描述包围人们的、驱动这个社会的事物，就必须通过人眼看不见的体系，从商品运动的体系内部去描

①「対談　全体小説への志向」、『野間宏全集』第 19 巻、筑摩書房、1970 年、361-362 頁
② 野间宏创作《骰子的天空》的时间。
③「感覚と欲望と物について」、『野間宏全集』第 17 巻、筑摩書房、1970 年、99 頁

写。①

很显然，野间宏意识到了社会，尤其是资本主义社会对人的影响，并且开始有意识地在作品中将人物内心世界的描写和社会的影响联系起来。这一点标志着野间宏的文学创作达到了一个新的高度。

野间宏初期《青年之环》创作中断的最大原因正是对处于上述境况中的人物描写得不够充分和深入。虽然在早期的作品创作中没有贯彻这种思想，但是野间宏从很早开始就有这样的思想意识。野间宏的文学评论文章《诗歌的编剧艺术》中的一段话证实了这一点：

> 在现代……在这个都市里，所有的人们都住在世界的断层里，呼吸着逐渐覆盖整个断层的一种新鲜空气，呼吸着全世界共有的超越物质力量的空气。在人们的面前，社会的伤痕依然存在，从经过了上千万年岁月才建立起来的社会底层露出了伤口，这个伤口促发了人们的宇宙自觉力。人们必须掌握新的自觉方式。现代人与其说是在自然中感受到了宇宙的力量，不如说是在社会中看到了宇宙巨大的发展力。……社会是宇宙的最前端，是宇宙的中心。所有的一切都集中在这里，所有的一切都从这里出发。因此，在我们面前宇宙是通过社会展现它最深层的姿态。……社会打开了那个伤口，我们在社会的裂缝中看到了宇宙的姿态，社会打开了那个伤口，通过在这时看到的宇宙的姿态，我们必须重新把握社会。②

野间宏正是要通过《骰子的天空》的创作，将这个早期的文

---

① 「感覚と欲望と物について」、『野間宏全集』第17卷、筑摩書房、1970年、104頁
② 「詩におけるドラマツルギー」、『野間宏全集』第14卷、筑摩書房、1970年、111-112頁

学理想付诸实践。《骰子的天空》中纷乱的东京证券业界的背景正是前文提到的现代社会的巨大的"伤口"，把它描写出来正是将"伤口展示出来"的过程。这部以证券市场为背景的小说，使得野间宏的文学理论在实际创作中得到应用和完善，同时也促发了《青年之环》的续写。

　　野间宏在 1958 年 2 月至 1959 年 12 月的《文学界》杂志上连载《骰子的天空》后，又对小说进行了大幅度的修改。1959 年由文艺春秋新社发行的单行本杂志连载时的内容有很大的不同，尤其是开篇的部分修改得最多。由于《骰子的天空》并不是简单的以证券社会为中心的长篇小说，因此对于当时的读者来说全面理解这部小说有一定的难度，因为无论从小说的形式还是内容上讲《骰子的天空》都是一部全新的长篇小说——"全体小说"。

　　野间宏是一个以创作长篇小说为文学信念的小说家，"全体小说"的创作是这个文学信念的具体体现。在野间宏的创作生涯中，如何圆满地实现这一信念始终是他探求的中心课题。在创作随笔《我的小说》中，野间宏这样说道：

　　　　战后，我是以创作《阴暗的图画》登上文坛的，这部小说以欧洲文艺复兴时期的问题为媒介，描写了战争年代我们这一代人晦暗的青春。发表完这部小说后不久，我就开始苦苦追求掌握长篇小说的写法。自己到底是否是作家的疑问一直困扰着我。但我终于完成了长篇小说《真空地带》，从而也能够回答自己的这个疑问了。……在思考《骰子的天空》这部作品的时候，浮现在我脑海中的是巴尔扎克的巨大形象。然后是他的作品《高老头》以及小说中的大学生拉斯蒂涅和高老头。我既喜欢拉斯蒂涅，也喜欢高老头。学生时代的我脑海里总是萦绕着将母亲寄来的生活费揣进兜里，以赌博的心态买了一辆马车出门的拉斯蒂涅的形象。当我创作《骰子的天空》的主人公、年轻的投机商大垣元男的形象时，也是将拉斯蒂涅放在一边作为参照的。在《高老头》中巴尔扎克描写了高老头和大学生拉斯蒂涅之间奇妙的友情。拉斯蒂涅最后埋葬了高老头，并将最后剩下的十钱用来篆刻了墓志铭，因而变得一无所有。拉斯蒂涅下决心要和巴黎作个单打独斗。我在《骰子的天空》中描写了从兜町残存下来的老投机商船原老人和年轻的大垣元男之间的奇妙的友情，大垣也是在埋葬了船原老人后决意和兜町来个单打独斗。在此之前在作品中只描写过青年的我，在这部作品中第一次描画出了老人的形象。我所追问的是老人在思考什么，老人拥有的经历的意义是什么。……①

从这一段关于《骰子的天空》创作意图的坦诚告白可以看出，野间宏是有意识地借鉴了《高老头》的情节和人物设置的。野间宏自在文坛出道以来，就不断地依托和借鉴以巴尔扎克为代表的近代欧洲的小说理论和小说实践，结合日本战后的种种现实创作出独特的文学世界。从巴尔扎克到福楼拜、从左拉到普鲁斯特和乔伊斯，野间宏在作品中融合了所有上述作家的小说理念和技巧，通过描绘日本现实社会林林总总的典型现象和人物，突破了日本近代以来既有的小说概念，在变革小说形式的同时，创造出了具有"新写实主义"风格的小说世界。

1959 年 10 月文艺春秋新社发行《骰子的天空》的单行本后，野间宏在《文学界》杂志上发表了《〈骰子的天空〉创作笔记》一文，在这篇文章的结尾野间宏写道：

我认为这部作品是我创作过的作品中最好的一部。②

---

① 「わが小説－『さいころの空』」、『野間宏全集』第 18 巻、筑摩書房、1971 年、372－373 頁

② 「『さいころの空』創作ノートから」、『野間宏全集』第 5 巻、筑摩書房、1969 年、608 頁

野间宏关于"全体小说"的论著《萨特论》正式出版是在 1968 年，而距此近 10 年前的 1959 年，《骰子的天空》已经创造出了和"全体小说论"并行的文学实践空间。可以说，《骰子的天空》是野间宏撰写《萨特论》的前奏曲，是不可或缺的文学创作实践基础。

概括地说，野间宏"全体小说"的概念是这样的：在多层面地描写现实世界的各种各样状况的同时，将上述内容作为一个整体描写出来。但是如果"全体小说"仅仅是这样的话，很容易成为浅薄的写实主义小说的复合形式，没有必要单独提出来划分门类。从日本写实小说的发展源头看，模仿西方的写实小说的背后是有科学的客观精神存在的，这是文学史上公认的事实。正是由于曲解了这种客观精神，日本的写实小说大都沦为了平庸的纪实文学和报告文学。随着写实主义文学的发展，作家逐步抛开单纯平板地描写事物的手法，开始关注人物的内心世界，产生这样的反省意识是写实主义小说理所当然的归宿。日本 20 世纪的小说革命也显示了以"描写内心世界"为中心的课题的多样化展开。另一方面由于人们对于外界的认识逐渐变得丰富和精密起来，小说的注重内心世界的描写倾向变得越来越不能适应时代的要求。从小说应具备的文学使命上讲，它必须比其他的任何一种文学门类更加尊重现实世界。这是日本的现代小说面对的最大难题，也是野间宏在小说创作过程中意识到并且不断克服、超越的一点。

野间宏一举解决这一难题的设想就是"全体小说"的创作理念。"全体小说"在尽可能多层次地、细密地描写现实世界的同时，又将现实世界的一切收入作家的内心世界，并且试图将内部世界和外部世界一体化。换句话说，现实世界对于作家的内心世界来说起到了镜子的作用，通过这面镜子反映出来的内心世界对于外部世界来说又起到了镜子的作用。在这两面镜子互相映照的空间里，就出现了一个既不是现实世界也不是作家的内心世界的、用文学语言创造的小说世界。在《骰子的天空》开头，大垣元男在一个阴云密布的午后，渡过铠桥，进入兜町①。这时的大垣元男具有一种长驱直入敌阵的武士风采。小说的最后，是以大垣元男失败后发出的叫喊结束的："是啊……必须要斗争……我要斗争……从今往后。"②在小说中，作者述说了一个又一个胜利和失败的故事，其间复杂多变的情节设置使《骰子的天空》成为了一部名副其实的现代小说。小说不仅仅描述了众多的现实世界的事件，同时也讲述了有关人类生存的意味深长的道理，这一点超越了"兜町"的现实世界的范围，成为了野间宏创立的另一个世界。

野间宏在《〈骰子的天空〉创作笔记》中对这部小说的构思、人物的选择以及自己对证券公司和证券交易所的调查作了详细的说明。小说故事发生在 1957 年 8 月中旬到 10 月初的大概两个月的时间里。野间宏在创作这部小说的过程中进行了反复多次的修改，以至于最后发行的单行本和最初在杂志上连载的小说之间有很大的不同。野间宏修改小说的过程正是他不断完善自己的"全体小说"文学实践的过程。这样频繁修改的初衷是野间宏想在作品中通过"网子"这个幻影中的女性形象的描写达到映照出大垣元男的内心世界的效果。关于这一点，在创作笔记中有明确的说明。《骰子的天空》的修改过程不是一个简单的润饰文字、调整结构的过程，而是和《骰子的天空》最终能够成为"全体小说"有着密不可分的关系。野间宏选择的小说故事发生地兜町是一个被投机获利的欲望操纵的人们耗尽谋略拼死争斗的地方。《骰子的天空》中的小说故事发生场所的选择和野间宏"全体小说"的主题之一——剖析现代社会中的人的欲望的主题是相符合的。野间宏为了描绘出现代资本主义社会体系中股票市场和商品市场的真实

---

① 兜町，地名，位于日本东京都中央区日本桥附近。是日本自近代以来具有代表性的证券街。狭义指东京证券交易所，广义指日本的证券市场、证券界。

② 「さいころの空」、『野間宏全集』第 5 卷、筑摩書房、1969 年、597 頁

面目，将小说的视线焦点放在一个青年投机商大垣元男的身上。
与试图控制兜町，将中小证券业者合并、联营的四大证券公司①相
比，一个个单独的投机商的力量是极其有限的。通过大垣元男在
兜町的一系列行动，读者得以窥见资本主义社会的现代体系的神
秘魔力。在大垣元男从人造丝投机市场获取了大量钱财、成为兜
町的焦点人物后，野间宏安排了另一个主人公——船原老人出场。
曾经有过三次破产经历的船原老人，使得野间宏原本聚焦在大垣
元男身上的现在的时间和现实的视点之上，又加上了过去的时间
和历史的视点。由此野间宏能够从运动的角度把握现代体系的本
质。船原老人和大垣元男等人的兜町改革运动虽然在最初阶段取
得了表面的胜利，但是最终遭遇了全线溃败的悲惨结局。通过《骰
子的天空》中对人物和事件的细腻描写以及贯穿始终的情节组织，
野间宏在读者面前展示了资本主义现代社会的全体风貌。读者最
后清楚地感受到资本主义现代社会的真实面貌，即四大证券的雄
厚实力以及它们背后的政治支撑力量。

　　在这部由 22 章组成的长篇小说里，有这样几章是明确描写人
物的，第五章"军师 船原老人"、第七章"平手景子"、第九章"猪
泽复吉"、第十二章"军师 三村留二郎"、第十九章"网子"。这
五个以人物命名的章节证明了这部长篇小说是以大垣元男为中心
的多人物和多视角的现实小说。这种通过多人物和多视角来衬托
主人公言行的做法也是野间宏"新写实主义"的特征。野间宏的
"新写实主义"带给读者的现实感并不是指这部小说对一个特定
时期的证券业界实情的真实反映，而是指野间宏通过这样一个典
型体系中的具体事例，向读者展示了资本主义体系下社会与人的
真实关系以及被异化了的人存在的真实状况。相对于由政治背景
和大资本制造出的体系来说，每个独立的投机商和中小证券公司

---

　　① 四大证券公司指当时的日兴、山一、大和和野村证券公司。

的存在都是微不足道的，他们对整个体系构不成威胁。野间宏通过对这些人物的描写是想反衬出整个资本主义现代体系的庞大和不可动摇性。

## 二、野间宏的"新写实主义"与日本无产阶级文学中的"现实主义"

野间宏在小说连载发表期间发表了一系列的评论文章，汇集这些文章的集子名为《论感觉、欲望和物》（1959年）。在《论感觉、欲望和物》的"后记"中野间宏这样写道：

> 在这部评论集中收集了明确地展示我最近能够达到的一个新的立足点和方法。
>
> 所谓新的立足点和方法，是指超出以往关于人与包围人的的事物之间的关系、人和环境的关系的思考，试图把握和描述这两者运动时的状态的立足点和方法。[1]

这里提到的"新的立足点和方法"的完成，指的就是关于"新写实主义"的方法论的完成。关于野间宏的"新写实主义"的具体含义，在《论感觉、欲望和物》中有较为详细的论述。野间宏将《骰子的天空》的创作目标定为"同时描写人和包围人的事物"，野间宏想通过作品探究的是资本主义社会中的现代人到底是怎样一种存在的问题。野间宏认为人和其他动物的不同之处在于人一般来说不是顺应自然，而是力图改变自然的一种生物，这种变革是人为了满足自己的内在欲望冲动造成的。但是和人的主观意识相对立的、运动着的现代体系，总是成为人的欲望和欲望目标之间的阻碍物。为了在小说中同时描写人以及包围人的事物，有必要关注"在人的内心驱使人行动的欲望、这个在人的内心不断活动的欲望"[2]。一般说来，在欲望和欲望目标之间横插着的重要阻

---

[1] 「感覚と欲望と物について」、『野間宏全集』第17巻、筑摩書房、1970年、106頁
[2] 「感覚と欲望と物について」、『野間宏全集』第17巻、筑摩書房、1970年、99頁

碍物中有"金钱",但是为了描述欲望和欲望目标之间的关系,单单描写金钱是不够的。而是要把欲望和欲望目标之间的事物看成是商品生产和商品流通的体系。这个体系既不是简单的金钱,也不是一个个具体的商品。作家的目的是要挖掘出这个体系背后的、把持着这个体系统治权力的体系。

> 正是这个体系,生产了一个又一个的商品,然后让这一个个的商品流通,最后出现在每个人的面前。通过这个体系观察商品的时候,才能第一次清楚地看到商品自我运动的样子。而且,这个体系现在渐渐变得巨大起来,横亘在人们的面前,遮挡了人们的视线,使人们看不见远处的事物。这一点恰好和人的欲望在内心深处涌动的时候会模糊人的观察能力的结果一样。但是为了描述驱使人行动的东西,就必须描写这个难以看清的人的欲望深处;同样,为了将包围人的这个社会作为一个运动变化的事物来描述,就必须描述人眼难以看到的体系以及这个商品在不断运动着的体系的内部。[1]

这段关于《骰子的天空》中"新写实主义"的理论叙述虽然没有出现"全体小说"的字眼,但是野间宏积极倡导的"从运动变化的欲望深处去描述运动变化的人的方法和深入运动变化的现代社会、一层层地进入到现代社会的深处从体系的全体来描述这个现代社会的方法"[2]的两者的统一,其实就是对"全体小说"创作方法论的最好诠释。

野间宏在《真空地带》中关于日本军队的现实主义的描写已经显示了和日本近代写实主义明显的不同。野间宏不仅采取了一种客观、真实的描写手法,更是精心挑选了最能反映日本军队实质的"内务班"的事件和人物加以描写。读者获得的不仅是对事

---

① 「感覚と欲望と物について」、『野間宏全集』第 17 巻、筑摩書房、1970 年、104 頁
② 「感覚と欲望と物について」、『野間宏全集』第 17 巻、筑摩書房、1970 年、103 頁

件和人物的表面印象，更重要的是通过野间宏的细腻描写看到了表象后的实质，对日本军队的"真空"性质有了根本的了解。野间宏在《真空地带》中的写实主义已经远远超越了日本近代写实主义，具有了欧洲现实主义的风范。而野间宏在《骰子的天空》中的写实主义的手法在描写对象的范围上超过了《真空地带》，实现了"新写实主义"的描写，在描写视野更为开阔的资本主义的社会和人的范围内将多种相关的社会因素融汇在一起，从而使"社会性"贯穿《骰子的天空》这部小说的始终，野间宏距离 "全体小说"的最终完成又迈进了一步。

野间宏的"新写实主义"弥补和超越了日本近代以来的写实主义中关于"社会性"缺失的方面，同时也让人联想到了 20 世纪 20 年代在日本文坛兴起的无产阶级文学创作理论。无产阶级文学作品不同于以往的日本近代文学作品的最突出的方面就是对于政治和社会的关注。无产阶级文学中的"现实主义"分早期和晚期两种，早期的被称作"无产阶级现实主义"。以"无产阶级现实主义"为代表的无产阶级文学理论的确立和青野季吉、藏原惟人的理论贡献以及杂志《文艺战线》、《战旗》等的推动是分不开的。青野季吉通过《文艺批评的一种发展形式》和《"经过调查"的艺术》等文章否定了日本近代以来的传统的文学观，特别是传统的近代"私小说"的表现手法，他强调"经过调查"的艺术才具有真正的生命力。在此基础上，林房雄于 1927 年 2 月在《文艺战线》上发表的社论《社会主义文艺运动》中，进一步指出"社会主义艺术运动，是在作家把握真正的社会主义的认识、无产阶级的政治意识之时开始的"，"社会主义文学追求的美是社会主义的、无产阶级的美"，并强调"社会主义文学公开声言文学的社会效果和'宣传的'、'机动的'作用"。继青野季吉之后的无产阶级文学理论家藏原惟人沿用了俄国文学当中的"无产阶级现实主义"的概念，对青野季吉的理论作了进一步的发展和补充。他强调指出了

"无产阶级现实主义"的三个特点：第一是从事实出发的创作态度；第二是用社会的、阶级的观点观察和描写一切，比青野季吉的观点更进一步的是，藏原惟人将这一点解释为不是抹杀描写对象个性的存在，而是要从社会性的角度解释人物个性以及人物心理等的由来；第三是"与这一切的复杂性一起整体地把握人的本质"[①]。这里所说的"一切"，就是马克思所说的"一切社会关系的总和"中的"一切"。野间宏的"全体小说"理论中主张反映社会的"全体"当中人的"全体"的观点包含有马克思言论的影响。马克思在《关于费尔巴哈的提纲》中提到：人的本质属性，除了阶级关系外，还包括民族、种族等多种社会关系；因而人不仅是"阶级的人"，也是"社会的人"，不能离开历史、阶级、社会来谈人的本质。

20 世纪 30 年代上半期，日本无产阶级文学运动处在理论重建和创作更新的转变期，开始引进当时苏联的"社会主义现实主义"的创作理论和批评标准。"社会主义现实主义"的主要理论内容是：第一，在发展中、运动中认识和反映现实；第二，不拘泥于事物的表面，而在本质、典型的姿态中描写客观的现实；第三是作品的大众性和单纯性。以宫本百合子和中野重治为代表的日本无产阶级文学理论家们认为"社会主义现实主义"的内容是再现社会生活中的各种复杂关系，明确地展示这些关系间的矛盾斗争、发展前景以及各种矛盾的解决途径。在"社会主义现实主义"思潮的影响下，日本无产阶级文学的作家们创作出了像《蟹工船》[②]和《没有太阳的街》[③]等联系社会实际、探讨矛盾解决途径的优

---

① 『藏原惟人評論集』第 1 卷、新日本出版社、1966 年、298－299 頁

② 作者为日本无产阶级文学作家小林多喜二（1903－1933）。小林多喜二在日本无产阶级文学运动的浪潮中，作为前卫的中心而异常活跃。后被特高科逮捕，遭毒打致死。其他作品还有《党生活者》等。

③ 作者为日本无产阶级文学作家德永直（1899－1958）。德永直出身于工人，参加无产阶级文学运动。其他作品还有《妻啊，安息吧》等。

秀作品。由于当时的日本国家权力对无产阶级文学运动的压制和破坏，"社会主义现实主义"的理论发展和实践创作没有进一步深入地展开，但是它对于后世创作的影响是存在的，野间宏的"新写实主义"就是一例。①

可以看出，无产阶级文学运动早期，以青野季吉和藏原惟人为代表的无产阶级文学理论家们着重强调的还是文艺上的阶级性，从而忽略了没有阶级区分的社会共有的美感，因而文学的自律性在无产阶级文学当中没有得到体现，相反还受到了阶级观点的压制。这一点与"以艺术认识人生"的观点出发的、包含有艺术至上主义、试图在小说创作中表现社会"全体"以及生活在社会中的人的"全体"的野间宏的"新写实主义"存在很大的差异。后期的"社会主义现实主义"虽然在社会描写的层面接近了野间宏的"新写实主义"中的"社会"内容，但是"社会"的内容过于狭窄，大多只是描写工农题材，缺乏多样性；小说中仍然存在着明显的政治观点和倾向，充斥着概念化和公式化的描写；小说中的人物形象大多突出了"阶级的人"的共性，而缺乏个性化的描写。概括地说，无产阶级文学的"现实主义"中出现的"社会"是有阶级含义的、特殊的"社会"，因而不能客观和完整地再现真实的社会全貌。

《骰子的天空》中体现的"新写实主义"超越了日本近代文学中只是描摹事物本来面目的"写实主义"，在一定程度上继承和超越了无产阶级文学中的"现实主义"的手法，具有更为接近西欧现实主义的特征。同时，《骰子的天空》也是一部由作家想象力构建的成功的虚构小说。野间宏写的是小说中的"小说"，而不是"反

---

① 以上关于无产阶级文学理论的概括参考自《日本现代文学思潮史》中的第7章 无产阶级文学思潮，叶渭渠、唐月梅著，中国华侨出版公司，1991年，120—158页

小说"①。将证券投机市场作为反映资本主义现实社会的缩影,并将其写进小说,这完全有赖于野间宏的想象力,这部长篇小说的现实意义的体现也正来自于野间宏的想象力。为了实现这样的目标,野间宏选择了兜町作为小说的舞台,兜町聚集了一群拥有超出一般人的野心的人群。野间宏不仅设置了老投机商船原老人和年轻的投机商大垣元男两个主人公,而且还设置了投机市场老手如猪泽复吉和三村留二郎等人物,这些人物的经历都极富戏剧性。但是,《骰子的天空》并不是这些人的心理活动剧,也不是大垣元男的市场投机冒险故事,更不是平面描写证券界的小说式的报告文学。虽然上面提到的三点在小说中都有体现,却又都不是这部小说的真正意图所在。小说描写的是由野间宏的想象力营造的世界,想象力是作家进行小说创作的重要工具,也是野间宏实现"全体小说"创作的重要依靠。

《骰子的天空》带给我们的文学体验是宝贵的。可以说它是日本文学史上少有的带有现实主义批判色彩的长篇小说。野间宏的"全体小说"概念在这部小说中得到了很好的诠释和实践。可以肯定地说,《骰子的天空》就是一部"全体小说",是野间宏文学理念得以全面展示,达到顶峰之前的成功试验。

## 第二节 《骰子的天空》小说时代背景分析

"兜町"位于东京中央区日本桥附近,是日本具有代表性的证券街,也是东京证券交易所所在地。野间宏在《骰子的天空》中将"兜町"设定为小说故事发生的世界。为了创作以"兜町"的

---

① 反小说,也叫新小说。对兴起于 20 世纪 50 年代的法国前卫小说作品的称呼。基于对传统小说方法的怀疑,用大胆的实验手法多层次多角度地追求世界的"真义"。代表人物由罗伯·格里埃、布陶和萨特、西蒙等。

证券业界为背景的小说《骰子的天空》，野间宏曾亲自走进这个日本经济最为活跃的世界中，对"兜町"的方方面面进行了调查并作了详细的笔录。所以了解当时真实的"兜町"对于解读《骰子的天空》无疑具有重要的作用。

野间宏在《骰子的天空》中描写的故事轮廓是这样的：日本战后，在战前就已经成立的东京四大证券公司——日兴、山一、大和和野村证券公司，由于日本国内金融机构恢复执行投资信托制度①的实行，重又回到了战前在证券业界的垄断地位。它们在国家政治权力的掩护下，强硬地推行信用交易制度②；另一方面中小证券业者们则主张进行长期清算交易制度，一直以来和四大证券公司进行着不屈不挠的斗争，就在以大垣元男为代表的中小证券业者即将取得胜利的前夕组织遭遇瓦解、斗争运动最终失败了。野间宏在小说中的视角犹如精细的、灵活运动的相机的广角镜头和聚焦镜头，这个灵活多变的视角观察的对象既有横向的也有纵向的。使得这个视角坐标成立的中心人物有两个：一个是被称为"兜町的民权论者"的老斗士船原老人，另一个是战后证券业界革新派的实力人物、青年投机商大垣元男。

1958 年 2 月，《骰子的天空》开始在杂志《文学界》连载，到 1959 年 11 月连载完毕。1959 年 12 月由文艺春秋新社发行了单行本的《骰子的天空》。由此可以推断，小说中涉及的"兜町"证券业界的大背景是以 1958 年 2 月之前的东京证券业界的实际情况为基础虚构的。通过野间宏在《〈骰子的天空〉创作笔记》中的一句话可以证实这个推断："这部作品描述的时间范围是从 1957

---

① 投资信托制度，指证券公司等向投资人广泛募集资金，通过信托银行对各种有价证券进行分散投资的制度。其目的是通过专家运用资金，以获得更高的收益率。

② 信用交易制度，顾客缴纳一定数目的委托保证金，即可接受证券公司贷出的资金和证券来进行的证券交易。

年 8 月中旬开始到同年的 10 月份的大约两个月的时间。"①

　　以下就以这个时期为中心，围绕清算信用制度复活论及其运动变化发展的过程，借助引述《东京证券交易所 10 年史》②中的内容对当时的日本证券业界的概况加以说明。

　　从 1952 年底到 1953 年，朝鲜战争后的日本证券业界发生了很多事件。1953 年 2 月政府下令停止证券交易的举措引发了一系列混乱。3 月 2 日，东京证券业协会所属会员中的两个公司因为发行了空头支票受到了取消登记的处分。虽然仅仅是两个小公司的事件，但是整个证券业机构为此付出了四亿一千万日元的支出。此后的 3 月 5 日，苏联斯大林去世的消息使得国际的证券市场陷入了动荡的局面。从 1953 年秋天开始，道奇方针③进一步强化，MSA 体制④进入调整状态，日本开始实行通货紧缩政策⑤。因此从 1953 年 10 月开始到 1955 年中期是日本证券业界活动停滞的时期。在这种通货紧缩政策中受到最大打击的是弱小的证券业者，这种状况可以从以下的数据中得到证实：在证券交易所再次开市的 1949 年底，在全国登记注册的证券业者数目，包括交易所的会员业者和非会员共有 1152 家公司。到 1953 年底，只剩下 848 家公司。这其中还包括了新注册的 162 家公司，原来的 1152 家公司中有 304 家主动停止了营业，受到取消登记处分的有 162 家，从总

　　① 「『さいころの空』創作ノートから」、『野間宏全集』第 5 卷、筑摩書房、1969 年、605 頁

　　② 以下资料来源于 1963 年 9 月东京证券交易所（東京証券取引所）发行的『東京証券取引所 10 年史』

　　③ 道奇方针，1949 年根据驻日盟军总部 GHQ 财政顾问美国人道奇提出的方案或劝诫而实施、使得日本经济稳定并能自立的各项政策。对抑制通货膨胀和改善国际收支发挥了实际作用。

　　④ MSA 体制，Mutual Security Act 的略语，指美国《共同安全法》。为调整对各国的经济、军事、技术的援助于 1951 年制定。

　　⑤ 通货紧缩政策，指有效需求不足，生产低下，失业增加的社会经济现象。

数上看是少了 304 家公司。到了 1954 年底，全国证券业者的数量
更是减少到了 777 家，1955 年底成了 715 家，重又呈现了道奇政
策执行时的情形。这种证券业者数量减少的倾向一直持续到 1959
年，1959 年底时只剩 546 家公司，相比 1949 年底数量减少了一半。

和中小证券业者惨淡经营的状况相对照，四大证券公司即日
兴、山一、大和和野村证券公司在战争年代曾经有过引进投资信
托制度的经历。从 1948 年起，四大证券公司试图展开复活这一制
度的活动，但是遭到了 GHQ①、经济科学局等机构的强烈反对。
四大证券公司在 1951 年向日本国会递交的法案中提到，应将资金
在一千万日元以上的公司作为委托公司。这一法案虽然没有获得
一般证券业界的支持，但在 5 月 26 日的众议院本会议中获得通过。
6 月 4 日该证券投资信托法得以公布实施。四大证券公司在同一
天立刻以证券投资委托公司的名义进行了登记申请。

总体看来，在从 1954 年到 1959 年的通货紧缩经济政策期内，
中小证券业者的自身经营不仅处在极为艰难的境地中，而且由于
四大证券公司独占式的投资信托经营，它们的境况变得更加悲惨。
中小证券业者为了维护自己的生存，在这一时期提出了恢复长期
清算交易制度的呼声，并且逐渐形成了有组织的运动。

恢复长期清算交易制的法案最初是由日本关西方面的证券业
界提出来的。1950 年 10 月在大阪召开的全国证券交易所理事长
恳谈会中讨论到了这个问题。与会的相关人员认为如果采纳了长
期清算交易制度，会有利于运筹资金较少的中小证券业者的公司
经营。由于此项制度的施行极有可能产生大量的假需求和假供给
的投机行为，所以东京证券交易委员会、日本政府和 GHQ 等是持

---

① GHQ，General Headquarters 的略语。指日本战败后驻扎在日本国内的美国盟军总部。
该总部是日本于 1945 年接受波茨坦公告的同时，美国为执行占领日本的任务而设置的。1952
年旧金山和约生效时被废除。

反对意见的。但是，中小证券业者提出施行这项制度的倾向是潜在和强烈的。1952 年 6 月，这股势头愈来愈猛，这和当时证券业界信用交易制度的种种缺陷具体化了有关。在这个新的运动中，关西业界走在了前列。从 1952 年底到 1954 年，由于金融紧缩政策的实施，股票市场也受到了影响。长期清算交易制度复活论越发高涨，东京地区的证券业界也加入了其中。1954 年 12 月，东京证券交易所的小林理事长、全常勤理事以及书记长提交辞呈的事件也表明了这次清算交易制度复活运动的声势。到了 1955 年夏天，这项运动的声势达到了最高潮：政党和国会都行动起来，开始进行部分证券交易法的修正。

对此次运动持反对意见的中心团体是大藏省①和大藏大臣一万田。进入 1956 年后自由民主党开始主张实施论，和大藏省处于对立位置。在此过程中，社会党表明了反对复活定期交易的态度，局面一度陷入混乱当中，各方派别进入持久战的状态。1957 年 6 月 11 日，在名古屋召开的全国证券交易所协议会上并没有设置特别的议题，而是以自由讨论的形式广泛征集对各地交易所定期交易的意见。由此看来，长期清算交易制度实施运动已经失去了早期的预想目标，而是以对一直以来的运动方针、具体的运动方案以及对外交涉的策略等进行反省为中心内容，停留在对将来的运动规划的意见交流上了。1958 年 5 月为该次运动设立的两个特别委员会改为证券对策特别委员会，失去了原来的机构意义。这一形式的改变也标志着恢复长期清算交易制度运动的最终崩溃和失败。

野间宏在《骰子的天空》中运用的证券业界背景正是上述内容。在这个大背景中野间宏将真实的历史情景通过虚构的人物反

---

① 大藏省，日本统辖国家财政和金融行政的中央行政机关。长官为大藏大臣。明治二年（1869 年）设置，平成十三年（2001 年）因省厅改革改称财务省。

映在了一个宏大的小说虚构世界中，或者说是在《骰子的天空》中完美实现了二叶亭四迷著名的"虚实论"中提出的"借实相模写出虚相"的小说本来的使命。

小说中以船原老人和大垣元男为中心的团体在斗争即将胜利的前夕遭到了失败的命运，这一点是和《东京证券交易所十年史》中描述的历史事实相符合的。恢复长期清算交易制度的主张是由关西方面提出的，四大证券公司始终以反对者的姿态对抗到最后。在四大证券公司的对抗性态度背后存在着两个原因：一是推行投资信托经营的独占模式的、与经济利益有关的原因；还有是四大证券公司的地域保护性的策略。作为已经高度近代化了的四大证券公司的意识深处还残留着江户时代投机商的遗风。小说中被称为"绅士投机商"的三村，依然是一副依赖于关西地方势力提携的人物形象。

关于这部作品，如果只是停留在素材和主题的话题上还远远不能充分理解小说的内涵和意义，还需要对小说的创作手法和小说的结构等问题进行详细的分析。在本章第一节中笔者曾引用野间宏的言论指出《骰子的天空》的创作在很大程度上是以巴尔扎克的长篇小说《高老头》的创作手法作为参照的，但又决不是19世纪前半叶现实主义手法的简单回归。巴尔扎克笔下的现实主义是一种实证型的、科学唯物论式的现实主义，而这种现实主义还不能充分展示现代日本文学所要展现的内容。因此1958年的野间宏在创作上不可能简单地模仿19世纪现实主义的手法。

野间宏在小说创作中明确地意识到：具有经济势力的事物必定和政治权力相勾连。作为反叛这种力量的要素，野间宏认为不仅要依靠青年人的能量，同时也要有效地利用老年人的智慧。为此，野间宏在小说中设置了大垣元男和船原老人的人物组合。但是老年人毕竟是属于过去的事物，在运动失败后重新蓄积力量、重新进行挑战的必须是青年人。因此，野间宏在作品中描写了在船原老人死后大垣元男富有青年气质的挑战姿态。"死"是存留在人体内的"自然",老年人是投影在青年人身上的"过去"。围绕着翱翔在高空的鸢、船原老人和大垣元男的超现实的、幻想中的奥利根①的景象,野间宏采用了一种立体的、透视的绘画手法,将人物和景物放置在一个立体的空间里去描述,寓示着"自然"、"死亡"和"过去"总是包围着人类,并且根据现实状况的不同会产生积极的和消极的作用。野间宏在小说中以一种超越巴尔扎克现实主义的方式阐明了这一点。

通过这部作品的创作,在对野间宏在近代日本文学的主题系列——行为和思索、实践和艺术、政治和文学等关系的探讨上获得了新的视点。从这部作品中我们还可以看到战后文学获得的新成果——"新写实主义"的成功体现和"全体小说"的成功尝试。

## 第三节 "广角视角"和"聚焦视角"结合的"新写实主义"

### 一、"广角镜头"印象——"鸢"的"失败"和"死亡"象征

鸢属鹰科,通常所说的老鹰的一种,翅膀和尾巴都较长,暗褐色,栖息于海滨、河滩、耕地或城区街道等处。这种鸟看似在天空悠悠地绕圈飞翔,实际上它一直以锐利的眼神关注地面上是否有它的猎物——死鼠或死虫。一旦嗅到猎物的气味,鸢就会迅疾地飞过来猎食。《骰子的天空》中鸢的出场是以主人公大垣元男记忆中的形象出现的。鸢是大垣元男小时候在家乡奥利根的上空经常见到的鸟类,也是和大垣元男记忆中父亲的惨死相连的一个符号。"鸢"在《骰子的天空》这部小说中,是代表"失败"和"死亡"的一种象征。小说的第18章就是以"死亡之鸟"为名,讲述了"鸢"的形象与主人公经历的关联。在证券交易所理事长选举

---

① 奥利根,《骰子的天空》中的地名,日本群马县的一个地区。

活动中，大垣元男号召并组织了中小证券业者的团结运动，从而成为了"独立派"中反对四大证券公司运动的主要角色。在运动失败的最后关头，大垣元男的眼里出现的正是"鸢"的形象：

> 大垣看见一只灰色的鸟在自己头顶上绕着圈飞翔。……鸟在不停地轻盈地飞着，在寻找着地面上躺着的什么东西。……鸟在寻找着躺在他旁边的什么东西。
>
> 大垣知道绕着圈飞行的鸟就是他在家乡奥利根看见过的鸢。鸢在充满了死亡气息的上空振翅盘旋，在大垣眼里，天空中弥漫的只有死亡。
>
> ……现在死亡就在他的身边。死亡就像他死去的父亲那样存在于他的身边。在战争中死去的父亲和悬挂在头顶上的天空中的死亡看上去没有任何关系。但是，现在死亡又回到了他的身边。……①

对于大垣元男来说对抗四大证券公司的运动可以说是一次孤注一掷的赌博。大垣元男也预想到如果这次行动失败他将会失去所有的一切。因此运动的最后失败对于从青年时代起就一心一意想出人头地并为此付出惨烈代价的大垣元男来说，无异于等同死亡。"鸢"的出现正是代表了大垣元男心中"死亡"的阴影。

小说的题目同样也和"鸢"的形象相关。小说的题目"骰子的天空"，和小说的主题相关，且具有浓厚的象征意义，体现了野间宏的一贯风格。题目中的"天空"，是指东京证券市场兜町，还有商品市场蛎壳町上方阴云笼罩的天空，这是一个充满死亡气息的天空。在兜町和蛎壳町活动的人们每天抱着对金钱执著追求的欲望被不可捉摸的投机市场的成败搞得身心疲惫，这里的天空充斥着众多失败者散发的死亡气息。因此，野间宏笔下描写的是飞翔在这片天空中，以死鼠、死虫为食的鸢。这个情景，经常刺激

---

① 「さいころの空」、『野間宏全集』第 5 卷、筑摩書房、1969 年、588-589 頁

着主人公大垣元男,使《骰子的天空》的主题显得更为鲜明。

在其他场景中出现的"鸢",同样具有象征意义。第五章中有这样一段描写:

> 死亡的气息从这个拥有双爪的、两腿长满绒毛的动物身上腾起,然后悄无声息地开始降临四周。爪子最后再一次用尽全力,打算撕裂自己身下不再渗出冷血的肉。……大垣躺在格子的身边看到降落到奥利根的树上的鸢。他还看见了鸢灰色的相连的脚趾和灰色的爪子。①

这个场面中出现的"鸢",勾起大垣元男对于死亡的不同感觉,使他产生了一种轻松的快意,这是某一天夜晚发生的事情。大垣元男在那天的白天,因为在人造丝市场持续不断地卖出,获取了巨大的利益。对于他的这次胜利,兜町证券交易市场的老手船原老人是这样评价的:

> ……在人造丝的世界从它的最底层发出喀喇喀喇的声音崩溃的过程当中,一些站得笔直的男人只是在掰着手指头数数……这些男人当中就有大垣君你一个。
>
> (大垣君)必须清清楚楚地看着破败了的人们以及因人造丝市场的动荡一下子破产和被推落到死亡深渊里的人们的死状,他看待这些人的眼神是冷冰冰的、没有丝毫悲伤和痛苦的神情……②

这里出现的"鸢"的形象,表面上看与大垣元男刚刚获取的成功无关,只是大垣元男眼中看到的投机市场失败者们的形象。不过从整部小说的结构来看,它其实也是大垣元男未来的一个缩影。

关于"鸢"的形象设置,野间宏曾经说过这样一段话:

---

① 「さいころの空」、『野間宏全集』第5卷、筑摩書房、1969年、143頁
② 「さいころの空」、『野間宏全集』第5卷、筑摩書房、1969年、104頁

……在我脑海中萦绕的是从上越线①的列车中看到的盘旋在奥利根水系之上的鸢的身姿。鸢是引导出这部作品中的主人公（大垣元男）和船原老人的鸟，这一点是我从开始描写鸢和作品时就意识到的。

我在描写鸢的时候，翻开了青少年动物图鉴中有关鸢的部分，在这部分的说明中提到，鸢不是以活物为饵食的，主要以尸体为食，当我读到这里时，我突然觉得主人公和船原老人的形象在我面前栩栩如生地出现了，我的作品开始以一种迅猛的势头向前发展。②

可以说，在这部小说中，"鸢"象征着在日夜动荡不休的投机世界里，竭尽全力，耗尽心血，时刻在摩拳擦掌的大垣元男和老谋深算的船原老人的形象。对于他们来讲，不是自己成为"尸体"，就是让他人成为"尸体"。同时，"鸢"也是那些整日埋头于证券市场和商品市场的投机商及赌徒们的形象。

正如野间宏所说，"鸢是引导出这部作品中的主人公和船原老人的鸟"，不仅如此，有关鸢的形象的描写以及每次鸢的出现都会使小说内容笼罩在一种令人惊悚恐惧的气氛中。野间宏在这部小说中重点描述的是现代资本主义社会的体系，尤其是维系资本主义社会运转的体系。野间宏选取了其中最具代表性的、沉浮于证券市场中的人们加以描写。野间宏通过描写最能突出表现战后日本经济实况的兜町证券经济的一个时期的境况，为读者描绘出了日本资本主义社会的横截面，展示了其真实的一面。野间宏的"新写实主义"的手法在小说中随处可见，特别是关于掌握资金的巨头和政界之间的密切联系的描写，与当时日本的社会现实是符合

---

① 上越线，日本铁路（JR）东日本的铁路干线之一，为横穿本州岛的铁路之一，全长162.2公里，1931年通车。

② 「さいころの空」、『野間宏全集』第5卷、筑摩書房、1969年、604—605頁

的。当然《骰子的天空》并不是简单地对一些现实进行整理和归类，它不是一部报告文学，而是一部具有强烈现实意义的"新写实主义"小说。"鸢"的形象和一些主要人物形象的设置以及环环相扣的情节安排等重要因素，使得这部作品以"全体小说"的面貌呈现在读者面前。

野间宏在创作随笔《综合的问题》中的一段话对自己心目中具有显著"社会性"的"新写实主义"小说作了一个概括：

> （我认为）为了使描写封闭的内心世界的文学和记述外部世界的、逼真地描写现在的资本主义社会机构的记录文学达到统一和综合，首先应该从仔细研究现在的资本主义的社会关系中人被物欲、金钱、制度等所支配而逐渐丧失人性（异化）的状况开始。从这种人被异化的状况中尝试着提炼出某种形式来实现两种文学的统一，这样的尝试会经历失败和挫折，但我认为必须从这里入手去做。[①]

通过这段话，我们可以看出小说中"鸢"的形象是大垣元男尝试着从"现代的"兜町的"异化的状况"中摆脱出来却又反复遭遇失败和挫折、无法摆脱宿命的一种象征。

此外，与小说人物网子、大垣元男的父亲、还有少女广美相关的死亡阴影，也和"死亡之鸟"——"鸢"的形象互相呼应，让读者能清楚地看到大垣元男的内心活动，同时也让读者看到了大垣元男周围庞大的资本主义"体系世界"的本质。这些元素让《骰子的天空》具备了显著的野间宏式的"新写实主义"文学作品的特质和深度。

## 二、"聚焦镜头"印象——主人公大垣元男及其他人物

由"鸢"象征的充满"失败"和"死亡"气息的资本主义社

---

① 「総合の問題」、『野間宏全集』第 17 巻、筑摩書房、1970 年、122 頁

会证券业界是《骰子的天空》中的一条明线，而通过多个人物的描写折射出主人公大垣元男不同时期的内心世界则是小说的另一条线索。野间宏关注的是这个世界的"地狱"特征。野间宏在创作随笔《综合的问题》中提到："当今新文学的两个方向"，即"探究因战争而封闭的内心世界的文学和通过调查探索外在的、现在的资本主义社会机构的记录文学。"① 《骰子的天空》中的世界，正是野间宏所说的内部和外部世界相交错连接的世界，野间宏试图将这两方面的描写综合起来，他的这一创作目标决定了这部小说的特点。

对野间宏的处女作《阴暗的图画》给予高度评价的《近代文学》同人们，一直以来对野间宏文学都显示了较为深刻的理解，但对于《骰子的天空》，他们却表现了不同以往的见解。佐佐木基一和平野谦以对证券界的背景不了解为由对这部作品表现了一种不接纳、批判的态度。例如，佐佐木基一指出该部作品缺乏对人物真实面目的深入挖掘：

> 总体说来，《骰子的天空》是一部精细的证券界的小说，但不能够说是一部以证券市场为舞台的社会小说，或是以赌博的世界为镜子折射出人性本质的小说。②

评论家猪野谦二在谈到关于《骰子的天空》的主人公形象的塑造时认为：

> 野间宏其实是有意识地没有应用 19 世纪以来塑造小说主人公时所用的真切地感受人物存在的方法，而是在小说中一直从人物发自内心的活力和机能方面来描写人物。③

两位评论家的评论显示了野间宏的文学不同于日本近代以及

---

① 「総合の問題」、『野間宏全集』第 17 巻、筑摩書房、1970 年、119 頁
② 「『さいころの空』について」、佐々木基一著、雑誌『文学』、1960 年 8 月
③ 「『さいころの空』について」、猪野謙二著、雑誌『新日本文学』、1960 年 3 月

当时一般文学的特点，或者说一般的对日本文学的评论标准已经不适用于评价野间宏的《骰子的天空》了。对于小说中的"新写实主义"，评论家们依然是从日本近代文学传统的注重人物内心世界细腻描写的角度加以评判的，所以对于注重"社会性"的《骰子的天空》的评价中才会出现"缺乏对人物真实面目的深入挖掘"的说法。

在塑造主人公大垣元男的形象的过程中，野间宏充分体现了这个人物的性格成长与当时的社会现实之间的关联。野间宏通过"聚焦镜头"描写了大垣元男的成长经历，同时折射出了当时的社会状况。少年时期的大垣元男对父亲去世后父亲原来公司的人们表现出的冷漠、残酷的嘴脸印象深刻。这个深刻的印象成为成年后的大垣元男对资本家家庭出身的女友网子采取欺骗态度的根源，也是使大垣元男在三十岁就成为令人畏惧的兜町投机商的原因。大垣元男少年时代感受到的残酷正是资本主义社会的体系给人性带来异化的个体现象，是资本主义社会的必然产物。

那是大垣元男十岁时发生的事情。大垣元男的父亲经过二十年小心翼翼、勤勤恳恳的工作终于成为了一家纺织工厂的部长，但不久后却进了监狱。原因是：当时纺织工厂登记增配米的人员违反了国家粮食管理法，而后又扩展到通过黑市交易购置橡胶材料等问题。大垣元男的父亲承认了公司干部提出的申诉，一个人独揽了全部责任，接受刑罚。其实大垣元男的父亲成了工厂上层与此次事件有关的人士的替罪羊。有关这一系列事情的追究一直持续到大垣元男的父亲在狱中去世。当大垣元男的父亲还在狱中的时候，依然享受着公司给予的优厚待遇。但自从大垣元男的父亲在狱中去世后情况就发生了改变。因为父亲是掌握事件秘密的主要人物，只要他活在世上一天，公司上层与事件有关的人员就无法安心。随着他的去世，有关事件的秘密也就烟消云散了。纺织公司在大垣父亲去世后不久就停止了工资的发放，并且通知家属一百天内将公司的住宅退还。

大垣元男的父亲去世前后工厂的有关人员截然不同的嘴脸让年幼的大垣元男第一次感受到了世间的冷酷无情。父亲的去世使得大垣一家陷入了贫困的境地，由此他不得不放弃由旧制中学升入旧制高中的梦想，中学毕业后只好进入了师范学校。日本战败后的社会状况对成长中的大垣元男起到了极大的冲击作用，大垣元男再度改变自己的人生方向，进入了大学的经济学部，毕业后踏入了证券业界。虽然小说中关于这些经历没有太多的渲染，但是读者在小说的字里行间能够清楚地知道，正是战败后日本社会的既成价值观的颠倒、崩溃和混乱，彻底粉碎了大垣元男的梦想，大垣元男梦想的破灭也使得他对学生运动乃至政治运动方面持冷淡的态度。小说在大垣元男的政治倾向方面言之甚少，这在野间宏的作品中是一个例外，甚至让人感觉野间宏是在有意识地抑制这方面的描写。前文提到的佐佐木基一和猪野谦二的关于《骰子的天空》的负面评论应该与野间宏在政治倾向方面的描写过少有关。但是，在企图独占市场的四大证券和与之相对抗的独立派中小证券业者之间围绕证券交易所理事长选举的政治斗争中，大垣元男却作为中小证券业者方面代表参加并活跃于这场斗争中。我们可以想见大垣元男曾持有的"反资本主义"的思想在日本战败后发生了变化，而且经历了一种类似"转向"的过程。小说中出现的和周围的人们只有敌对关系的投机商大垣元男，已经和小说最初进入师范学校的大垣元男有很大的不同。这个征候从大学时代大垣元男对于学生运动的态度中就可以看出来。

（景子说）在阶梯教室开学生大会，大家并排坐下时，我记得是反对伊鲁滋声明的学生大会，你立刻就走出去了。……至少也做点什么吧……你是去打工了吧。①

①「さいころの空」、『野間宏全集』第 5 巻、筑摩書房、1969 年、177 頁

这里提到的伊鲁滋声明是联合国针对日本战后教育的的诸多政策之一，1950 年 2 月举行了所谓倡导"驱赶赤色教授"的伊鲁滋的演讲，该演讲主张将共产主义思想从教育现场排除出去。从大垣元男对于反对这一方针的运动的态度来看，他的立场完全是一种事不关己的逍遥派作风。像这种远离政治、淡化政治的的立场不仅仅是大垣元男一个人的问题，而是席卷当时战后日本的一个思想倾向。

战后的时代思潮加剧了大垣元男梦想的瓦解和崩溃。梦想丧失后的大垣元男将自身投放在以赌博为特点的投机市场中。在当时的社会背景下，大垣元男唯有通过这样的行为才能够给"生命"以新鲜的刺激，使"生命"重新焕发活力，这是时代赋予个人的命运。野间宏在《现代人的人性内涵》（『現代人の人間内容』1959年）中认为战后的时代是一个"没有可依靠的思想，没有足以信赖的政治"的"乱世"。在这样的时代感觉下诞生的大垣元男的形象，正是野间宏表现出的一种关注时代状况，并对这样的时代状况发出挑战的文学家应有的精神。

大垣元男了解的"中小证券业者"是"无法和客户的眼泪、尸体以及被撕扯出来的肚肠发出的恶臭分离的"[1]。这种"地狱"般的印象贯穿了整部小说，象征了小说故事发生的场所——证券投机市场。通过大垣元男的视线，我们可以了解投机世界这个"地狱"中的"众生相"。在资本主义制度下，证券交易所在资本的聚集和转移方面起到了极大的作用。野间宏认为"股票市场、商品市场可以说是资本主义机构的心脏。"[2]野间宏对在股票市场和商品市场活跃的人们这样描写道：

> 我在这部作品的周围看到怀揣着积攒的百万元或三十万

---

① 「さいころの空」、『野間宏全集』、筑摩書房、1969 年、87 頁

② 「さいころの空」、『野間宏全集』第 5 巻、筑摩書房、1969 年、609 頁

元来到兜町，当全部的积蓄被掠夺后，只是穿着薄薄的拖鞋，一只手拿着满是污垢的账本，在兜町周围踯躅徘徊的人们。①

野间宏赋予主人公大垣元男的作用是让他成为"地狱"般的投机世界的一个观察者，同时也是野间宏"新写实主义"理念在作品中的实现者。野间宏将大垣元男的活动范围不仅设在兜町，还放在了商品交易所蛎壳町。"大垣的心中涌起了一种兜町的住户过桥去商品交易所远征的热情。"②这两个町之间是由"铠桥"连接的，小说的故事就是从大垣元男跨过这座桥开始的。过桥后的大垣元男到达的是和证券交易所不同的另一个世界——商品交易所。作为一个曾在商品市场获得成功的人士，大垣元男在这里充满了幸福的感觉。但是尽管如此，商品交易所在大垣元男的眼里同样是一个充满了地狱惨状的场所：

> 他（大垣元男）必须毫不惊惶地清楚地看着这些冰冷的、异常悲惨的景象——破败的人们、因人造丝世界的动荡而一下子堕入破产和死亡境地的人们死亡的状态。③

小说中除了通过大垣元男的视角反映了投机世界的真相外，还进一步通过大垣元男的经历反映了当时资产阶级世界的概貌，小说主要是通过大垣元男与三位女性的交往经历来展示的。这三位女性都是资产阶级家庭出身，分别是已经病死的恋人网子，现在的恋人景子和未来妻子的候选人左千子。大垣元男和她们交往的初衷都是以进入资产阶级行列为目的的。

重点谈谈大垣元男和网子的交往经历。从小说中的"现在"时间来计算，网子是一个已死去七八年的女子。小说中的网子大都以幻觉的形式出现在大垣元男的眼前。野间宏之所以要在小说

---

① 「さいころの空」、『野間宏全集』第 5 巻、筑摩書房、1969 年、604 頁
② 「さいころの空」、『野間宏全集』第 5 巻、筑摩書房、1969 年、378 頁
③ 「さいころの空」、『野間宏全集』第 5 巻、筑摩書房、1969 年、381 頁

中设置这个人物形象，其目的就是要折射出大垣元男隐秘的内心世界：一个充满了金钱占有欲的世界。野间宏通过描写网子的幻影，首先揭示的是点燃大垣元男心中对金钱的强烈欲望的缘由。网子曾和大垣元男在同一间大学读书，当时的大垣元男因为经济上的窘迫每天奔波于各种打工场所，像给进驻战后日本的美军的大楼值夜班、在肥皂厂的清洗车间打零工、做生意人的帮手、帮人写信封等等。所以大垣元男对金钱抱有的是一种矛盾的心理：既渴望又憎恶。就在这个时期，大垣元男偶然间在学校的食堂见到了网子。因为网子是有钱人家的子女，所以在大垣元男的眼中她是"离自己非常遥远的"存在。后来当网子病倒、她原先的朋友和仰慕者都离她远去时，大垣元男反而特意接近了网子。关于大垣元男在这种情况下靠近网子的用意，野间宏并不是简单地全部描写成出自对金钱的渴求和利用网子的恶意。因为人的内心世界的变化是很微妙的，驱使外表行动的内心深处，善和恶有时会融合成一个整体，很难完全割裂开来。野间宏这种对人性的深度挖掘和分析得益于他在战后初期创作中的磨练，也是他的作品区别于一般肤浅作品的标志。大垣元男最初接近网子的内心活动就是这样既有同情又有利用意图的复杂心理。也正因为此，在网子死后大垣元男的脑海中还不时出现网子的幻影并且让他感到心痛。

和网子的交往经历是了解早期大垣元男内心世界的一面镜子。小说第八章中有这样一段话：

……他（大垣）决不是选择在她（网子）病倒后，其他人都自然而然地远离她而去的时候接近网子的。不，即便事实的确如此，大垣的心被网子所吸引，也是在此以前很久的事情了，那时候网子还在学校里上着课。

的确，网子将她自己该吃的东西留着，等待着大垣到访的日子，大垣吃光了网子拿出来的罐头，也终于知道了在网子的心中涌动的是怎样的一种情感。……大垣也终于理解了涌动在网子内心的、渴求自己的心情是怎样一种东西。此时，大垣通过网子知道了人是拥有网子这种心情的动物、是能够拥有这种心情的。而当大垣自己第一次能够体会到这种心情的时候，对于体会到了这件事情以及因这种体会使自己能够下决心将自己的心向网子的心靠近的事实，向网子表示了感谢。那是一种全身心投入的、深深的、没有比这更能表达感激之情的方式向网子表示了感谢。①

这里反复提到的大垣元男的"体会"，大概就是接近男女之间的"爱情"的情感吧。但值得注意的是接下来的一段话：

感谢！嗤！大垣用一贯的做法把身边的网子赶走了。大垣之所以不断地侮辱网子，正是为了向她表示深深的感谢。②

大垣元男曾经毫不羞愧地，从卧病在床的网子手中接过她从资本家父亲那里得到的数额可观的钱款，因为他轻松地认为这是从"有钱的家伙那里取来的钱"，而且还"慢慢地清点过那些钞票"③。大垣元男对网子的这种矛盾的、两种截然不同的态度，这种既有真实又有虚假的行为，在网子死后的岁月里给大垣元男留下了难以抹去的记忆，这些记忆时不时地转换成网子的幻影，使得大垣元男为此备受煎熬。因为和网子间有过这样的经历，大垣元男后来在兜町的日子里，当兜町有名的投机商猪泽复吉说道："……你认为下级官吏是什么样的人呢？所谓下级官吏，就好比偷偷地从路边乞讨的盲人乞丐拿着的帽子里顺走金钱……或是欺骗年轻无知的女孩子，从她们手中诈取钱财"时，大垣元男联想到了自己和网子之间的关系，从而感到"自己的心被猪泽的话深

---

① 「さいころの空」、『野間宏全集』第 5 巻、筑摩書房、1969 年、221－222 頁
② 「さいころの空」、『野間宏全集』第 5 巻、筑摩書房、1969 年、222 頁
③ 「さいころの空」、『野間宏全集』第 5 巻、筑摩書房、1969 年、496 頁

深地刺痛了"①

　　从小说中我们可以看出，在后来的岁月里，出现在大垣元男眼前的网子的幻影其实是大垣真实内心世界的反映。通过大垣元男和网子的幻影之间的问答（其实是大垣元男的自问自答）我们可以感觉一个内心充满了对金钱的渴求的投机商大垣元男的立体形象。

　　由于资产阶级明显的阶级意识和排他观念，大垣元男在与女友们交往的过程中清楚地感受到了这种歧视。例如在网子的家中，他甚至觉得走廊都在嘲笑他：

　　　　他认为长长的、打磨光滑的走廊应该是为了让自己滑倒。在到二楼之前，他一直心惊胆战地害怕自己会在走廊上摔倒而受到什么人的嘲笑。②

　　大垣元男之所以会产生如此的自卑感，是和他从小的经历分不开的。少年时父亲的早逝使得家庭总是处于借债还债的压力之下，长期的贫困生活自然给大垣元男带来了无法拭去的劣等感。当然野间宏描写上述内容的目的不仅仅是为了揭露生活在社会最底层的、受到蔑视的人们"受歧视的劣等感"，而是为了表示歧视和被歧视的两者间的一致性。这是与人的内心构造本质相关的问题，其原因是"受到强烈歧视的人们往往具有更为强烈的等级差别意识。"③野间宏正是通过大垣元男的表现将这个原理形象化了。关于这个问题，在野间宏后期创作的《青年之环》中，通过描写大道出泉和田口吉喜之间的关系，进行了更为深入细密的描写和探讨。

---

①「さいころの空」、『野間宏全集』第 5 卷、筑摩書房、1969 年、229 頁

②「さいころの空」、『野間宏全集』第 5 卷、筑摩書房、1969 年、486 頁

③「私の差別『言論』」、谷川雁著、『無（プラズマ）の造型―60 年代論争補遺』、潮出社、1984 年

从大垣元男的视角看到的与"地狱"有关的场景和人物遭遇还有很多。其中最为突出的是大垣元男居住的公寓管理人的孙女，一个将满 10 岁的名叫广美的女孩。这个少女虽然生活在一个生命力本应旺盛的年龄，但浑身却被一种让人联想到死亡的恶臭包围着。这种腐臭是由她的伤腿带来的。她的左腿"从腿腹的中部开始，就像枯萎的蔬菜那样失去了水分，变了颜色，看起来好像脆脆薄薄的。"广美"自己为左腿的毛病感到羞耻，甚至夏天也用布裹着，但是不管怎么用布裹着，还是能够从布的外面清清楚楚地看见里面的东西"[①]。少女的这个处境与前文提到的中小证券的客户们的"被撕扯出来的肚肠的恶臭"相呼应。按照大垣元男的叙述，广美的父亲"从军队回来后娶了亲，但是两年后家和其他的一切都毁了……"[②]由此，我们可以设想造成广美父亲家破人亡的原因，是他在投机市场上的失败。所以大垣元男总是能从广美的眼中读到憎恨，"带着一种莫名的憎恨，总是低垂着双眼不朝自己这边看过来的广美的眼睛"[③]的含义也就可以理解了：广美无论从社会地位、肉体条件还是心理遭遇上都是典型的弱者，在这样的弱者面前，作为加害者代表存在的投机商大垣元男感觉到的就是从广美的眼中读到的"憎恨"。

广美是在小说第三章出场的，虽然与大垣元男始终保持距离，但野间宏将她写成是一个吸引大垣元男注意的女孩子。其原因直到接近小说结束的第二十一章，大垣元男听到广美的死讯的时候才揭晓。

　　传达广美死讯的户部的声音不断地冲击着大垣的大脑。
　　那个声音依然在回响。……他的心里当然没有丝毫的悲伤，

---

① 「さいころの空」、『野間宏全集』、筑摩書房、1969 年、61 頁
② 「さいころの空」、『野間宏全集』、筑摩書房、1969 年、63 頁
③ 「さいころの空」、『野間宏全集』、筑摩書房、1969 年、63 頁

他清醒地意识到自己心中弥漫的是无法驱散的恐惧感。死神降临到那个小小的、屠弱的、完全没有逃跑能力的广美头上，并且将她夺走了。这种感觉没有丝毫的变化。这种情形和中学时代的大垣所看到的、死神降临到被捕入狱的父亲那粗糙的肉体之上，并且把父亲带到不知何处时的感觉是一样的。……死神总是突然降临到弱者的头上，迅速击碎他的膝盖骨，让人完全失去逃跑的机会，而这次，死神摇身一变，成了一个温柔美丽的女子，悄悄地靠近他。死神散发着那种气息来到了他的身边。①

大垣元男听到广美的死讯后不由得联想到自己在投机市场失败后的惨状的情景。这时候的大垣元男感觉到自己和广美的命运是相同的。大垣元男的这番心理活动似乎和他表面的身份不相符合。因为当时他是兜町青年派的代表人物，而且是领头人之一，正是意气风发的时候。船原老人曾经说过，"我期望这个大垣君成为兜町的下一代"②。小说中的大垣元男始终站在战斗的前沿和兜町的四大证券公司进行斗争。但是仔细分析起来，大垣元男并不像表面看起来那样自信和意志坚定。在和网子的交往中大垣元男经常自嘲道："我是网子用金钱收买的男人。""我是正好分配给网子的男人。"③大垣元男在小说中就是这样一个无法从自嘲和痛苦的回忆中摆脱的男人。小说通过对大垣元男的外部形象及其内心活动的细腻描写，展现在读者面前的是一个在资本主义社会的漩涡中挣扎的小人物的形象。对这个人物形象的描写也是野间宏塑造人物的一个新顶点。

以上主要阐述的是大垣元男的内心世界，这个内心世界的形

---

①「さいころの空」、『野間宏全集』、筑摩書房、1969 年、543 頁

②「さいころの空」、『野間宏全集』、筑摩書房、1969 年、282 頁

③「さいころの空」、『野間宏全集』、筑摩書房、1969 年、500 頁

成不仅和大垣元男的个人经历密切相关，而且和大垣元男所处的外部世界有着密不可分的关系。对个人命运和外部世界间的因果关系的描写正是野间宏"新写实主义"创作手法的重要内容。《骰子的天空》中描写的中心场景即证券市场和商品市场是资本主义机构的心脏。围绕这两个商品流通的市场，资本主义社会中从事与经济活动相关的人们在其中为了财富拼命挣扎，从而推动着这两个市场不断地运动。不可忽视的一个现象是，在这些冲突和斗争中，选举和政治两大问题不断地作为一种暗中的强大力量存在于证券交易和商品交易世界中，而且这股力量和国际社会的动向密切相关。以上内容主要表现在这部小说中重点描述的拥有大藏省支持的四大证券公司和中小证券公司之间围绕证券交易所理事长选举问题进行的对立和斗争，以及在这场斗争中显现的维护商品生产和商品流通的统治权力所起的作用上。

野间宏在描写大垣元男个人行动的同时也描画了上述复杂的社会内容。例如，大垣元男在人造丝市场的投机获得了巨大的成功，但不久后又失去了所有的一切的经过正是这些外部世界的特点在个人身上的具体体现。野间宏曾说过："要在动荡的状态当中将动荡的自我和动荡的世界作为一个事物去描绘。"[①]这个目标也是野间宏作为战后作家登上文坛以来所追求的，即创造"同时描写两个事物的文学，这两个事物是因资本主义的社会体系不断运动而产生的现实以及在其中存在的日本人。"[②]《论感觉、欲望和物》中的一段话更为具体地阐述了这个目的：

> ……由体系内部产生的互相倾轧、破裂，以及从破裂处突然夺目而出的混乱的商品和一群人的存在……。体系在时时刻刻运动着，同时由于自己的运动的压力又给众多的事物

---

① 「現代を探求する新人たち」、野間宏著、雑誌『週刊読書人』、1958 年 6 月
② 「現代を探求する新人たち」、野間宏著、雑誌『週刊読書人』、1958 年 6 月

带来破灭，促使更多的人走向灭亡。而后它又发出了生物般的叫声……。不，是发出无声的话语。……像这样体系的破裂人们在现代社会到处可见，如果不能同时描写在不断运动、不断破裂的体系当中运动存在的事物和人，就不能描画出现代（社会）。①

很显然，野间宏创作小说的意图在于描画"现代社会"。这段话也是对《骰子的天空》这部小说创作目的的极好概括。其中提到的."混乱的商品和一群人的存在"正是对应了在小说中出场的诸多人物，表现了在资本主义社会的体系下被异化了的人的形象。

从上文的论述可以看出，野间宏始终在思考着"（资本主义）社会的存在问题"。在《骰子的天空》中，野间宏成功地在作品中描述和展示了他眼中的"资本主义社会"，在文学手法上开辟了野间宏式的"新写实主义"的文风。野间宏的创作步伐也渐渐接近最后的集大成之作《青年之环》的修改和再创作了。

---

① 「感覚と欲望と物について」、『野間宏全集』第 17 巻、筑摩書房、1970 年、105 頁

# 第六章 "全体小说"理论和完美实践
## ——《萨特论》和《青年之环》创作关系

## 第一节 野间宏"全体小说"创作与《萨特论》

野间宏于 1946 年发表小说《阴暗的图画》后，一边创作以战争造成的精神创伤为主题的系列初期小说，一边撰写小说创作理论随笔《小说论（Ⅰ）》、《小说论（Ⅱ）》和《小说论（Ⅲ）》。在创作实践中，野间宏将自己青年时代的恩师竹内胜太郎传授的关于文学创作中应具备强烈的反省意识的教诲，结合自己在战争中的所见所闻所感，将小说创作活动作为一步步探索求知和试验的过程。这个探索的最终目标是在小说作品中塑造马克思所说的"全体的人"①的形象。从小说方法论的角度讲，野间宏需要掌握从心理、生理、社会的三个方面同时描写人物的方法。因为这个需求，野间宏自然就会注意到法国文学家萨特，因为萨特既是一个清醒地认识和书写"战后"的文学家，同时也是以创作"全体小说"

---

① 马克思的"全体的人"，又称"完整的人"。是马克思主义人学生成论中的主要观点，于《1844 年经济学哲学手稿》中提出。概括地说，马克思的"完整的人"概念指的是"人同世界的任何一种人的关系"，即人的"视觉、听觉、嗅觉、味觉、触觉、思维、直观、情感、愿望、活动、爱"等方面的所有器官同世界之间相互关系的总和，也就是说人的"全面的本质"既包括自然—感性的方面的本质，也包括社会—精神方面的本质，是这两方面本质的总和。马克思"完整的人"概念的提出对后来马克思哲学"人的全面发展"理论的提出、发展乃至成熟都产生了深远的影响。该注释参考自庞世伟著，《论"完整的人"：马克思主义人学生成论研究》，中央编译社，2009 年。

为目标的。《青年之环》是野间宏在其小说创作生涯的成熟期完成的长篇小说。这本五卷六部头、320 万字（日文字数）的巨著是一部具备了 20 世纪文学特质的现代世界文学作品，足以代表日本现代文学的成就。支撑这部长篇小说的创作方法论，就是野间宏的"全体小说论"——《萨特论》。《萨特论》是野间宏在其漫长的近 30 年的创作生涯中，为了最终完成"全体小说"——《青年之环》，在不断地批判日本的近代文学传统、扬弃西方现代文学理论的基础上产生的文学理论著作。野间宏摆脱了自然主义文学的决定论，公式化的无产阶级文学写实主义的独断论，建立了自己的创作课题，发展和充实了自由展开作品创作所必需的文学理论。

"全体小说"是什么呢？借用萨特的解释就是"在漫长的和平之后，我们突然发现自己被放置在（某种）状况之中。我们的文学，是一种连接形而上的绝对和历史的事实并使它们保持一致的文学，因为没有更好的名称，姑且称作'大处境的文学'"①。而野间宏的解释是，"将人放置在对人起作用的生理的、心理的和社会性的规定中全面描写的综合小说"②。但是，仅仅依靠这样的理论基础创作小说，并不是一件容易的事情。萨特自身的"全体小说"《自由之路》没有最后完成，野间宏的《青年之环》写到第二部后创作也停顿了十多年的时间。对萨特关于"全体小说"的理论和创作实践，野间宏进行过深入细致的研究。野间宏在充分肯定萨特关于"全体小说"创作理论的同时，也指出了萨特在创作实践方面的不足。1952 年野间宏在题为《谈谈状况》一文中提到了萨特未完成的"全体小说"《自由之路》，他认为：

> 在这部小说中，不断探求自由和人的肉体的做法是萨特的创新。……但是，这样就能明确地展示人的自由是什么了

---

① 萨特著、施康强等译：《萨特文学论文集》，安徽文艺出版社 1998 年，221 页。
② 「実験小説論」、『野間宏全集』第 14 卷、筑摩書房、1970 年、43 頁

吗？萨特并没有揭示出外界的行动和这个自由之间的关系。
萨特在小说中试图从社会大背景（处境）的角度对人物进行
把握，从这个角度，我们可以得知，萨特的主人公好像不知
道社会的动向，比如资本的动向和食物的匮乏等同时对大多
数人构成威胁的社会动向，也可以说是一种（社会）处境，
因而萨特也就不能把握和描写这样的处境。①

针对《自由之路》的以上特点野间宏给出的结论是：

> 我在《自由之路》中看到，萨特从社会大背景（塑造人
> 物）的观点出发，将蒙田、笛卡儿创立的情念论（个人主义
> 幸福论）放到社会中去，但是萨特尝试描写社会的道路被切
> 断了。②

野间宏对于萨特的批判，实际上也表明了野间宏力图在自己
的作品中表现的重点，野间宏十分看重小说的"社会性"如何表
达的问题。对于小说"社会性"的关注和野间宏本人的社会经历
是分不开的。野间宏有一位在贫民中开创土俗宗教派别的父亲；
从京都大学毕业后野间宏曾经从事过与解放受歧视部落相关的事
务；他还有过上战场和被关入陆军监狱的真实经历；战后曾经参
加过日本共产党的组织活动。总而言之，野间宏是一个在伸张自
我意识和顺应社会需求的夹缝中挣扎奋斗过来的人。野间宏和萨
特同样都是小市民家庭出身，他们自身的经历和普通民众非常贴
近，这是他们通过文学创作的方式将探索社会的厚重内涵和自我
存在的意义结合起来的重要原因。当然，两者的不同也是显而易
见的：萨特的"全体小说"——《自由之路》没有完成，关于"全
体"问题的探讨改向"辩证法的理性批判"的哲学方向发展；而
野间宏却一直将如何实现"全体"的问题贯穿在如《真空地带》、

---

① 「状況について」、『野間宏全集』第 14 巻、筑摩書房、1970 年、226 頁
② 「状況について」、『野間宏全集』第 14 巻、筑摩書房、1970 年、227 頁

《骰子的天空》和《青年之环》的系列小说创作中，并始终将"全体小说"的完成作为自己小说创作的最终理想。

让我们先来回顾一下野间宏的"全体小说"——《青年之环》的创作历程。1950 年《青年之环》第二部正式出版，这部长篇小说的创作也就此停止了，到野间宏再次拾笔继续修改和创作《青年之环》，已是 12 年后的事了。野间宏创作名为"全体小说"的长篇小说的动机来自于他这样的思想："从生理、心理、社会全方位地研究人类，将其作为一个统一体毫无遗漏地加以描写"。① 野间宏曾说过："《青年之环》是我为了探索（小说创作）方法实施的新的冒险，我认为这个行为中也有探究的意味。"② 在初期创作的《青年之环》第一、二部中，野间宏沿用了一直以来的深入细致的方法描写场面和人物，但是这种绵密细致的描写反而让小说结构和情节显得更为零散，使得小说整体与"全体小说"相去甚远。野间宏在创作《青年之环》时曾感叹虽然自己倾注了所有力量投入小说的创作，但是依然无法顺利地进行创作。因此《青年之环》在写完第二部后就没有继续创作下去。关于这一点，野间宏在谈话录《文学创作的秘密》中是这样说的：

> 关于为什么停止了（《青年之环》的创作），我已在《近代文学》上发表了连载文章加以说明。我重新读了已写的《青年之环》，发现有些部分走入了私小说的范围。我打算将这些部分全部删除后重新改写再出书。这是《青年之环》的第一卷。因为这一卷已出版了，所以我继续进行下一册书的改动和出版。……但是我又重读了以前写的部分，又打算修改……虽然有些部分的描写很到位，但小说没有全体的感觉……全体的姿态、向着小说终结前进的感觉、设置各种各样的人物

① 「小説論Ⅲ」、『野間宏全集』第 14 巻、筑摩書房、1970 年、42 頁
② 「『真空地帯』を完成して」、『野間宏全集』第 14 巻、筑摩書房、1970 年、276 頁

的对立和纠葛使得作品向着小说终结前进的方法是什么呢？这是我不知道的事情。因此，我产生了自己不是小说家的感觉。①

这里提到的"小说的全体"是野间宏在《萨特论》中分析的重要问题。但是，这个问题在第一次《青年之环》的创作受阻的时候，还只是以小说创作中"欠缺的东西"的说法出现的。关于"小说的全体"的理论在后来的《萨特论》中才有全面深入的阐述。但不可否认的是，在初期的《青年之环》创作中受阻的野间宏已经意识到了在小说创作中"小说的全体"思想的重要性，虽然没有上升到理论阶段，但感性上的认识是具备了。野间宏这个阶段将小说创作中"欠缺的东西"认为是贯穿整部小说的"情节"，他认为必须着手进行小说情节的创造和设置才能推动长篇小说的发展和形成。在小说中创造和设置故事情节的观点的提出是野间宏在创作实践上向"全体小说"进一步靠近的标志。通过《真空地带》的成功创作，野间宏掌握了在小说中设置故事情节，使小说成为一个"全体"的方法；通过《骰子的天空》的创作，野间宏掌握了以社会大背景为依托塑造人物形象、阐述人物命运的方法；最后通过发表"全体小说论"——《萨特论》，野间宏为《青年之环》的最终完成作好了创作实践和理论上的准备。

《青年之环》第一部、第二部和第三部发行之间相隔 12 年，第三卷发行后到最后的第六卷完成又经历了 4 年时间。《青年之环》创作的中断和完成的过程显示了野间宏克服自身文学创作的弱点，同时也是克服日本近代以来的文学创作中的弱点的轨迹。野间宏早期的文学评论《文章入门》对日本文学史上的大多数流派给予了高度评价，但对于自然主义文学则采取了批判的态度。野间宏认为："（自然主义文学的作品内容）被日常生活所充斥，

---

① 「対談　文学創造の秘密」、『野間宏全集』第 14 巻、筑摩書房、1970 年、471 頁

未能对时代变动中的日常生活的变化加以关注。"①对于近代文学中的反自然主义文学的文学流派，野间宏列举了新感觉派文学和无产阶级文学。野间宏认为新感觉派"失去了对'感觉'这一和事物最直接接触时人的心理评价，而是将感觉回归到心理和抒情方面"②。"（无产阶级文学）虽然将视点从自然移到了社会……并且具备了反映社会提出的问题的能力。……但失去了把握自然提出的问题的能力。"③在此批判的基础上，野间宏在《小说论 III》中提出了综合"生理的、心理的、社会的"方面的内容塑造人物形象的"综合小说论"。但是"综合小说论"只是停留在理论上，对于小说人物的描写和整部小说全体性的把握还缺乏创作实践上的方法指导。《青年之环》的写作中断了 12 年之久，其原因正是因为野间宏缺乏系统全面的"全体小说"创作方法论。这一点是促使野间宏撰写《萨特论》的最大动机。野间宏在题为《谈谈〈青年之环)》的文章中这样说道：

> 这部《萨特论》，是我为了完成《青年之环》，无论如何都要做的工作。如果我不完成这项工作，我完成长篇小说的写作是不可能的事。我在这部随笔（指《萨特论》）中关于产生虚构世界的想象力的论述是通过论述萨特的"想象力"和"想象力的问题"展开的，我头脑中最后留下的是"小说的全体是何物"的问题。④

由此可以看出，《萨特论》中的核心问题是小说中的"想象力"和"全体"的问题。

野间宏撰写的文学理论著作《萨特论》是战后日本文艺理论

---

① 「文章入門」、『野間宏全集』第 20 卷、筑摩書房、1970 年、169 頁

② 「感覚と欲望と物について」、『野間宏全集』第 17 卷、筑摩書房、1970 年、102 頁

③ 「プロレタリア文学批判と松本清張論」、『野間宏全集』第 18 卷、筑摩書房、1971 年、93 頁

④ 「『青年の環』について」、『野間宏全集』第 10 卷、筑摩書房、1974 年、417 頁

界的重要著作。《萨特论》的完成不仅对野间宏的创作，尤其是长篇巨著《青年之环》的后期创作和修改起到了促进和完善作用，同时也填补了日本现代文学史中关于长篇小说创作方法论著作的空白。《萨特论》的副标题是"小说论和想象力论"，这部论著以"萨特小说作品论"、"小说论"和"想象力论"三部分为中心，全面展开了野间宏自己的"全体小说论"。

## 第二节 《萨特论》的主要内容

《萨特论》全论共分 13 章。这 13 章内容最早是以 13 篇随笔的形式分别发表于 1967 年 2 月到 1968 年 1 月的《新日本文学》杂志上的。1968 年 2 月由河出书房新社出版发行了单行本的《萨特论》。

在《萨特论》的重要章节《小说论——关于〈弗朗索瓦·莫里亚克先生[1]和自由〉》中，野间宏是从批判萨特的小说论文章《弗朗索瓦·莫里亚克先生和自由》中的观点开始的。萨特在 1939 年 2 月发表的文学评论《弗朗索瓦·莫里亚克先生与自由》中认为：法国作家弗朗索瓦·莫里亚克在小说创作中扮演了全知全能的"神"的角色，对小说中人物的一言一行进行了主观武断的推测和描写。萨特对这样的小说创作方法持批判态度，并认为彻底粉碎这种"神的视点"是小说创作的重大使命。萨特的解决办法是：

> 小说家要么是人物的证人，要么是人物的同谋者，两者永远不得兼顾：要么站在外面，要么站在里面。[2]

---

① 弗朗索瓦·莫里亚克（1885—1970），法国作家，1952 年获诺贝尔文学奖。《黑夜的终止》是他的小说作品。

② 萨特著，施康强等人译：《弗朗索瓦·莫里亚克先生和自由》，《萨特文学论文集》，安徽文艺出版社，1998 年，12 页。

　　然而正是这个观点束缚了萨特小说创作的发展。野间宏认为萨特的这个观点对于小说来说，既不是将小说变成一个全新的小说的观点，也不是一个保证小说人物的自由的观点。他认为这种观点将小说禁锢在一定范围内，而且紧紧地束缚了小说人物的自由。野间宏认为作品中人物的自由是由作品人物自身决定的，这一做法不能依靠萨特的上述理论实现，萨特的实践就是一个失败的例子。在萨特以"全体小说"为目标创作的长篇小说《自由之路》第二部中，虽然萨特不是以"神的视点"左右作品人物的自由，但是萨特扮演了"全知的证人"的角色，使得《自由之路》无法在真正意义上接近"全体小说"，《自由之路》的创作也由此搁浅，写完第四部就停笔了。

　　《萨特论》的第二个重要章节是"关于想象力——想象力和感性认识的斗争"。野间宏是从批判萨特的关于想象力的观点入手展开自己的理论的。萨特关于想象力的理论核心主要是强调想象力的自由。萨特仔细周密地研究了"像"即"形象"的各种各样的形态后认为：和感性认识相比，想象力不是一种依据薄弱的意识，而是一种超越人的感性世界的自由能力。萨特强调的是想象力摆脱感性认识后的独立性。野间宏持有的观点是：人是通过内心当中所有不同性质的因素间的互相对立和斗争来获得向前、向上的动力的，由此产生的所有艺术作品的想象力必须和它对立面的感性认识进行斗争。野间宏首先肯定了萨特想象力论的划时代意义，然后指出萨特对于"想象力和感性认识之间的斗争"方面认识的不足之处。萨特认为每个人在欣赏绘画的时候都会有自己内心的形象，而画家只是画出了与这些不同的内心形象相类同的物质上的替代品。野间宏则认为画家拿笔创作的替代品是绘画过程中想象力和感性认识斗争的结果。

　　在另一章节"自由和全体"中，野间宏首先提到了萨特在《弗朗索瓦·莫里亚克先生与自由》中的观点，即作家从"神的视点"

看待和约束作品中的人物的结果是抹杀了作品中人物的自由。对于这个观点，野间宏给予了肯定的评价。但野间宏存在的疑问是：为什么萨特关注了小说人物的自由问题，却无法创造小说作品的"全体"，甚至无法最终完成"全体小说"——《自由之路》的创作呢？对于野间宏来说，"全体"的问题很重要。他认为"全体"是个体自由的对立物，也是凌驾于个体之上试图抹杀个体的事物；另一方面，由于个体存在于全体之中，所以必须从根本上解决"全体是什么"的问题。在野间宏看来"全体"是解开现实世界中有关人的问题的钥匙，同时也是完成"全体小说"必备的钥匙。因此"自由和全体"一章中探讨的重点就是为了完成《青年之环》所必须解决的问题。野间宏在研究萨特的小说和文学理论的同时，还将萨特的将"自由"放在意识领域探讨的言论进一步向"欲望"的领域深化了。

对于野间宏来说，为什么"欲望"的问题这么重要呢？因为野间宏认为欲望产生的地方比意识发生的地方更深。所谓欲望，是对自己"欠缺的东西"的一种渴求，这种"欠缺的东西"就是指"全体"。萨特在《存在与虚无》中说道："人的存在是以自己所欠缺的全体为目标的自我超越。"①野间宏肯定了这一说法。萨特的"全体小说"——《自由之路》没有最终完成的事实使得野间宏对于"欲望"的问题更加关注。原因在于：人正是因为有了欲望，才会通过劳动将自身外部的独立的存在当做自己来看待的。野间宏在《萨特论》中肯定了萨特关于"欲望"的观点，即明确认识欲望和劳动之间的关系。但是野间宏认为萨特仅仅看到了欲望和劳动结合的一面，而没有充分认识到这两者间的排斥关系。野间宏对萨特的以下观点尤为重视，即：

①（美）加里·古廷著，辛岩译：《20世纪法国哲学》，江苏人民出版社，2005年，157页。

（萨特）进一步发展了有欠缺的人的存在是以自己所欠缺的全体为目标的自我超越的观点，将有机的存在放在全体化的活动中看待，通过明确全体化的作用和辩证法的内容，发现人的存在始终和其他所有的存在保持内在的联系，人的存在始终促使着全体化的活动，因此决不能静止地看待全体，因为全体是一个不断活动的事物。①

野间宏在《萨特论》中大体上是赞同和接受萨特的观点的，但在野间宏最为重视的问题，如"自由"，"想象力"，"全体"等的问题上野间宏也提出了自己独到的观点。

在《萨特论》的最后部分，野间宏全面展开了自己的"全体小说论"。这部分是由"小说的全体"和"全体的小说"两章构成的，是《萨特论》的核心内容，也是野间宏为自己的长篇小说创作所作的理论铺垫。野间宏在这两章中对自己一直在寻求解决的问题进行了详尽的探讨，这些问题有："想象力是什么"、"赋予作品人物以自由究竟是怎么回事"、"人物的欲望和行为是怎么回事"、"凌驾于人物自由之上、给人物自由增添活力的'全体'又是什么"。

野间宏问题意识的出发点是：现实的"全体"（作为自然和社会的历史全体）是怎样在"小说的全体"中体现的。野间宏在他的"全体小说论"中的核心主张就是要杜绝在小说中泛泛地写入俗称"现实"的各种现象，要打破认为小说的"全体性"与现实的"全体性"不同、是一种虚构世界的观点。作家在虚构的作品中创造出作品人物，在作品中赋予作品人物以自由，就是为了不把作品人物当作牵线木偶看待，这正是使现实世界在虚构世界中实现的做法。野间宏考虑的是现代文学中最为大胆的、理想的现实主义的创作意图。野间宏提倡的小说创作方法不仅颠覆了日本

---

① 「サルトル論」、『野間宏全集』第 19 卷、筑摩書房、1970 年、150 頁

近代写实主义的传统，而且远远超越了日本的写实主义的范畴，在理论的高度上与欧洲的现实主义文学理论接轨。那么，在野间宏看来，怎么做才能实现这种"全体的小说"呢？

野间宏认为作品中人物的自由是最重要的。作家根据自己的主观愿望，不顾人物的外部、内部条件，任意设置人物的心理和行为的做法，是一种无视人物自由的做法。作品中的人物必须像现实世界的人们那样持有自由，在与现实世界的"全体"相吻合的作品的虚构世界中，作品人物必须像现实世界的人们那样生活。作家实现这一目标的过程是这样的：作家依据主题通过想象力构想"小说的全体"创作作品，主题是通过各个人物所在状况之间的结合和冲突连接起来的。"小说的全体"是指整个小说作品，即一部完整的小说作品。更具体地说，"全体"是指从作品的开始到结束的"全体"，是小说的形态、小说的进展、小说的展开，是整个作品世界。在这个世界中，各个人物和事物生活、存在、被放置在其中。但是，各个人物和事物并不是直接简单地放置在"全体"当中，而是放置在各自不同的处境当中，然后嵌入"全体"当中。

"全体"这个抽象的概念是野间宏"全体小说"理论的核心。野间宏战后 20 多年来追求的小说理念都与这个问题有关。野间宏在《萨特论》中寻求的"全体"概念类似于萨特的"全体化作用"。我们可以这么去理解野间宏阐述的"全体"："全体"不是无限向外扩展的概念，而是会在各个不同的部分当中显露姿态。"部分"不仅存在于"全体"当中，而且是作为"全体"的否定面与"全体"对立，也就是说"全体"是和它自身（部分）相对立的。因此，各个部分以"全体"为媒介相互对立，这种对立产生的运动就是"全体化"的运动，"部分"和"全体"是通过否定来连接的。这就是萨特所说的"全体化作用"，也被称作"能够生存辩证法"。如果"全体"的观念不是这种运动的观念，那么它就是一种粗糙的、僵死的观念。野间宏所追求的"全体"思想的根本也在于此。作家创作小说的行为也是一种"全体化"的实践。完成"小说的全体"的创作实际上就是在小说的艺术形式中完整体现历史的现实世界的过程。

上述关于"全体小说"的论述部分是野间宏得以继续创作《青年之环》的理论依据。将《萨特论》的理论内容和《青年之环》的具体创作结合起来就能更立体地看出野间宏文学理论的价值和意义。

## 第三节 《青年之环》创作实践与《萨特论》

### 一、《青年之环》的世界

这里将要讨论的《青年之环》是以收入《野间宏全集》中的、经后期修改（主要是对已出版的第一部、第二部的修改）和创作而成的全六部五卷本为依据的。野间宏在这部长篇小说中设定的时间是这样的：第一部的开头是 1939 年的 6 月——日本侵华战争日趋白热化的时期，国际大背景是苏联和德国签订了互不侵犯条约。到第五部开头，距离第一部的时间过去了三个月，德军入侵波兰后不久，世界进入了第二次世界大战的前夜。这部小说的主人公有两个：一个是关西地区电力界实力派人物的儿子大道出泉，他脱离了曾参加过的学生运动和政治运动组织；另一个是在市政府的福利课工作、作为政府工作人员参与受歧视部落的振兴事业，同时又和以京都为中心的人民战线组织保持联系的矢花正行。小说中出场的人物有实业家、政治运动家、政府工作人员、部落民、体力劳动者、家庭主妇等等近百个形形色色的人物。小说主要围绕与大道出泉的父亲——资本家大道敬一有关的家庭事件和与矢花正行有关的部落事件展开。在这两个事件交替发展、互相影响的过程中展开了一幅战争背景下日本现代社会的"浮世绘"①。小说的两个主人公和众多的出场人物在各自的生存环境和内心世界中互相重叠、对立、交错、变换，从而形成了这部长篇小说特有的时间和空间上的"全体"。当然这个所谓的"小说的全体"不是局限在小说中描述的1939年的三个月间，而是可以上升到反映了"作为生存环境的历史"的"全体"。总体说来，《青年之环》是一部以独特的形式展开的"全体小说"。从为数众多的出场人物的行动和命运的背后显示的每个人的"全体"，到综合了所有出场人物"全体"的现实世界的"全体"，充分显示了"作为生存环境的历史"的"全体"，而这个"全体"只有通过小说作品的"全体"才能显现出来。从这个意义上讲，《青年之环》具有更为宽泛的、永恒的意义。

从小说结构上看，《青年之环》分为三大部分。第一、二部是小说开头的介绍和导入部分，第三到第五部是小说的展开部分，第六部是小说的结束部分。小说开头的导入部分是这样展开的：占据《青年之环》第一部三分之一篇幅的是第一章的两小节，即"华丽的色彩"和"被火焰追赶"两节。在开篇的"华丽的色彩"中，矢花正行正在剧场观看从前的恋人大道阳子的舞蹈演出，大道阳子的舞姿带来的肉体上的诱惑使矢花正行感到矛盾和痛苦。矢花正行从大道阳子口中得知日本法西斯政府对人民战线运动的镇压已经以京都为中心开始了，并且预感到这个镇压很快会波及自己。在这一节中野间宏通过描写人物的苦恼和不安，向读者展示了人物复杂的内心世界。在"被火焰追赶"一节中出场的是大道出泉，这是一个因身患梅毒而苦恼的青年。大道出泉曾经和矢

---

① 浮世绘，又称浮世画、风俗画。特指日本江户时代普通百姓所作的绘画和版画，为风俗画的一种。大都描绘花街柳巷、歌舞伎以及市民生活场景等内容。浮世绘自幕府末期至明治时代逐渐衰微并消亡。

花正行一起参加过学生运动，但现在他已脱离这些活动了。这两名青年的处境在小说第二章中都发生了变化：矢花正行在第一章中是处在恋爱的氛围当中；在第二章的"煤烟"、"憎恶现实"、"在家中"三节中，矢花正行所处的环境转变为他所工作的市政府、左翼运动的团体以及家庭中。很显然在第二章中野间宏将矢花正行放置在构成"生存环境"的社会场所中了。在以"美丽夜晚的灵魂"一节开始的小说第二部中，讲述了矢花正行与芙美子之间的精神恋爱、京都事件、人民战线运动等内容。在"皮货街"中涉及了部落问题，这也是矢花正行在市政府工作的中心内容。有关部落的问题是《青年之环》中有关人与社会关系的重要内容，在这一节中，野间宏详细描述了战争和实行统制经济制度①下的部落状况。矢花正行虽然以积极热情的态度进行着部落解放的工作，但同时又怀疑市政府的社会事业是为了战争而设立的。

在小说第一、二部的导入部分，野间宏描述了内心深处埋藏着深厚矛盾的两个重要人物以及他们所处的环境，并且通过他们周边的人物引导出了这部小说的主题。正如野间宏一直以来倡导的那样，小说中的各个人物都是从生理、心理和社会的综合角度加以描述的。那么，围绕这些人物的种种场景和事件又是怎样连接在一起，逐步推动小说的情节向前发展的呢？小说本身由两条主要线索构成：一条线索是有关大道家族的事件，以矢花正行和大道出泉为中心，是明线；另一条线索是部落问题，是暗线。将这两条线索连接成一个整体的是与两个主人公有关的恋爱经历。整部小说反映了第二次世界大战前日本的社会状况以及青年人的烦恼。在这样的时间和空间里，怎样才能创造出小说独特的时空，

---

① 统制派，日本昭和初期的陆军派阀之一。以中坚将校为主体，力图确立同政界、财界联合的战时体制，与皇道派相对立。二二六事件后，该派阀彻底肃清皇道派，掌握了军队的主导权，推行总力战体制。

而不只是对现实世界原封不动的"再现"呢？怎样才能构造出所谓的"小说的全体"呢？野间宏在第三部以后的小说展开部分面对的正是这一问题。

在《青年之环》中断创作期间，野间宏通过创作《真空地带》掌握了以故事情节为中轴形成"小说的全体"的创作方法，而后通过写作《骰子的天空》熟悉了描写资本和资产阶级的方法，所有这些努力和成果组成了完成《青年之环》的准备工作。但是，野间宏在完成了上述作品后还面临解决的一个重要问题是：在保证了"作品中人物自由"的同时又要从人物的内心世界驱动人物行动的方法。简单地说就是"作家的自由是什么"的问题。

**二、"作家的自由"和"作品中人物的自由"的统一**

小说进入第三部后，就明显地表现出了比第一、二部更为自由的展开，小说的内容超越了对两个主人公的平面描写，在人物和场景的描写上都更为丰富和多样化。矢花正行、大道阳子、大道出泉和反面角色田口吉喜四人在第三部中相遇。第三部分是从矢花正行拜访大道家开始的。大道家族的秘密随着与大道家族有着千丝万缕联系的田口吉喜的出现逐步展现在读者面前。而一直作为矢花正行工作对象的部落，其内部的对立斗争和在战时统制制度下的动向也逐渐明朗化起来。大道家族的秘密和矢花正行关心的部落问题、矢花正行与大道阳子和芙美子之间的情感问题，这些与主人公相关的外部世界和内心世界的描写在这一部分交替出现，作者野间宏的视角在人物的外部世界和内心世界之间来回游移摆动。

在这部分内容中，野间宏的视点随着描写的深入，逐步超越了作品人物的意识，进入到了具有超越人物自身作用的人物的欲望的领域。野间宏在《萨特论》中评论萨特的小说《呕吐》时曾说过：

欲望的场所是比产生意识的场所更深层的地方，欲望是
人的自发意识同时又是超越自发意识的，所以如果人的自发
意识只是靠近很难包含超越的意识内部，那么是很难通过保
证作品中人物的思想和"技巧"来到达欲望的场所的。

对于读者来说，从作品人物内部发出的自由，往往容易
被认为从作品人物的意识中能够推测出来。但是实际上这是
从意识所不能触及的意识的底层发出的自由，这种自由仅仅
通过意识的内心独白是不可能描述出来的。[①]

野间宏认为在小说创作中，作品人物的自由必须通过人物自
身来保证，野间宏否定了从作品人物的外部描写来保证人物自由
的 19 世纪欧洲小说创作方法。同时，他还提出：

要想保证作品人物的自由和作品全体的统一，在排除了
"神的视点"的情况下，实际解决起来是十分困难的。……
当然，在研究人的自由和全体之间关系的基础上，还是有可
能找到解决办法的。[②]

野间宏认为作家唯有通过描写人物的行动、诉说的话语、内
心的独白以及还没有变成内心独白的欲望才能描绘出"小说的全
体"，上述关于如何创作"全体小说"的观点，无疑成为了支撑这
部长篇小说展开部分的理论支柱。

这里要特别指出的是：野间宏所说的"全体小说"不是指现
实世界中各种现象的综合，而是指通过作品中人物的自由表现出
来的"全体"，以及超越这些自由适用于所有事物的"全体"。这
个"全体"只有通过与"现实"不同层次的"作品的全体"表现
出来，"作品的全体"包括男女、阶级、劳动的现场、社会结构等，
也就是对于作品的人物来说是"生存的现场"的一切。

---

① 「サルトル論」、『野間宏全集』第 19 巻、筑摩書房、1970 年、63 頁
② 「サルトル論」、『野間宏全集』第 19 巻、筑摩書房、1970 年、50 頁

　　为了更好地理解野间宏的"全体小说"的创作，我们有必要先了解一下野间宏创作这部小说的文学理念，以及这个文学理念和日本近现代文学之间的关系。这里所说的文学理念包括野间宏关于日本的近代文学、无产阶级文学、以及对自己曾写过的战后文学作品的评价。野间宏在战后初期发表的文学作品中，曾经使用过"边缘状态"①描写法，但是这种描写法已不再适用于《青年之环》的创作。野间宏对于战后文学作品中运用的"边缘状态"描写法，有过这样的陈述：

　　　　战后文学中设定边缘状态的方法使得思想和肉体的关系明朗化，明确指出了日本思想的局限。摆在读者面前的问题是如何超越这一局限。但是，这种方法探究的是文学和思想的关系，它否定了自无产阶级文学以来的思想性优先的主张，在作品中明确了和肉体的局限相关联的思想领域，在深入探讨肉体内部内容的同时，反而形成了远离肉体的效果。②

　　这个问题原本是作为思想和形象、想象力和想象主体以及在现代社会中想象力和历史的关系的问题来探讨的，同时也是对明治时代以后的日本近代文学以及无产阶级文学进行批评时涉及的问题。《青年之环》的内容并不是描写战争中或是战后的人的"边缘状态"，而是顺着日常的、缓慢的时间流动慢慢展开故事情节的。小说的主人公通过不断涌现的人物和事件逐步地加深对自身、对作品中的现实世界以及超越这一切的历史的"全体"的认识。小说以矢花正行和大道出泉为中心，通过各种人物和事件认识了人物的内心世界，同时也看清了作为外部世界的错综复杂的社会状况、人际关系以及人和资本间的关系等，小说由此形成了自己独

　　①"边缘状态"，德国哲学家雅斯贝斯的用语。指现存个人的意识处于最大限度的不可避免的边缘状态。如死亡、苦恼、罪责等。Marginal situation
　　②「サルトル論」、『野間宏全集』第19卷、筑摩書房、1970年、78頁

特的时空世界。

野间宏认为日本近代小说的启蒙者坪内逍遥的《小说神髓》排斥了小说中劝善惩恶的思想，从而丰富了小说本身的内容。二叶亭四迷的《小说总论》继《小说神髓》之后，进一步提出"小说的目标是世态人情"的观点，明确了小说的"造型性"。《小说总论》中提倡的小说具有"造型性"的论点，得到了野间宏的欣赏，并且继承了下来。正是这一小说思想（严格意义上还不能称之为"思想"）触发了野间宏，使其创作了《青年之环》，并且使得这部长篇小说中的各种人物形象达到了前所未有的自由。在笔者看来，这一文学理念不仅使《青年之环》的形象塑造得到解放、变得更为丰富，同时也促使了小说中的人物表现为在不断地思考和行动，而不是呈现出一种僵化、刻板的形象。比如说，在描写大道出泉时，描述了他从"跛脚哲学"①（第三部）到"腐败哲学"②（第五部）的思想转变，以及由此带来的行为上的变化。此时的人物塑造，是将人物放在了他生存的环境中，使大道出泉在"小说的全体"中表现为一个活生生的、有血有肉的存在。在大道出泉之外，野间宏在《青年之环》中还描绘了多个具有独特思想的、带有个性和富有活力的人物形象。而日本的近代文学家们很少在作品中描写具有思想以及在思想的指引下行动的人物，"私小说"中的人物形象更是将这一特点发展到了极致。野间宏的《青年之环》显然和这些作品有着极大的差异。

总体说来，野间宏在《青年之环》的创作中，在保证"出场人物的自由"的基础上，为行使"作家的自由"而作出了积极的努力。野间宏对于两者对立关系的成功驾驭显示了他在文学创作领域和文学理论领域上的日趋成熟。对于所有的小说来说，小说

---

① "跛脚哲学"，小说中称"ちんば哲学"
② "腐败哲学"，小说中称"腐败哲学"

的展开部分都是不可或缺的，这是一个显示作家的观察力、成熟度以及创作自由度的部分。对于读者来说，这也是最具吸引力的一个部分。小说的展开部分，尤其是长篇小说的展开部分，在日本近代文学作品中一向是被忽略的部分。因此《青年之环》中的第三到第五部的小说展开部分是这部小说区别于日本近代文学中的大部分作品的标志，是《青年之环》堪称"全体小说"的重要部分。

### 三、《青年之环》的"小说的全体"是如何形成的

在《青年之环》中，野间宏通过描写主要人物以及围绕主要人物的其他人物和事件，逐渐清晰地勾画出了人物的"全体"，但是仅凭这一点还不能形成"小说的全体"。出场人物的"全体"和作品的"全体"是不同的概念，野间宏是这样阐述两者间的不同的：

> 各个人物在迎合各个人物的"人的全体"的同时，必须迎合作品的"全体"①

也就是说各个人物在完成自我"全体化"的过程中，也要顾及实现作品的"全体化"。如果没有作品"全体"的完成，野间宏所主张的"全体小说"就无从谈起。

《青年之环》到了最后的第六部"火焰的地方"时，小说情节以一种让人吃惊的速度和势头全方位展开。在整部小说结束前，多条线索被推翻和置换。小说展开部分出现的、围绕出场人物的谜团，都在第六部中得到揭晓。小说中两条自始至终并行的线索——试图破坏和大道家族有关的新事业的大道出泉的行动线索和矢花正行参与的与受歧视部落的人们有关的活动线索在第六部中合而为一，汇聚成一条线索向结尾发展。无论从《青年之环》的结构还是主题上来说，小说的第六部都具有相当重要的地位。

---

① 「サルトル論」、『野間宏全集』第 19 卷、筑摩書房、1970 年、204 頁

在小说的展开部分,如"舞台的脸"、"表和里和表"以及"阴影的领域"中,主人公矢花正行和大道出泉都充分经历了各种事件:徘徊于大道家族的秘密和田口吉喜的胁迫之间的大道出泉,在部落的内部对立和市政府及警察权力之间左冲右突的矢花正行,他们都被包裹在一个接一个的事件当中。小说中的出场人物都是面对着各种危机,被放置到一种一触即发的、难以预料结局的处境中。特别是在"阴影的领域"一节中,部落的改革经济会、龟多田派和维护治安的警察间的对立、大道出泉的父亲大道敬一和先子、田口吉喜之间复杂的人际关系等都是被放置在一触即发的紧迫状态中去描述的,这些内容也成为了第六部后半部分大道出泉最后行动的动因。

第六部中小说的"现在时"是 1939 年 9 月。当时的世界形势是纳粹德国的军队已侵入波兰,英国和法国宣布对德作战,苏联也表现出了参战的可能性,时局正处在世界大战的边缘。在这一部中,首先出场的人物是矢花正行。矢花正行所在的大阪市政府面对重大的世界战争危机依然是一潭死水,市政府内的工作人员也只对政府内的人事变动感兴趣。由于得到了上司禁止外出的命令,矢花正行每天只能老老实实地坐在办公桌前。其次出场的是大道出泉,他为了彻底了解先子(先子现在的身份是田口吉喜的妻子,以前曾是大道敬一的秘密情人)和父亲大道敬一以及田口吉喜之间的关系,去拜访了先子的娘家——在奈良从事酿酒业的内山家族。很显然大道出泉已经从之前纯粹的思想斗争和矛盾中挣脱出来,开始付诸行动了。野间宏描述大道出泉行为举止的语言风格也很有特点。他除了详细记述大道出泉感知到的奈良周围的一切外,也描写了大道出泉内心的活动:像记忆、推理、过去的往事以及眼下的计划等等,总之是一种综合性的、具有流动感的语言风格。野间宏用了 100 多页的篇幅叙述了大道出泉拜访内山家的过程,在这一段富有特色的描述中,野间宏综合了 20 世纪小说构成的诸多要素，运用相关人物的背景资料以及有关描写人物的"生理·心理·社会"的综合分析法，使得读者的目光随着野间宏笔触，亦步亦趋地紧跟行动中的大道出泉。野间宏的视点在这里已不同于第一部和第二部，也不同于展开部分的第三部到第五部。在第六部中，主人公已经进入了具体的、自发的行动当中，作为读者的我们能够感受到在事件进行的背后有着比出场人物更宽泛、更宏大的作家的视线，它在丝毫不损害出场人物自由的前提下驱使着人物在行动。

　　通过行动进行调查的大道出泉终于彻底了解了一直以来缠绕自己的出生秘密：田口吉喜的妻子先子曾经是自己父亲敬一的秘密情人，也是父亲安排先子嫁给了部落民出身的田口吉喜，田口吉喜之所以在一些事件中能够协助父亲敬一和自己，原因就在于此。父亲和田口吉喜想要重新振兴奈良和鹿山的酿造业的意图，是他们试图和掌握关西电力界实力的大田部抗衡。正在向"腐败哲学"的方向深化自己思想的大道出泉，面对自己周围的一切，发出了这样的感叹：

　　　　这就是污秽，污秽决不能称作是腐败，腐败是别的东西，腐败是和这样的污秽完全不同的东西，它不会散发出这样的气味，腐败发出的气味是另外的气味，是在生和死的交界处发出的气味……

　　　　"但是能够逃离我的腐败的眼睛的污秽是不可能存在的，污秽的所有组织通过腐败的眼睛立刻就能一览无遗，那个朦胧的组织和这个组织发出的声音是不会被漏听的。"大道出泉眼中所看到的是，"脸、鼻子、脚、指甲、全身都被上千只、上万只、上亿只黑蚂蚁覆盖的、浑身滴着蚂蚁体液的父亲的形象"。①

---

① 「青年の環」、『野間宏全集』第 11 卷、筑摩書房、1974 年、560 頁

《青年之环》这部小说的价值，主要体现在野间宏将隐藏在现实生活背后的道理通过人物形象、人物的行动以及故事情节的建构表现出来。关于这一点，我们可以通过最后一章中大道出泉和矢花正行的行动，并结合他们所处的小说中的大环境来探讨。野间宏在这部分内容中赋予了所有的人物、所有的场面以象征意义。由此，小说的主题和思想得以超越小说中的现实时间——"1939年"，与今天的现实接轨了。野间宏动用了他曾经使用过的所有小说技法，使得小说的主题和人物、人物的行动以及事件在本章中显得浑然一体。具体说来，以大道出泉为中心展开描述的"关西电力·大道家·田口·（部落）歧视的阴影"的世界和以矢花正行为中心展开的"市政府·矢花的家·改革经济会·部落内部的对立"的世界，成为了形成小说"全体"的大背景。在空间上展开的水平轴和时间上展开的垂直轴构成的小说世界里，两位主人公和主人公身边的诸多人物各自的"生存的现场"通过这个虚构的作品世界展现了它们各自的价值和意义。在这里，每一个出场人物的"全体"通过"小说的全体"和更大的"全体"联系起来，而出场人物的"全体"正是通过作品的价值显现出来的。

小说第六部中，矢花正行和部落指导者岛崎召集了改革经济会，在改革经济会上，部落内的对立变成了龟多田派的暴力团和等待介入的警察之间的对立。另一方面，大道出泉向矢花正行告白说，已经不打算杀死田口吉喜了。此后不久，由于田口吉喜又威胁要向警察密告矢花正行和人民战线的左翼运动的关系，并夸口说要插手矢花正行的母亲苦心经营的小店时，大道出泉用手勒死田口吉喜后用手枪自杀了。与此同时，部落改革经济会的场所被一直在等待介入机会的警察包围了，其中还混有龟多田派的人，但是因为受到燃烧的炉火的阻碍始终无法侵入部落内部。大道出泉和矢花正行的行动在这里汇聚到了一起，小说的两条线索交汇在了一起，小说情节的发展也进入了高潮。

大道出泉最后的行动中，既有充满苦恼的自我追求，也有对自己的肉体和亲族的否定。大道出泉最后与矢花正行的对话中体现了他行为的特点和思想的来源：

> 审判部落民的机构、法律，在现代社会是不存在的。只有我才能审判。只有了解腐败的人才能审判。[①]

大道出泉最终选择的是死亡。他从学生时代的"转向"到持有"跛脚哲学"、"腐败哲学"，最终形成了"否定的思想"和"死的思想"。在小说的最后部分，按照这样的轨迹成长起来的大道出泉以自己的生命维护了矢花正行以及他周围的人们继续存在的可能性。野间宏的这番描写意义重大，《青年之环》的主题由此得到了升华，它已经超越了描写普通的青年和青春的主题，颠覆了小说描述的社会中虚假的价值全体。这部分，应该说是野间宏得以完成《青年之环》的"小说的全体"的重要部分，同时也集中了野间宏最想向读者传达的信息。

野间宏通过不同的出场人物展示了世界上存在着的各种价值理念。大道出泉以及其他人物的行为价值最后都是通过描写与受歧视部落的人们相关的场景得以展现的。这些场景发生在现代社会的最底层，包含了和现代社会的资本、事业、战争和权力有关的各种因素。因此《青年之环》不仅仅对现代世界中处于痛苦边缘挣扎的人们具有现实的启迪意义，而且在与人类解放史有关的文学史上也应占有一席之地。

野间宏对于大道出泉最后的行为描述无疑是小说的重头戏，值得注意的是大道出泉的思想和行动决不只是凭借他个人的力量完成的，小说的另一个主人公矢花正行起到了重要的媒介作用，矢花正行的存在使得大道出泉的行为与价值观的世界联系起来。矢花正行在小说的开篇是作为大道出泉的对立面、作为"生"方

---

[①]「青年の環」、『野間宏全集』第 11 卷、筑摩書房、1974 年、636 頁

面的人物出场的。虽然矢花正行自始至终为部落解放付出了很多心血，但最终并没有赢得部落群众的心。而部落的领导人岛崎因为在最后关头巧妙应对了部落出身的右翼谈和派羽鸟，把握住了取得最后胜利的契机，由此获得了比矢花正行更高的权威。在对政治事件的洞察力方面，矢花正行显然无法与岛崎的经验和判断力匹敌。矢花正行在小说中始终是一个无法赶超现实状况的人物形象。在和大道出泉最后的会面中，当大道出泉提出："……但是，不仅如此，应该怎样解决部落中的反社会性的问题，你能不能提出具体的办法"时，矢花正行也只是简单地回答了一句"还需要时间。"①显而易见，野间宏并没有把矢花正行塑造成一个超越现实的"超人"。但是矢花正行对于推动小说情节的发展和组织人物间的行为关系是一个极为重要的存在。无论是在有关大道出泉的"死"的问题上，还是在羽鸟的行为上、在芙美子因为矢花正行的母亲吉江的借款而获救（矢花正行将从母亲那里借来的款项放进了安河会长常常使用的改革经济会的账簿中，才使得改革经济会没有掉进警察和龟多田派设置的陷阱中）的事件中，矢花正行都是不可或缺的重要角色。

从"小说的全体"的角度观察，我们不难发现矢花正行是一个比大道出泉更为重要的、在小说中起到串连作用的人物。从小说的第一部到第六部，矢花正行作为思考者和行动实践者，构成了小说中最重要的"时间"和"空间"。野间宏通过矢花正行的感性认识构建了小说的想象空间。从大阪市政府到矢花正行自己的家（有着信仰在家净土真宗的母亲的日本家庭）、工人出身的关西人民战线运动的中心人物矢野，还有大阪的革命知识分子团体中的今村等人的活动，矢花正行作为市政府的官员所涉及的受歧视部落解放问题，以及通过大道阳子和大道家族发生的联系等等。

---

① 「青年の環」、『野間宏全集』第 11 巻、筑摩書房、1974 年、635 頁

与矢花正行有关的行动和事件几乎覆盖了这部小说的所有内容。大道出泉以及其他所有人物的行为都是在矢花正行扩展的世界中建构的又一层世界。

大道出泉制造的时间和空间从小说第三部起构成了小说中重要的暗线，这条暗线主要是折射出了现代社会的阴暗面，其中涉及到了战争状态下逐渐和国家体系联系起来的关西电力界给民众造成的负面影响。和大道出泉在小说最后表现出的过激的、突发的行为相比，矢花正行在整部小说中的表现显得节奏缓慢，与大道出泉的快速行为转变形成了鲜明的对比。从表面看矢花正行内心的痛苦很多时候是由于肉欲得不到满足造成的，野间宏在小说中用了不少篇幅探究了矢花正行的这个心理特点。萨特在小说论《弗朗索瓦·莫里亚克先生和自由》中曾说过：

> 小说中的人物是有定规的，在这些定规中最严格的是，小说家或是观察者或是小说人物行为的共同实施者，两者决不可能同时兼任。[①]

然而，这个规定却被矢花正行的人物形象以及这个形象在小说中所起的作用打破了。在小说中，野间宏在很多时候都是从矢花正行的内心世界描写这个人物，但决不是使用了萨特曾严厉批判过的"神的视点"[②]，因而并没有抹杀掉矢花正行作为小说世界中的人物的自由。野间宏之所以能够创造出这个人物形象，同时又不陷入萨特所说的矛盾中，是因为矢花正行这个人物形象所处的小说环境是一个宏大的、对人物的命运能起到推动作用的历史环境。而支撑矢花正行形象的有众多的人物，所以矢花正行这个人物形象不是孤立的，而是立体的、鲜活的。读者从矢花正行的

---

① 施康强等译，萨特著：《弗朗索瓦·莫里亚克先生和自由》，《萨特文学论文集》，安徽文艺出版社，1998年，12页。

② 即作家的主观想象强加于小说人物之上的做法。

身上可以读出野间宏试图诉说的话语，其中有从战争中延伸到战后的对时代的抵抗、对现代社会的批评以及对未来的沉默等等。

当被警察和龟多田派包围的时候，小说写道：

> 矢花正行在自己的眼前描绘着这样的场景：身穿白色制服的一队队的警察，用手按住腰间挂着的东西，以免发出声响，他们试图从中间突破经济改革会的人们组成的阵列。在由冲突激起的冲撞、搏斗和叫喊声中警察队伍终于冲破了人们的防线。但是，这个场景是无论如何也要让它出现的。……从这里爆发出来的无限的力量组成一个新的形式继续斗争下去，这样的希望也能够背负着深深的伤痕，在地上蹒跚地爬行。在他的周围笼罩着没有一线光明的黑暗。你能够忍受这一切吗，矢花正行对自己喊着，然后对自己说除了忍耐以外别无他法。①

读到这里，让人仿佛看到了《阴暗的图画》的主人公深见进介的形象，但是这时的"深见进介"已不是学生的身份，而是处在包含了自然和社会、包含了更大的事物的"全体的小说"（《青年之环》）空间里。这部长篇小说不仅涉及到了战前的话题，同时也和战后时代相呼应，这是一个充满了危机和变动的、包含了从最底层一直到最上层的现代日本社会。矢花正行就是生活在这样的时间和空间里。矢花正行通过大道出泉、大道出泉又通过矢花正行，将部落作为行动的基点，在介入战争的日本社会的"全体"中显示了他们各自行动的意义。在《青年之环》中这两位主人公行为的意义是通过和众多出场人物构成的生存环境相联系得以完美展现的，因而使得小说的主题具有了更为重要的意义和价值。在《青年之环》中，两个主人公以及所有的出场人物显示了人物各自的"全体"，同时又通过这部长篇小说的"全体"显示了各自

---

① 「青年の環」、『野間宏全集』第 11 卷、筑摩書房、1974 年、597－598 頁

的"全体"包含的意义。在"小说的全体"中上述人物又发现了各自生命的价值，由这样的内容组成的小说具有极为重要的价值。

　　野间宏所谓的全体小说的"全体"，或者说《青年之环》的"全体"指的是包括男女、社会、阶层在内的不断运动着的现实社会的总体。巴尔扎克在《人间喜剧》的序言中有一句名言"小说是关于男女和物的作品"。而《青年之环》正是秉承了这个正统的小说传统，以 20 世纪 30 年代日本社会的战争和革命为主题，描写了为数众多的青年男女以及围绕他们的社会状况和他们的内心世界。尤其在描写人物内心世界方面，野间宏沿用了 20 世纪的新的小说方法，从而构成了《青年之环》的宏大的"小说的全体"。《青年之环》从与人物的命运密切相关的视角进行描述，作品的"全体"和人物的"全体"在小说中对立及融合，从而形成了野间宏的"小说的全体"。小说以第二次世界大战前夜的日本作为素材，同时又加入了与今天的日本相对应的历史大背景的"全体"，共同形成了这部小说的"全体"。通过《青年之环》，我们可以清楚地认识到，"全体小说"中的"全体"指的是小说整体的结构、情节、框架、作品中人物的行为以及人物外在特征和内在心理的描写。"全体小说"的梦想在野间宏的笔下，通过野间宏独特的语言风格和多层次的描写最终得以实现。

## 第四节　《萨特论》与横光利一的《纯粹小说论》

　　横光利一是日本现代文学史上著名的"新感觉派"文学运动的领军人物。日本"战后派"作家中村真一郎曾经对横光利一作过这样的评价：

　　　　总是站在时代的前沿，一步也不退缩，终身坚持着这样的信念，即为了不断地解决新的课题应该以不断更新方法的美学实验者的姿态存在。

这种一贯以来的作家姿态，正是横光利一留给下一代的最为重要的遗产。①

在日本战后文坛，从横光利一文学中吸收养分的作家有许多位，如野间宏、椎名麟三、武田泰淳、中村真一郎、大冈升平、梅崎春生、三岛由纪夫、井上靖、大江健三郎等人。1961年杉浦明平发表的《野间宏》②一文中提到：野间宏之所以能够写出《骰子的天空》，是因为他在作品中大量地吸纳了横光利一的方法，主要是指《骰子的天空》中涉及到与证券相关的内容与横光利一的小说《家族会议》的内容有相似之处。当然，杉浦明平在研究野间宏的文中提到横光利一，不仅仅是两者作品内容的相似，更重要的是从1958年开始的四年中野间宏集中对"新感觉派"文学进行了评论和研究，其重点就在于横光利一的文学创作方法。

野间宏关于"新感觉派"文学和横光利一的评论文章主要有：《论感觉、欲望和物》、《新感觉派文学的语言》、《论艺术大众化》、《战后文学的新起点》。野间宏集中撰写这些评论的时期正是他在《文学界》（1958年2月至1959年11月）杂志上连载《骰子的天空》的一段时间。

野间宏在发表了被称作是"战后文学第一声"的《阴暗的图画》之后，又发表了《崩溃感觉》等作品，在当时和椎名麟三一起被誉为战后文坛的"双璧"。《崩溃感觉》发表的当年即1948年11月，野间宏在日本东北部信州地区的松本高中发表了题为"现代文学的本质——思索和实践的问题"的演讲。演讲的内容主要涉及了个人和社会的不同的原理，并且主张今后的文学应该和"全体的文学"相联系，应该超越"私小说"，从一个新的视角探讨关

---

① 中村真一郎著、『夢の復権』、福武書店、1985年、25頁
② 发表于1961年9月的「国文学 解釈と鑑賞」上。

于人的问题，日本文学必须向世界文学发展。野间宏对于自己一贯在作品关注人物内心世界的描写方法感到不满足，认为必须用一种文学的方式扩展和解决这个问题。在这篇演讲中，野间宏提到了很多西方的文学家、哲学家和经济学家的观点，同时对"私小说"方面的大家志贺直哉表示了明显的批评意味。演讲的第二年，野间宏推出了《青年之环》第一部，这部作品已经明显带有"全体小说论"实践作品的意味。1950 年 5 月出版的第二部的腰封上写着：

> 一部不仅影响了青年层而且是整个读书界的描写爱和社会的杰作！本书加入了未发表过的一百页书稿，从而最终完成了期待中的第二部！①

野间宏一贯认为"全体小说"的创作中最大的前提是超越"私小说"的创作。因此首先面临的问题是对日本近代自然主义文学的再认识以及对"新感觉派"的"感觉表征"内容的彻底分析和探讨。在阅读了野间宏撰写的一系列有关"新感觉派"文学的评论后，笔者感到野间宏是在仔细研读了横光利一的著作《感觉活动》以及横光利一有关"形式主义文学"论争方面的评论的基础上阐发自己的观点的。野间宏在《新感觉派文学的语言》一文中认为，"新感觉派"文学为了超越自然主义文学，首先关注的是自然主义文学将"自我"封闭在日常生活中造成的封闭感觉，为此"新感觉派"要寻找一种变革这种封闭感觉的方法。野间宏认为相对于自我封闭的自然主义文学，"新感觉派"提倡的"感觉"不是"被动的感觉"，而是将感性和悟性综合起来后的积极的认识作用。因此"新感觉派"运动是一种唤起与时代共通的感觉、唤起走在时代前列的一种普遍感觉的文学运动。唤起这种"普遍感觉"的动力就是打破自然主义文学闭塞的、日常性的"感觉表征"。为

---

① 野間宏著、『青年の環』第二部、河出書房、1950 年

此，"新感觉派"主张在小说中采用新奇的语言风格、夸张的比喻给读者以新鲜的刺激，从而使读者从以往自然主义文学沉闷的日常性当中解脱出来。然而充满了热量和光辉的"新感觉派"的语言风格虽然让读者感受到了新鲜的力量，但是没有完成"感觉普遍化"的效果。"新感觉派"的感觉之"新"只是停留在了文字表面，并没有深入到小说创作的方法上。①横光利一主张的感性和悟性的"综合"问题，经历了《纯粹小说论》的综合阐述后，最终成为了促发野间宏"全体小说论"形成的巨大动因。野间宏的"全体小说论"从某种意义上讲是对"新感觉派"理论的超越。野间宏推进这一理论的据点是"日本战后"这个特殊的时代背景，被军国主义制度和思想扭曲了的日本人在思想、心理和肉体上出现的一系列问题促使野间宏对新的时代背景下的文学创作进行了深入的思考。

横光利一在 1935 年发表的文学理论文章《纯粹小说论》的开头说过这么一段话：

> 如果有文艺复兴的话，那么除了使纯文学变成通俗小说以外，就绝对不可能有文艺复兴的存在。②

这个言论惊动了当时的文坛，成为众人议论的焦点。十多年后战后文坛的复兴局面在某种意义上印证了横光利一的预言。横光利一在写作《纯粹小说论》之时，已经清楚地看到陷入"私小说"境地的日本"纯文学"主流文坛所处的窘境和空虚。《纯粹小说论》开篇的这一句话其实是横光利一从文学精神的角度为日本文坛指出的一条崭新的道路。横光利一在《纯粹小说论》中对"私

---

① 以上概述参考「新感覚派文学の言葉」、『野間宏全集』第 15 巻、筑摩書房、1970 年、329 頁

② 横光利一著、「純粋小説論」、『日本現代文学全集 28 横光利一集』、講談社、1981 年、461 頁

小说"持否定态度，并认为必须引进比"纯文学"更高级的小说形式。横光利一认为在公认的"纯粹小说"，像《罪与罚》和《群魔》①这样的小说中包含有通俗小说的两大要素——偶然性和感伤性。"偶然"是临时性的，偶然性的反面是必然性和日常性。而"感伤"这一事物，如果没有第六感是察觉不到的；如果有的话，也是经不住理性批判的东西。横光利一引用《罪与罚》中的内容为例说明了他所主张的"纯粹小说"中包含有通俗小说的因素。《罪与罚》的开始部分有很多偶然性的事件，而偶然性正是构成通俗小说的基础。小说中还出现了很多意想不到的人物，他们的意外出现是推动小说情节发展的重要因素。总的来说，《罪与罚》中具备了很多通俗小说的要素，即偶然性和感伤性，但显然这是一部比"纯文学"更高级的"纯粹小说"。托尔斯泰、司汤达和巴尔扎克这些文学大家的作品中，都含有很多偶然性。横光利一认为这些文学大家的小说虽然都符合通俗小说的标准，但又不仅仅是通俗小说，它们同时还被认为是"纯粹小说"和"纯文学"作品。其原因在于：这些作品具有经受得住一般理性批判的思想内容和与此相适应的现实意义。

横光利一认为，日本近代的纯文学作品大都摒弃了能够给予人感召力的偶然性，而选择了充满怀疑、倦怠、疲劳和无能为力等情绪的日常性事物加以描写，并且标榜这就是所谓的"现实性"。日本的纯文学作家从朴素实在论的角度出发，认为书写自己身边的日常经历才是至高无上的小说表现方式。因此只要作品中出现偶然的人物或事件，就将其归为通俗小说。当时真正的所谓通俗小说中既没有日常性也没有偶然性，只要是符合作家需要的事件，不需要加上任何理由和必然性，而是运用变化和色彩，吸引读者阅读。通俗小说运用的是以作家的想象力为基础的虚构能力。虽

---

① 俄国作家陀思妥耶夫斯基的小说作品，发表于 1871—1872 年。

然在小说的现实意义上存在欠缺，但是由于作家的想象力在起作用，这些作品有时还显得比单纯描写身边事物的"纯文学"高明，甚至还会出现很强的感染力量。因为上述原因，横光利一认为"纯文学"虽然现在看起来在文坛占据绝对优势，但是其衰亡的趋势是必然的。为此横光利一提出了最为有效的"文艺复兴"的手段：创作立足于文学的能动精神和浪漫主义的"纯粹小说"，这是一种使"纯文学"变成通俗小说的方式。

横光利一在《纯粹小说论》中提出有关"纯粹小说"创作的重要内容，笔者认为和野间宏的"全体小说论"——《萨特论》以及野间宏有关"全体小说"的评论《长篇的时代》中的观点遥相呼应，有异曲同工之妙。可以说横光利一在日本战前文坛提出的观点，在野间宏的理论和实践中得到了真正实现。

横光利一认为他所提倡的"纯粹小说"是无法以短篇小说的形式表现的。因为"纯粹小说"是在通俗小说具有的"偶然"和"感伤"的基础上，加上高度的人类社会共有的思想性。因此小篇幅的短篇小说是不能利用来写"纯粹小说"的。横光利一认为"纯粹小说"的小说概念并不能提升当时日本文坛的"纯文学"水平，倒是能提升当时通俗小说的层次。横光利一从日本古典文学形成的角度分析了得出这一结论的理由。日本古典文学中物语文学创作的动机和方式和日记文学的不同，物语的创作过程是文学产生的过程，其中具备了"创造"的精神，后来发展成了通俗小说；而带有随笔趣味的日记文学则成为了"纯文学"的鼻祖，"纯文学"作品一味专注于忠实地描述自己身边发生的事情，忘记了最为重要的、作家肩负的创造小说世界的能力，总体说来"纯文学"基本保留了日记随笔文学的语言风格。事实上，"纯文学"在最初形成时并没有失去创作物语文学时候的通俗小说精神，同时又兼具日记文学的语言风格和精神。但是自从自然主义文学运动在日本近代文坛兴起，这种健康的小说精神逐渐消失，取而代之的是认为只有从事实的报告中才能显示现实主义的错误理解。这个趋势来势凶猛，极其显著地延迟了小说作品本该具备的现实主义批判作用的发展。横光利一认为迄今为止的日本"纯文学"已成为了作家的私有物，这样的"纯文学"的发展前景是极为狭隘的。作为日记文学延长线上的日本近代写实主义，虽然有利于揭示个人内心活动的真实面目，但是内容缺乏普遍意义。现实世界中的人们都有各自独特的思考问题的方式，横光利一认为作家应该和作品中的人物对话，了解他们的所思所想，将这些人物的思想放到一个相关联的社会网络中去把握，然后集合为一个中心将小说完成，而将这些信息连缀起来的力量就是作者的思想或者说是想象力。横光利一认为短篇小说不足以承担这样的任务，"纯粹小说论"的产生也正是起源于这种思考。

野间宏在文学评论文章《长篇的时代》中同样提到了创作长篇小说的必要性。《长篇的时代》是野间宏发表于 1968 年 4 月的《群像》杂志上的文章。当时野间宏的《青年之环》创作已进入后期阶段，"全体小说论"——《萨特论》在杂志上已经连载结束。可以说这篇文章集中反映了经过了理论和实践创作的野间宏关于小说形式的思想。如果说横光利一从小说理论的高度认识到了"纯文学"的局限，那么日本战后时代的复杂性，使得野间宏不得不进行实质性的小说形式和内容的变革了。野间宏在《长篇的时代》中提出了长篇小说创作的具体举措，可以说是对横光利一理论的继承和完善。

在《长篇的时代》中，野间宏认为 20 世纪 60 年代是一个重要的时期，这个时期和日本文学史上近代小说第一次产生的时期，以及 "战后小说"不断涌现的 20 世纪 40 年代十分相似。在前两个时期，应该以何种形式创作小说一直是缠绕作家的问题，而 20世纪 60 年代的作家也被同样的问题所困扰。野间宏认为从日本战后到 60 年代的日本社会的转型期里，出现了许多意想不到的事物，这些事物有的显现在人们的眼前，有的隐藏在社会的底层不为人知。而恰恰就是在这些看不见的事物中隐藏着时代和社会的秘密。野间宏采取的办法是立足于描写人的欲望和行动，探知时代和社会的底层，从而描写时代和社会的"全体"。

野间宏认为自己提倡的"全体小说"是在社会的过渡期中读者和作家共同寻求的目标。野间宏认为生活在过渡期中的人们就好像被一个看不见的"命运之手"操纵着。在现代社会里，时代和社会的"全体"变得更难把握，因为隐藏在社会底层的事物越来越庞大了。野间宏所提倡的"全体小说"，就是要在小说中涵盖包括现代社会中没有显现出来的"全体"，找到构成社会和时代"全体"的各部分之间的联系，然后在这样的"全体"之中放入人物的"全体"，由此实现一个庞大的小说世界。野间宏认为包含这些内容的小说必须是长篇小说。在《长篇的时代》的最后，野间宏强调自己提倡和创作的"全体小说"虽然等同于（或者说反映了）时代和社会，等同于现实的时代、社会和自然的总体，但是决不等同于现实世界，不是对现实世界的原封不动的模写。"全体小说"中的世界和现实世界是不同的，它是超越了现实世界的、由作家的想象力创造的世界，读者可以在"全体小说"中发现超越现实生活的、具有普遍意义的人物形象。

横光利一在《纯粹小说论》中提出的小说中"第四人称"的观点在野间宏的"全体小说论"——《萨特论》中有了更为具体的论述。横光利一主张在小说中设定"第四人称"，而不是第一、第二或是第三人称，明确地表达了他对于日本近代以来的小说的否定。横光利一认为小说中仅仅使用第一、第二或是第三人称，是无法全面地描写人生的，传统的日本近代小说中的视点不足以描绘全面的人生。为了恢复小说的现实主义意味，必须在小说中设置新的视点。横光利一认为日本的"纯文学"小说已经无法反映现代社会的复杂混乱的局面，为了使小说的内容接近真实，赋予小说现实意义，就要在小说中设置"第四人称"的视角。笔者认为横光利一提出的"第四人称"的观点和野间宏后来提出的在"全体小说"中关于保证作品人物的自由的同时行使作家的自由的论述相关。横光利一认为在他提倡的"纯粹小说"中设定第四人称，就是运用全新的方式驱动人物创造小说的世界，并且赋予小说以现实意义。横光利一认为仅凭表现人物外部的行为，或是仅仅描写人物的内心世界，都是无法全面把握和描写人物的，必须将重心放在这两者之间，这是作家必须具备的态度。横光利一提出的"第四人称"实际上就是小说中作家的视角，但是如何在小说创作中运用作家视角推动创作，同时又不影响小说人物的自由和小说"全体"的展现，横光利一并没有进行详细的论述，而野间宏在《萨特论》中则就此进行了明确的论述。

野间宏在《萨特论》的第一章《小说论》中重点探讨了两大问题：一是作家的自由问题；二是支撑作家创作的想象力问题，前者还包括小说中人物的自由问题。这两个"自由"的问题都和想象力问题有着深层的联系。因此，在论述作家和作品中人物的自由时，必须要深入到想象力和小说虚构的问题当中。野间宏认为萨特所说的作家不可同时兼任小说人物的目击者和共同实施者的观点是错误的。这里提到的目击者很显然指的是类似日本自然主义文学的作家们，野间宏认为并不能因为他们客观地在小说中描摹事实，就说他们不是人物行为的共同实施者。野间宏认为所有的作家都是作品人物的共同实施者，不管作家如何努力地停留在目击者的位置上，不管用怎样的理论来维护自己，随着人物塑造的深入，作家不知不觉当中就会成为人物行为的共同实施者。野间宏也不赞同萨特的所谓或是从内部或是从外部描写人物的观点。野间宏认为这个观点既不是将小说变成一个全新的小说的观点，也不是对保证小说人物的自由能够起到作用的一种观点。这种观点将小说禁锢在一定范围内，会束缚小说中人物的自由。野间宏认为作品中人物的自由是由人物自身决定的，这一做法不能依靠"或是从内部或是从外部描写人物"的理论来实现，萨特的《自由之路》的创作实践就是一个失败的例子。总体说来，野间宏认为作家的视角不能像弗朗索瓦·莫里亚克那样以"神的视点"直接左右人物的一举一动，而是要尊重作品中人物应该具有的自由，在作家的想象力的驱使下，让人物在小说世界中自由地行动。野间宏通过自己的"全体小说"实践在作品中充分体现了这一点。

# 结　语

　　以上六章内容从野间宏在文学创作中不断完善"全体小说"理论的角度对野间宏自战后起发表的多部代表小说进行了分析和论证，并结合各个时期野间宏发表的文学理论著作，从中找到了野间宏在创作实践中不断向"全体小说"递进并最终完成的轨迹。以下将对"全体小说"的特点作一综述，作为本论文的结语。

## 第一节　萨特小说理论影响下的野间宏"全体小说"理论

　　第二次世界大战之后，不管是在西欧还是日本，社会和文化领域的价值观被战争带来的精神和肉体上的创伤所改变，人们迫切需要树立一种新的价值观来指引自己在战后的新生活。这样的需求反映在文学上的一个现象就是"全体小说"理念的提出，这是由一批亲身经历过第二次世界大战的作家提出的小说创作理念。在西欧是以萨特为代表的文学家首先提出的，最初的名称是"整体文学"或是"处境小说"①。1930 年以后产生的种种世界危机，像德国纳粹主义的上台②、中国的七·七事变、西班牙内

---

　　① 此名称出自萨特著，施康强等译：《什么是文学》，《萨特文学论文集》，安徽文艺出版社 1998 年，240 页。

　　② 指 1933 年德国纳粹党取得政权。德国纳粹党创立于 1920 年，党魁为希特勒。1923 年慕尼黑暴动失败后被宣布为非法政党，1925 年重建后势力增大，1933 年获得政权。其后确立了独裁体制，撕毁了凡尔赛和约，强行重整军备，建立第三帝国，并于 1939 年发动第二次世界大战。

战①等事件使得萨特"突然觉得自己处于'处境'之中"，并且认为"我们被粗暴地重新纳入历史，被迫创作一种强调历史性的文学。"②在萨特看来，作家的任务就是在作品中反映他的"处境"③，从而激发读者采取行动，改变由"处境"带来的意识形态的或是阶级的局限，最终达到改变意识形态和社会环境的目的。在日本，萨特提出的"处境小说"是以野间宏的"全体小说"的形式出现的。野间宏在小说创作中吸收了20世纪具有代表性的小说家普鲁斯特、乔伊斯等人开创的心理写实主义的手法，与外部世界的现实描写结合起来，试图创作出能够挖掘历史大背景真实含义的小说。野间宏以个人的、主体的具体"处境"和超越个人的、以战争和社会全体为代表的"处境"为立足点，全方位地分析和描写人物，从而产生了"全体小说"的理论构想和创作实践。野间宏在理论和实践中借鉴了萨特的文学理论并通过自己的创作实践予以发展和完善。萨特没有最终完成"全体小说"的试验之作——《自由之路》，所以萨特的"全体小说"理论仅停留在小说理念的提出上，没有通过小说的形式完整地呈现出来。

野间宏在大量创作小说作品的同时，也撰写了为数众多的文学评论著作，其中具有代表性的有《文学入门》（日本春秋社，1954年）、《年轻时期的文学探索》（日本青春出版社，1960年）、《文章入门》（日本青木书店，1963年）和《萨特论》（日本河出书房，1968年）。这些评论中的大部分是野间宏为了能更好地进行文学创作，在理论上作的研究和准备，因此野间宏的创作和评论可谓

---

① 西班牙内战，1936－1939年间西班牙人民阵线政府与以佛朗哥为中心的右翼势力之间的内战。佛朗哥派得到了德、意两国的支持，击败了依靠前苏联等外国民主势力的政府军，确立了佛朗哥政权。

② 萨特著，施康强等译：《什么是文学》，《萨特文学论文集》，安徽文艺出版社1998年，221页、223页。

③ 处境，意即作家周围的社会历史环境。

相辅相成。从上述众多的文学评论中，我们可以看到野间宏"全体小说"理论形成的轨迹。

野间宏最早提到有关"全体小说"的观点时，使用的是"综合小说"的字眼。随着创作实践的进展，野间宏将自己追求的理想的长篇小说称为"全体小说"。"全体小说"一词起源于萨特用过的一词"roman total"（整体文学）的法语意译。通过阅读野间宏的文学评论可以得知，《青年之环》创作的中断和修改、续写完成的过程显示了野间宏克服自身文学创作的弱点，同时也是克服日本近代以来的文学中的弱点的轨迹。

野间宏在《小说论（III）》中阐明了自己追求的小说创作方法：

> 19 世纪以前的小说不管是巴尔扎克的还是司汤达的小说，都是从外部把握人物。但是 20 世纪的小说，比如普鲁斯特、乔伊斯、纪德都是从人的内部把握内心世界。第二次世界大战后，可以说产生了将 19 世纪和 20 世纪的小说思想结合起来的观点。内部和外部，将 19 世纪和 20 世纪的小说综合起来的综合小说的课题……为了描写一个人物，就要将与之有关的社会条件、生理条件、心理条件明确地表现出来，必须描绘出作为生理、心理和社会存在的人物形象。[①]

这篇文章写于 1948 年，是《青年之环》第一部作为单行本发行的前一年的事。野间宏的"全体小说"论以"生理的、心理的、社会的综合小说"的形式初露端倪。

但是"综合小说"的提法只是停留在概念上，对于小说人物的描写和整部小说全体性的把握缺乏具体的理论内容。《青年之环》的创作在第一、第二部完成后曾中断了 12 年之久，这 12 年的中断期正是野间宏摸索"全体小说"理论和创作的艰难过程。《青年之环》第一、第二部中塑造的人物形象和野间宏战后初期

---

① 「小説論（Ⅲ）」、『野間宏全集』第 14 巻、筑摩書房、1970 年、39 頁

系列作品中的人物形象类似：主人公在精神上和实际生活环境中都处于闭塞的、没有出路的状态。野间宏认为在《崩溃感觉》中"虽然把握人的个体与包容个体的各事物间的关系成为可能，但却未能将包容人和人的事物放到现代资本主义社会中去把握和分析。"①有关初期《青年之环》创作②中的"社会"，野间宏在《人的要素的分析和综合》一文中解释道：

> 所谓社会，就是指资本主义社会。将人的生理、心理这些人内部的要素和社会这样的外部要素合为一体去综合描述是非常困难的事。特别是在没有这种方法传统的日本尤其困难。因此，我的创作总是停留在公式化的层面，产生了社会性的追求和意识方面的内心追求分割开来的（小说）内容。③

从野间宏对作品的评论中可以看出两点：一是《青年之环》从一开始就是站在"全体小说"的立场创作的；另一个是初期的《青年之环》创作在手法上没有超过《崩溃感觉》，"全体小说"的提法仅仅停留在"公式化的层面"，还缺乏切实的理论内容指导小说的实践创作。

对于野间宏来说，停止进行《青年之环》创作的这段时间是非常痛苦的时期。野间宏在《关于战后文学的反省》（1948 年）中写道：

> 我重读了一遍已经完成的《青年之环》的部分，发觉自己的工作只是一些微不足道的碎片而已……因此我重新开始创作《青年之环》。但我的面前又出现了困难。（我）重新组织了作品的结构，比较场面和场面之间的关系，思考人物和

---

① 「文章入門」、『野間宏全集』第 20 卷、筑摩書房、1970 年、231 頁

② "初期《青年之环》创作"，主要指 1940 年前后创作的《青年之环》第一、第二部，《青年之环》创作中断前的内容。

③ 「人間の要素の分析と総合」、『野間宏全集』第 14 卷、筑摩書房、1970 年、79 頁

人物之间的摩擦，在创作小说的过程中发现自己脑海中人物形象的贫乏。①

在《青年之环》的创作停顿期间，野间宏积极地从理论和实践方面完善"全体小说"的构想，期间他发表了多部长篇小说，如《真空地带》、《骰子的天空》和《我的塔矗立在那里》等。在题为《完成了〈真空地带〉后》一文中野间宏提到：

> （《真空地带》）这部小说，如果我没有写过《青年之环》（指第一、第二部的创作），是绝对写不出来的。②

其他两部长篇小说产生的缘由也是如此。关于《骰子的天空》的创作，野间宏曾说过：

> 《青年之环》是在战后我 33 岁左右的时候写的，那个时候，像这种资本主义的内容（指后来在《青年之环》中添加的有关资本主义社会和资本家的内容）我还写不出来。我后来写了《骰子的天空》……并因此变得能够写资本家的事情了。《青年之环》中大道家族的事情也就能够写了。③

可见《青年之环》的创作和其他同期的作品之间是互为辅助的关系，《真空地带》等长篇小说的创作是野间宏从"综合小说论"的提法向具备理论体系的"全体小说论"深入过程中必不可少的创作实践准备。

《青年之环》的创作在经历了漫长的 12 年中断期后，第三卷《舞台的脸》和第四卷《表和里和表》于 1966 年相继出版，到最后的第五卷《阴影的领域》出版发行，其间又有两年的间隔。在这两年时间里，野间宏用了大概一年的时间在《新日本文学》杂志上以连载的形式发表了"全体小说"论——《萨特论——小说

---

① 「戦後文学についての反省」、『野間宏全集』第 14 卷、筑摩書房、1970 年、267 頁
② 『『真空地帯』を完成して」、『野間宏全集』第 14 卷、筑摩書房、1970 年、276 頁
③ 「対談　全体小説への志向」、『野間宏全集』第 19 卷、筑摩書房、1970 年、362 頁

论和想像力论》。关于这部《萨特论》和《青年之环》之间的关系，野间宏这样说道：

> 《萨特论》是我为了完成《青年之环》的创作而进行的极其必要的理论准备。[①]

野间宏认为萨特没有完成构想中的"全体小说"——《自由之路》的原因是萨特关于"全体小说"理论的不完善造成的，自己如果在小说理论上没有突破，也不可能完成《青年之环》。野间宏的《萨特论》的第一章题为"小说论——围绕《弗朗索瓦·莫里亚克先生和自由》"。萨特的小说论《弗朗索瓦·莫里亚克先生和自由》是围绕对法国作家弗朗索瓦·莫里亚克的小说创作方法的批判展开的。萨特认为莫里亚克为了打开小说情节停滞不前的局面，在小说《黑夜的终止》中由其本人控制了小说出场人物的自由。莫里亚克使用的是所谓"神的视点"，这是只有作家本人才持有的超越性的视点，这个视点不可能是小说中任何一个人物的视点。萨特批判莫里亚克的小说没有剔除这样的视点，斧凿痕迹明显。萨特认为作家描写人物在一定的时间、一定的空间里的言行的同时，也要以某种形式表现出这个人物作为人的"全体"（即这个人物具有的普遍意义）。萨特认为要保证主人公的自由，又要摆脱作家自己的"神的视角"给作品人物自由带来的束缚，唯一的解决办法是：

> 小说家要么是人物的证人，要么是人物的同谋者，两者永远不得兼顾：要么站在外面，要么站在里面。[②]

明确地说，萨特主张要么通过作品人物的意识、内心世界描写一切，要么单纯地像 19 世纪的小说那样描写人物的外部世界。

---

[①]「『青年の環』について」、『野間宏全集』第 10 卷、筑摩書房、1974 年、417 頁

[②] 引自《弗朗索瓦·莫里亚克先生与自由》，《萨特文学论文集》，萨特著，施康强等译，安徽文艺出版社 1998 年，12 页。

野间宏对这一观点持批判态度，他认为作家不是控制作品人物言行和命运的"神"，但是作家必须创造出"小说的全体"。作品是通过作品中人物的行为、人物的话语、人物没有说出口的内心独白以及还没有成为内心独白的欲望的产生和挫折等来显示作品中的某种动态和静态的倾向，呈现在读者面前的最后形式就是作品的"全体"。例如，萨特的长篇小说《自由之路》未能最终写完，那就可以说萨特没有完成这部小说的"全体"的创作。"全体"不是一个有着具体形式的事物，要想看到"全体"，必须通过作品中的各个人物、各个事物的存在才能看到。野间宏认为，作家要满足上述两个条件，应将目光集中于"那个人物和那个人物与'人的全体'的差距上"①。这里所谓的"差距"是指"这个人物的自发性和超越之间的差距"、"欲望和劳动（实践和行动）的差距"②等。作家如果将视点放在这一"差距"上，就可以避免由"神的视点"带来的束缚。将目光集中在"差距"上的另一个重要的意义是：这些"差距"正是体现了作品人物的"愿望和现实"之间的差距。野间宏将这一差距命名为"误差"，并称"作品的主题就是将这一到处伴随作品人物的'误差'连接起来，（将小说的情节）一步一步地延展下去。作品的主题正是按照这个'误差'的轨迹展开的。""怎样制造出这样的'误差'正显示了作家的本领。"③野间宏在批驳萨特有关作家视角的论点时显露出了自己独特的创作视角：既不是19世纪西方小说中那种纯客观的叙述视角，也不是"私小说"中常常使用的接近作家本人的单一视角，而是采用了一种广角镜头般的开阔的视角，通过小说情节、人物行为的发展，按照小说大背景下的规律推动小说的发展。

---

① 「サルトル論」、『野間宏全集』第 19 卷、筑摩書房、1970 年、165 頁
② 「サルトル論」、『野間宏全集』第 19 卷、筑摩書房、1970 年、165 頁
③ 「サルトル論」、『野間宏全集』第 19 卷、筑摩書房、1970 年、224 頁

野间宏一直苦苦探索的"全体小说"理论的核心是"小说的全体"的问题。野间宏在《萨特论》中谈到"全体小说"概念中的"全体"时，是这样论述的：小说的"全体"首先是指整个小说作品，即一部完整的小说作品。更具体地说，"全体"是指从作品的开始到结束的"全体"，是小说的形态、小说的进展、小说情节的展开，是整个作品世界。在这个世界中，各个人物和事物生活、存在、被放置在其中。但是，各个人物和事物并不是直接简单地放置在"全体"当中，而是放置在各自不同的状况当中，然后嵌入"全体"当中。所以，"全体"包含了各种人物以及各种人物所处的状况。各个人物在小说的"全体"当中存在，并且和"全体"紧密联系起来。各个人物通过他们的欲望和劳动（行动，或是接近行动的事物）与"全体"保持内在的联系。[①]野间宏认为"全体"真正的含义是指由人的欲望和劳动改变的社会和自然的综合体。更具体地说，在资本主义社会里人的欲望和劳动是受到资本家的支配和压制的，如果没有认识到这一点，作家就无法在作品中挖掘资本主义社会的实质。由此可以看出，野间宏的"全体小说"包含有强烈的现实主义的意味。

在涉及到作家应该怎样创造出"作品的全体"的问题时，野间宏将论述的重点放到了情节的设置问题上。野间宏认为作家应首先产生一个构想，一个整体框架。构想就是发现主题，然后沿着主题开辟道路，设计情节，作家就是这样按照主题，通过构想创造出小说"全体"的。主题通过各种条件的相互结合、冲突及分离将各个人物联系起来，作家通过构造人物形象，设定各个人物所处的状况来接近"全体"的目标。如果把引导各个人物在各种状况下的结合、冲突和分离都称为情节的话，那么随着主题的

---

① 本段关于"全体"的含义的概括参考自「小説の全体」、「サルトル論」、『野間宏全集』第 19 卷、筑摩書房、1970 年、203 頁

深入，"作品的全体"就会呈现出清晰的轮廓。"全体"不存在于最初的构想中，小说的"全体"背负着各个人物各自的"全体"，直到小说的最后显现出"作品的全体"。这就是野间宏理论意义上的小说的"全体"。①

综合以上的论述可以概括出野间宏追求的"全体小说"中"全体"一词的几重含义：

第一，也是最简单、最基本的定义。依据萨特最初对于"全体小说"的构想和野间宏在《小说论III》中提到的，"全体小说"是综合了 19 世纪和 20 世纪小说思想的小说课题，在描写一个人物的时候，要将与之有关的社会、生理和心理条件都明确地表现出来。这是一个大而宽泛的"全体小说"的概念。

第二，依据野间宏在《萨特论》中关于"全体小说"的阐述，"全体小说"中的"全体"是指小说中的人物形象是"全体的人"的形象。结合《青年之环》的具体内容，我们可以得知所谓"全体的人"就是在认识到自己是"有所欠缺的人"的基础上，有意识地朝向自己应该成为的"人的全体"进行超越自我行动的人。这个"全体的人"通过自己具体的行为尝试着超越自我的可能性，并通过行动努力实现这种可能性。简而言之，不断地进行超越自我行动的人物就是"全体的人"的形象。

第三，"全体小说"的"全体"是指小说包含的内容，即"全体小说"是包含具有普遍意义的社会性的小说，体现在小说创作中就是运用现实主义的手法描摹人物和事件。由于《青年之环》中体现的现实主义不同于日本近代文学以来的以自然主义文学为代表的写实主义，所以称之为"新写实主义"。作为野间宏"全体小说"理论的实践之作，《青年之环》就是一部始终贯彻"新写实

---

① 本段关于"全体"的含义的概括参考自「小説の全体」、「サルトル論」、『野間宏全集』第 19 卷、筑摩書房、1970 年、203 頁

主义"的小说。日本近代最初的现实主义包含有实证主义的精神，早期的自然主义文学对资本主义社会的现实也进行了一定的批判。20世纪初日本的无产阶级文学主张将现实放到革命的发展中加以描写，但是这种现实主义中倡导的是"在典型的情势中塑造典型的性格"的典型论，是一种从革命乐观的角度认识世界和人生的世界观，同时也是一种狭隘的世界观，已经和真正的现实主义拉开了距离。在战后的日本，带有存在主义倾向的主体现实主义逐渐占据了主导地位，但是这种现实主义只是探寻个人的存在问题，具有从人物内心的反省走向反社会化的倾向，因而是无法正确地描述作为社会存在的人的。野间宏所谋求的是以社会性为主体的现实主义。《青年之环》中创造出来的"新写实主义"，就是对这一问题最有力的解答。

## 第二节　融现实主义文学和现代主义文学为一体的野间宏"全体小说"

野间宏"全体小说"的现实主义文学特征主要体现在小说内容广阔的社会性方面。虽然野间宏注重吸收众多现代主义文学的手法，如象征主义手法和心理主义、意识流和存在主义等，但是在小说结构的组织、人物的配置以及小说表现的主题方面具有广泛的社会意义，与西方传统的批判现实主义文学有诸多相通之处。像《真空地带》中对战时日本军国主义体制下军队内部阴暗面的暴露和批判；《骰子的天空》中对资本主义社会真实面貌的反映；《青年之环》中涉及的战争中的日本——一个充满了危机和动荡的国家中的一系列关于受歧视部落的问题、战争的问题、家的问题、性的问题、生死的问题等各种各样的问题的探讨和展示等，无不显示了野间宏"全体小说"中具备的传统现实主义文学的特征。

野间宏"全体小说"的象征主义文学的特征是显而易见的。象征主义文学最早出现在 19 世纪 80 年代的法国，是现代主义文学的发端。为了和 20 世纪 90 年代起由法国扩展到欧美各国的"后象征主义"区分，一般将 19 世纪 80 年代开始的象征主义文学称为"前期象征主义"，野间宏接受的主要是"前期象征主义"的影响。象征主义文学是现代主义文学的核心部分，它们之间的关系是局部与整体的关系。一般说来，象征主义文学者注重描写个人幻景和内心感受，较少涉及广阔的社会题材，显然野间宏的"全体小说"在这一方面突破了象征主义文学的局限。象征主义文学在艺术方法上，否定空洞的修辞和生硬的说教，强调用有质感的形象通过暗示、烘托、对比、联想的方法来表现作品内容。从可以称作是"全体小说"雏形的《真空地带》到颇具"全体小说"规模的《骰子的天空》、以及"全体小说"的代表作《青年之环》，野间宏在这一系列的小说创作中充分运用了象征主义的手法。《真空地带》中从小说开篇"绑腿"的象征意味到小说结束部分木谷逃跑的经过所具备的象征意义，无不显示了野间宏在象征手法运用方面的娴熟。《骰子的天空》中翱翔于天空的"鸢"的形象贯穿小说始终，成为了寓示人物命运的象征符号，也使得小说的情节内容浑然一体。而在《青年之环》中，从主要人物的设置到人物行动，野间宏都赋予了象征意义。矢花正行是"白昼生活派"、是"生"的代表，而大道出泉是"夜的思考派"、是"死"的代表，小说内容围绕两个主要人物的经历展开了一幅幅具有象征意义的画面，使得象征手法的运用又达到了一个高度。

除了象征主义文学手法的应用外，野间宏"全体小说"中还有很多显而易见的现代主义文学的特征。现代主义文学强调表现内心的生活、心理的真实，主观性和内向性是现代主义文学的主要特征。现代主义的作家们一般用所谓的"心理现实主义"来和 19 世纪的批判现实主义相抗衡。野间宏的文学中无疑有大量的篇幅对人物的内心世界进行了深入细致的挖掘，但是正如他在《小说论（Ⅲ）》中阐明的"综合小说论"的内容那样，野间宏所追求的方法不是单纯的现代主义的手法，而是"将 19 世纪和 20 世纪的小说思想结合起来的观点。内部和外部，将 19 世纪和 20 世纪的小说综合起来的综合小说的课题……为了描写一个人物，就要将与之有关的社会条件、生理条件、心理条件明确地表现出来，必须描绘出作为生理、心理和社会存在的人物形象。"[①] 可以说，"全体小说"是将现实主义文学的理念和现代主义文学的理念结合起来的小说理论。

野间宏文学的另一个现代主义文学的倾向表现在对小说时空关系的处理上。野间宏的中、长篇小说描写的大都是发生在短短的一天、一周或是几个月间的事情。而传统的现实主义文学作品一般强调按照生活的逻辑，强调时间的自然延伸和空间的相对完整。野间宏的"全体小说"在这一点上更倾向于现代主义文学的作品，即注重从人物的心理和生理层面表现人物的深度，使得漫长和广阔的时空在作家对人物意识的探求中得到表现。

此外，野间宏文学作品中呈现的探索战争中和动荡的战后社会中人存在价值的存在主义倾向也展现了野间宏文学的现代主义文学的特征。

综上所述，野间宏的"全体小说"是综合了传统的现实主义文学和现代主义文学部分特征的独特的小说理论。

## 第三节　野间宏"全体小说"创作的成就和局限

野间宏"全体小说"中体现的强烈的现实主义意味让人联想

---

① 「小説論（Ⅲ）」、『野間宏全集』第 14 卷、筑摩書房、1970 年、39 頁

到了日本 20 世纪初期自然主义文学中的批判现实主义作品《破
戒》。岛崎藤村塑造《破戒》的主人公丑松的意图，是想表达人与
人之间生来是没有差别的、是平等的思想。"全体小说"的代表作
《青年之环》表达的正是野间宏对这种思想的继承和延伸。野间
宏在这部长篇巨著的创作中，挣脱了日本近代小说传统的刻板写
实和平面描写，汲取西方的人物描写手法，从人物的内心世界和
人物生存的现实世界的角度全方位地、立体地塑造人物形象，反
映出了人物具有的时代和历史意义。

　　"全体小说"理论的形成和实践的成功和野间宏一直以来与日
本近代写实主义传统的不断抗争有关。野间宏是这样评价"第一
次创作日本近代小说"的二叶亭四迷以及他的继承者的：

　　　　（二叶亭四迷）否定了现在的自我内心的世俗……为了和
　　明治的绝对主义权力相对立，不断地清楚地认识到自己内心
　　具有的（与绝对主义权力）同样的要素并且否定它……同时
　　通过明确地显示被明治的绝对主义权力否定的民众的形象来
　　完成小说创作。

　　　　但是（石川）啄木将这两个否定的问题作为自我的问题
　　放置在自己眼前，并没有把它们作为自己的问题（以艺术形
　　式和艺术方法为媒介的实践的道路）解决掉。①

　　野间宏结合后来对 20 世纪 20 年代无产阶级文学中同样问题
的批判，在战后将上述观点应用到实践创作中，并且不断地发展
完善，最终达到了《青年之环》中显示的高度。野间宏通过对萨
特理论的吸收和批判，将日本文学的创作视野和世界文学联系起
来，使一直以来受到日本写实主义理念束缚的日本作家在创作实
践上找到了一个出口，日本现代文学的视野由此得到拓宽和提升。

　　从世界文学的角度看，野间宏"全体小说"创作也具有重要

---

①「芸術と実行」、『野間宏全集』第18巻、筑摩書房、1971年、73頁

的意义。在欧洲，同样是经历了第二次世界大战、试图创作与今天的时代相吻合的"全体小说"的萨特，没有最终完成他的"全体小说"实验作品《自由之路》。笔者认为野间宏在"全体小说"的完成上，超越了萨特。其原因在于：第一，要想明确反映现代社会的"全体小说"的主题，就必须拥有对于战争和革命的把握，野间宏在革命运动中的挫折经历为他带来了丰富而深刻的经验。第二，亚洲特定的生存环境，比如宗教问题和部落歧视问题的存在以及由此带来的复杂的生存环境，也是激发野间宏完成"全体小说"的外在原因。在《青年之环》中野间宏深入探讨了今天人类史中重要的、有探讨价值话题，如战争问题和解放受歧视部落问题，并在小说创作中始终贯穿这样的思考态度。全六部五卷本的《青年之环》通过充满了作品"全体"的青年们的苦恼、思考、希望和行动，和今天的读者一起探索着人类应该拥有怎样的价值观。

但是，正如大多数的文学理论和文学创作那样，野间宏的"全体小说"理论和创作也存在局限和问题。

野间宏的"全体小说"创作在一定程度上超越了日本近代以来的写实主义的手法，在小说的情节设置、人物塑造以及反映的大社会背景等方面显示了独具一格的特色。但是野间宏的创作大都只是反映了一定时期的社会动荡变化当中的危机和矛盾，是局部的现实，大多是敏感的中小资产阶级阶层和知识分子的心境，而没有涉及到更大范围的社会人民大众的心境和经历。在反映资本主义社会本质特征的《骰子的天空》中，讲述的主要是中小资产阶级与占绝对优势地位的大资产阶级拼死争斗的过程，虽然涉及个别处于社会底层的人民大众的描写，但都是为了衬托主人公大垣元男的心境而设置的，并没有深入展开。《青年之环》中在涉及受歧视部落解放问题方面，有不少篇章描述了社会底层的部落民众为争取权力和警察等权势阶层斗争的场景。但纵观整部小说，野间宏的重心依然是在表现两个知识分子主人公在充满危机和变动的社会中矛盾和痛苦的内心世界。由于上述原因，野间宏的"全体小说"虽然存在揭露社会矛盾的创作动机，但是由于过度关注人物意识层面的认识和变化，所以对社会矛盾挖掘的笔触往往转到抽象的、普遍而永恒的人的本性问题、人的存在问题上，从而一定程度地掩盖了社会矛盾的阶级本质，也削弱了小说揭露社会实质的力度。从野间宏的大量作品创作论中，虽然能够看出他具有明显的揭露军国主义的罪恶、揭露资本主义社会残酷的竞争法则的意图，但由于小说创作手法方面不够完善，往往会使读者的注意力集中在人物个体的内心矛盾以及个体生存的烦恼方面。这也是造成野间宏文学被一些评论家认为缺乏深刻的批判力，只是一种情感宣泄的产物的原因。

野间宏"全体小说"的局限还体现在小说中过度地渲染了以个人为中心的人生观。这一点的形成是和"全体小说"的第一个局限相关联的。将社会矛盾抽象化的结果，就是在作品中往往会看不到解决矛盾的出路和办法，作品的主人公或者说就是作者野间宏本人只能沉浸在苦闷和绝望之中。为此，精神创伤、变态心理、个人中心主义和悲观主义就会充斥小说内容，野间宏战后初期作品中弥漫的正是上述内容。在向"全体小说"的创作递进的过程中，像《真空地带》、《骰子的天空》中上述内容依然有明显的存在。《青年之环》的第六部中，主人公大道出泉在杀死了田口吉喜后自杀的行为，为整部小说增添了亮点，但是该行为依然只是主人公个体的自发行为，是主人公个体人生轨迹的完成，欠缺更广泛和深入的社会影响力。总体说来，野间宏"全体小说"中过多的关于个人内心活动和意识状态的挖掘，使得小说内容与社会问题间呈现出一种若即若离的状态，从而削弱了小说的社会批判力。

尽管野间宏的"全体小说"存在有局限和问题，但是野间宏"全体小说"理论的提出和理论指引下的创作实践在日本现代文学史上无疑是占有一席之地的。完成了《青年之环》的野间宏曾经说过：

> （在《青年之环》中）设置了未解放部落的问题、战争的问题、家的问题、性的问题、生死的问题等各种各样的问题。我必须通过小说、通过创作小说探究这些问题。[①]

野间宏的话语明确表达了战后文学的主题，同时也是众多其他战后文学创作者追求的共同主题。这些作家有大江健三郎、小田实、真继伸彦、竹内泰宏和高桥和巳等。从对后来文学影响的角度来看，将野间宏简单地归属进"日本战后派"的做法是不够全面的，日本"战后文学"的内涵也应该扩大范围。野间宏在晚年积极投身受歧视部落的解放和环境保护方面的活动，和他在文学上曾经的奋斗一样，野间宏始终以切实有效的实践行动追求自己的理想。1991 年 3 月，在野间宏去世后不久《新日本文学》杂志发行了特集《追悼　野间宏》，其中一篇会谈记录的题目可以说是对野间宏一生的最好概括——"和时代格斗的作家——野间宏"[②]。无论在文学创作还是晚年的社会公益活动中，野间宏当之无愧地是一名真正的斗士。野间宏在日本现代文学史上无疑具有开拓性的历史地位。

---

[①] 小久保実著、「戦後文学と野間宏」、『野間宏研究』、筑摩書房、1976 年、367 頁

[②] 小田実、土方鉄、日野範之対談、「時代と格闘した作家　野間宏」、『新日本文学』、1991 年 3 月、32 頁

# 参 考 文 献

## 一、日文文献

### 単行本

1. 『野間宏全集』（全 22 巻・別巻 1）　筑摩書房　1969 年—1971 年

2. 『野間宏作品集』（全 12 巻）　岩波書店　1987 年—1988 年

3. 薬師寺章明著　『野間宏研究』　笠間書院　1977 年

4. 渡辺広士著　『野間宏論』　審美社　1969 年

5. 兵藤正之助著　『野間宏論』　新潮社　1971 年

6. 小笠原克著　『野間宏論──＜日本＞への螺階』　講談社　1978 年

7. 山下実著　『野間宏論──＜欠如＞のスティグマ』　彩流社　1994 年

8. 黒古一夫著　『野間宏──人と文学』　勉誠出版　2004 年

9. 張偉著　『野間宏文学と親鸞──悪と救済の論理』　法蔵館　2002 年

10. 薬師寺章明著　『野間宏＜厳書　現代作家の世界＞』　文泉堂　1978 年

11. 本多秋五著　『物語　戦後文学史』　新潮社　1966 年

12. 松原新一・磯田光一・秋山駿著　『戦後日本文学史・年表』　講談社　1985 年

13. 久松潜一等編修　『現代日本文学大事典』　明治書院　1968 年

14. 本多秋五著　『戦後文学の作家と作品』　冬樹社　1971 年

15. 武田友寿著　『戦後文学の道程』　北洋社　1980 年

16. 佐藤静夫著　『戦後文学の方法』　新日本出版社　1966 年

17. 佐藤静夫著　『戦後文学の再検討』　新日本出版社　1973 年

18. 佐藤静夫著　『戦後文学論争史論』　新日本出版社　1985 年

19. 小久保実著　『戦後文学の領域』　ぬ書房　1976 年

20. 佐々木基一著　『戦後文学の内と外』　未来社　1970 年

21. 本多秋五著　『転向文学論』　未来社　1972 年

22. 高野庸一著　『戦後転向論』　せきた書房　1983 年

23. 西川長夫著　『日本の戦後小説』　岩波書店　1988 年

24. ァーネスティン・シュラント　J・トーマス・ライマー著　大社淑子・
　　酒井辰史・金井和子訳　『文学に見る二つの戦後　日本とドイツ』
　　朝日新聞社　1995 年

25. 佐々木満著　『文学に現われた罪と罰』　矯正協会　1988 年

26. 竹内清己著　『文学空間　風土と文化』　桜楓社　1989 年

27. 梅沢利彦・平野栄久・山岸嵩著　『文学の中の被差別部落像－戦後編
　　－』　明石書店　1982 年

28. イルメラ・日地谷＝キルシュネライト著　三島憲一　山本尤　鈴木直
　　相沢啓一訳　『私小説　自己暴露の儀式』　平凡社　1992 年

29. 鮎川信夫・吉本隆明著　『対談　文学の戦後』　講談社　1979 年

30. 江藤淳著　『離脱と回帰　昭和文学の時空間』　日本文芸社　1989 年

31. 伊藤成彦著　『戦後文学を読む』　論創社　1990 年

32. 大久保典夫　紅野敏郎　高橋春雄　三好行雄等編集　『戦後文学論争
　　上巻』　番町書房　1977 年

33. 大久保典夫　紅野敏郎　高橋春雄　三好行雄等編集　『戦後文学論争
　　下巻』　番町書房　1977 年

34. 西田勝編　『戦争と文学者　現代文学の根底を問う』　三一書房
　　1983 年

35. 高崎隆治著　『戦争と戦争文学と』　日本図書センター　1986 年

36. 黒古一夫著　『戦争は文学にどう描かれてきたか』　八朔社　2005 年

37. 安田武著　『戦争文学論』　朝文社　1994 年

38. 野呂邦暢著　『戦争文学試論』　芙蓉書房　2002 年

39. 田所泉著　『「新日本文学」の運動』　新日本文学会出版部　2000 年

40. 大江健三郎、江藤淳編集　『われらの文学 1　野間宏』　講談社　1966 年

41. 野間宏著　『鏡に挟まれて　青春自伝』　創樹社　1972 年

42. 野間宏著　『心と肉体のすべてをかけて　文学自伝』　創樹社　1974 年

43. 野間宏著　『戦後　その光と闇』　福武書店　1982 年

44. 野間宏著　『全体小説と想像力』　河出書房新社　1969 年

45. 『文芸』編集部編　『追悼　野間宏』　河出書房新社　1991 年

46. 野間宏編　『竹内勝太郎全集』（共三巻）　思潮社　1967－1968 年

47. 井上謙編　『横光利一』　文泉堂　1978 年

48. 小川和佑著　『中村真一郎とその時代』　林道舎　1983 年

49. 尾西康充著　『椎名麟三と＜解離＞──戦後文学における実存主義』　朝文社　2007 年

50. 『日本現代文学全集 37　野間宏・武田泰淳集』　講談社　1974 年

51. 中村光夫著　『風俗小説論』　新潮社　1974 年

52. 中村光夫著　『日本の近代小説』　岩波書店　1983 年

53. 中村光夫著　『日本の現代小説』　岩波書店　1983 年

54. 三好行雄著　『日本の近代小説』　橋書房　1990 年

55. 長谷川泉著　『戦後文学史』　明治書院　1976 年

56. 竹内良知編　『近代日本思想大系 11　西田幾多郎』　筑摩書房　1974 年

57. 時代別日本文学史事典編集委員会編　『時代別日本文学史事典　現代編』　東京堂　1997 年

58. 日本近代文学館編　『日本近代文学大事典　第三巻』　講談社　1977 年

59. 日本近代文学館編　『日本近代文学大事典　第四巻』　講談社　1977

年

60. 伊藤整、平野謙、吉田精一等編　『新潮日本文学小辞典』　新潮社
　　 1980 年

61. 新潮社辞典編集部編　『増補改訂　新潮日本文学辞典』　新潮社
　　 1991 年

62. 三好行雄、竹盛天雄等編　『日本現代文学大事典』　明治書院　1995
　　 年

63. 作家研究大事典編纂会編　『明治・大正・昭和作家研究大事典』　桜
　　 楓社　1993 年

64.『日本文芸鑑賞事典──近代名作 1017 選への招待──』第 14、15、16、
　　 17 巻　ぎょうせい社　1987－1988 年

65. 伊藤整、亀井勝一郎等編集　『日本現代文学全集 28 横光利一集』　講
　　 談社　1981 年

66. 伊藤整、亀井勝一郎等編集　『日本現代文学全集 28 武田泰淳・中村
　　 真一郎集』　講談社　1980 年

67. 長谷川泉、高橋新太郎編集　『‘88 五訂増補版　文芸用語の基礎知識』
　　 至文堂　1988 年

### 雑誌特集と論文

68.『会談　戦後文学の批判と確認－野間宏　その仕事と人間』　「近代
　　 文学」　1959 年 10・11 月

69. 特集　戦後文学　「国文学　解釈と鑑賞」　1962 年 5 月

70. 特集　戦後文学の源流　「国文学　解釈と鑑賞」　1970 年 8 月

71. （論文）紅野謙介著　『野間宏「青年の環」』　「国文学　解釈と鑑賞」
　　 1982 年 2 月

72. （論文）渡辺広士著　『野間宏──自罰と自己肯定の葛藤』　「国文
　　 学　解釈と鑑賞」　1983 年 4 月増刊

73. （論文）ブレット・ト・バリ・ニー著　大熊栄訳　『野間宏と「暗い

絵」』　「文学」　1985 年 1 月

74.（論文）黒井千次著　『欲望とその時代――野間宏「さいころの空」』
　　「新潮」　1988 年 12 月

75. 特集　追悼　野間宏　「新日本文学」　1991 年 3 月

76. 特集　野間宏のまなざしの向こうへ　「新日本文学」　1991 年 10 月

77.（論文）中村真一郎著　『生生死死をめぐって』　「文学界」　1992
　　年 2 月

78.（論文）菊池彰一著　『文学の五十年あれこれ――J・P・サルトルと
　　野間宏』　「新日本文学」　1996 年 5 月

79. 特集　横光利一の世界　「国文学　解釈と鑑賞」　2000 年 6 月

80. 特集　野間宏　没後十年　「新日本文学」　2001 年 11 月

81.（論文）日野範之著　『野間宏「暗い絵」』　「新日本文学」2002 年 3
　　月

82. 特集　戦後文学の再検討　「国文学　解釈と鑑賞」　2005 年 11 月

# 二、中文文献

## 单行本及译著

1. 李德纯著　《战后日本文学》　辽宁人民出版社 1988 年

2.（日）长谷川泉著　李丹明译　《日本战后文学史》　生活·读书·新知三
　　联书店 1989 年

3. 叶渭渠、唐月梅著　《日本现代文学思潮史》　中国华侨出版社 1991 年

4. 叶渭渠、唐月梅著　《20 世纪日本文学史》　青岛出版社 1998 年

5. 叶渭渠、唐月梅著　《日本文学史 近代卷》　经济日报出版社 2000 年

6. 叶渭渠、唐月梅著　《日本文学史 现代卷》　经济日报出版社 2000 年

7. 中村雄二郎著　卞崇道、刘文柱译　《西田几多郎》生活·读书·新知三
　　联书店 1984 年

8. （美）约翰·W·道尔著 胡博译 《拥抱战败 第二次世界大战后的日本》 生活·读书·新知三联书店 2008 年

9. 王希亮著 《战后日本政界战争观研究》 社会科学文献出版社 2005 年

10. （日）小森阳一著 陈多友译 《天皇的玉音放送》生活·读书·新知三联书店 2004 年

11. 王一川著 《文学理论》 四川人民出版社 2003 年

12. 申丹著 《叙述学与小说文体学研究》 北京大学出版社 2005 年

13. 傅修延著 《文本学——文本主义文论系统研究》 北京大学出版社 2004 年

14. 陈平原著 《中国小说叙事模式的转变》 北京大学出版社 2006 年

15. 王琢著 《想象力论——大江健三郎的小说方法》 上海文艺出版社 2004 年

16. 陈思广著 《战争本体的艺术转化——20 世纪下半叶中国战争小说创作论》 巴蜀书社 2005 年

17. （美）加里·古廷著 辛岩译 《20 世纪法国哲学》 江苏人民出版社 2005 年

18. 袁可嘉、董衡巽、郑克鲁选编 《外国现代派作品选》（A 卷）、（B 卷）、（C 卷）、（D 卷） 北京燕山出版社 2006 年

19. 让－保罗·萨特著 亚丁、郑永慧等译 《萨特小说集》（上、下） 安徽文艺出版社 1998 年

20. 让－保罗·萨特著 施康强等译 《萨特文学论文集》 安徽文艺出版社 1998 年

21. （日）野间宏著 萧萧译 《真空地带》 作家出版社 1956 年

22. （日）野间宏著 肖肖译 《真空地带》 人民文学出版社 1959 年

23. （日）野间宏等著 于雷译 《日本反战爱情小说集 脸上的红月亮》 春风文艺出版社 1991 年

24. 胡经之、王岳川主编 《文艺学美学方法论》 北京大学出版社 2003 年

25. 蒋承勇等著 《欧美自然主义文学的现代阐释》 复旦大学出版社 2002

年

26. 赵毅衡编选 《符号学》 百花文艺出版社 2004 年

27. 李建军著 《小说修辞研究》 中国人民大学出版社 2003 年

28. 袁可嘉著 《欧美现代派文学概论》 广西师范大学出版社 2003 年

29. 申丹、王丽亚著 《西方叙事学：经典与后经典》 北京大学出版社 2010
年

30. 庞世伟著 《论"完整的人"：马克思人学生成论研究》 中央编译出版
社 2009 年

## 论文资料

1. 张伟著

《解谜小说——评野间宏的《阴暗的图画》《外国问题研究》 1986 年 4 月

《野间宏的"全体小说"与西方现代主义文学》 《外国问题研究》 1987
年 4 月

《人生 •社会 •宇宙——野间宏作品的哲理性意蕴》《外国问题研究》 1988
年 2 月

《野间宏文学的超越》 《外国问题研究》1988 年 4 月

《野间宏文学的现代意义》 《外国问题研究》 1990 年 3 月

《野间宏 • 亲鸾 • 现代文明》 《外国问题研究》 1991 年 1 月

2. 王述坤著

《野间宏论》 东南大学学报 2004 年第 4 期

3. 刘炳范著

《日本战后左翼文学批判研究》 《日本研究》 2001 年第 3 期

《野间宏的战争文学批判研究》 《齐鲁学刊》 2002 年第 5 期

《日本战后文学"战争受害"主题论》 《日本研究》 2004 年第 1 期

《野间宏小说的战争认知》 《日本学论坛》 2005 年第 3 期

4. 莫琼莎著

《日本战后文学中的"第三种新形象" ——《阴暗的图画》主人公形象

分析》

1996 年北京大学东方学系硕士毕业论文

《从小说〈阴暗的图画〉看日本战后文学的特点》 《北方工业大学学报》

2002 年第 2 期

《野间宏笔下的战后日本人》 《北方工业大学学报》2005 年第 4 期

《〈阴暗的图画〉中的"战后"因素浅析》 《日本语言文化研究》 学苑

出版社 2006 年 6 月

《野间宏创作论》 《北方工业大学青年教师学术论文集》 2008 年 6 月

《野间宏战后初期小说研究》 《北方工业大学学报》2009 年 6 月

# 附　录

## 一、野间宏作品中日文对照

| 作品中译名 | 作品日文名 |
| --- | --- |
| 《阴暗的图画》 | 『暗い絵』 |
| 《两个肉体》 | 『二つの肉体』 |
| 《濡湿的肉体》 | 『肉体は濡れて』 |
| 《脸上的红月亮》 | 『顔の中の赤い月』 |
| 《地狱篇第二十八歌》 | 『地獄篇第二十八歌』 |
| 《残像》 | 『残像』 |
| 《悲哀的欢乐》 | 『哀れな歓楽』 |
| 《崩溃感觉》 | 『崩解感覚』 |
| 《真空地带》 | 『真空地帯』 |
| 《骰子的天空》 | 『さいころの空』 |
| 《我的塔矗立在那里》 | 『わが塔はそこに立つ』 |
| 《青年之环》 | 『青年の環』 |
| 《华丽的色彩》(《青年之环》第一卷) | 『華やかな色彩』 |
| 《舞台的脸》(《青年之环》第二卷) | 『舞台の顔』 |
| 《表和里和表》(《青年之环》第三卷) | 『表と裏と表』 |

| 《阴影的领域》(《青年之环》第四卷) | 『影の領域』 |
| --- | --- |
| 《火焰的场所》(《青年之环》第五卷) | 『炎の場所』 |
| 《狭山审判》 | 『狭山裁判』 |
| 《生生死死》 | 『生々死々』 |
| 《文学入门》 | 『文学入門』 |
| 《文章入门》 | 『文章入門』 |
| 《萨特论》 | 『サルトル論』 |
| 《记录的世界和小说的世界》 | 『記録の世界と小説の世界』 |
| 《论感觉、欲望和物》 | 『感覚と欲望と物について』 |
| 《小说论（Ⅰ）》 | 『小説論（Ⅰ）』 |
| 《小说论（Ⅱ）》 | 『小説論（Ⅱ）』 |
| 《小说论（Ⅲ）》 | 『小説論（Ⅲ）』 |
| 《〈骰子的天空〉创作笔记》 | 『「さいころの空」創作ノート』 |
| 《谈谈状况》 | 『状況について』 |
| 《长篇的时代》 | 『長編の時代』 |
| 《以心灵和肉体的全部作赌注》 | 『心と肉体のすべてをかけて』 |
| 《新感觉派文学的语言》 | 『新感覚派の文学の言葉』 |
| 《论艺术大众化》 | 『芸術大衆化について』 |
| 《战后文学的新起点》 | 『戦後文学の新しい出発』 |

## 二、野间宏年表

（注："野间宏年表"中出现的作品名，除了"附录一"中标注的作品用了中文译名外，其余的依然沿用了日语原名。）

### 1915 年（大正四年）

2 月 23 日，出生在位于神户市长田区东尻池的火力发电所职工住宅内。父亲野间卯一、母亲野间まつえ，野间宏是他们的次子。父亲野间卯一是火力发电所的技师，在神户居住期间，卯一开始信仰在家佛教的一支——亲鸾教，不久成为名为实源派的宗派的教祖。

### 1921 年（大正十年）6 岁

4 月，进入西宫市今津町立今津寻常小学学习。

### 1926 年（大正十五年·昭和元年）11 岁

10 月，父亲野间卯一患肺炎去世。母亲野间まつえ靠父亲的退职金勉强维持一家人的生计。小学时代，野间宏和转学过来的同级生小野义彦成为好友，结识了兄长野间稔生的友人羽山善治。

### 1927 年（昭和二年）12 岁

4 月，进入大阪府立北野中学学习。瓜生忠夫在同一所中学学习，比野间宏低一级。

### 1931 年（昭和六年）16 岁

7 月，在北野中学的校友会杂志《六稜》73 号上以野间令一郎的笔名发表了小说《鰡原鯛三》、《俳諧師》、《法顕三蔵》、《妖術師》、《パレスの後裔》，随笔《春の微笑》、《とんび》、《情熱主義と寂独主義と浪漫主義》、《欄言》，诗歌《ある無遊病者の詩》、《桃源》、《蚊》、《ユートピヤ》、《私は——》、《寂》、《のぞみ》、《牡丹》、《燕》、《露》，以野间实僧的笔名发表了《俳諧日記より》。

11 月，在《六稜》74 号上以野间令一郎的笔名发表了《四色のお祝い——その三　俳句にてお祝う》和汉诗两首。这个时期，野间宏爱读的日本文学作品有夏目漱石的《夢十夜》、铃木三重吉的《桑の実》以及谷崎润一郎和芥川龙之介的作品。

### 1932 年（昭和七年）17 岁

4 月，进入京都第三高等学校文科丙类学习。野间宏选择进入三高学习的原因是他想阅读原文的波特莱尔的《恶之花》，而三高是开设有法语课程的学校。入学三高后，野间宏结识了同学桑原静雄（后改名竹之内静雄）和富士正晴。

5 月，受富士正晴的邀请，和桑原静雄一起拜访了诗人竹内胜太郎。从此，三人定期聚集在这位研究法国象征主义诗歌的诗人家中，接受竹内胜太郎关于古今东西的哲学、文学以及所有艺术门类方面的指导。

10 月，在竹内胜太郎的敦促下，野间宏、桑原静雄和富士正晴创刊了同人杂志《三人》。这是一本以瓦莱利的纯粹诗为理念的纯粹诗歌杂志。竹内胜太郎在每期杂志上都发表诗论。野间宏在《三人》第 1 号上发表了诗歌《水》、《静かな海》、《秋》、《木木》。

### 1933 年（昭和八年）18 岁

2 月，在《三人》2 号上发表诗歌《朝》、《乳をのむ》、《池》、《光》、《山》、《元旦に》、《屋根》和《雪》。从这期杂志起，井口浩成为了杂志的同人。经井口浩介绍，野间宏开始阅读横光利一、川端康成、梶井基次郎和三好达治的作品。

4 月，在《三人》3 号上发表诗歌《夏》、《橘》、《手紙の中》、《暁》、《海》、《とんび》、《銀の船》、《白梅》、《接吻》和《青空（四月）》。

7 月，在《三人》4 号上发表诗歌《溶鉱炉》、《北国》、《燕》、《幼い子》、《海》、《牧場》和《暁》，散文《感想》。

11 月，在《三人》5 号上发表诗歌《湖》、《黄櫨》和《激流》，在北野中学六稜同窗会《创立五十周年》专刊上发表诗歌《燕》。

12 月，在《嶽水会雑誌》上发表诗歌《馴鹿》、短歌《静原》、《静原という処につく》。

同年，因患肺尖黏膜炎休学。

## 1934 年（昭和九年）19 岁

2 月，在《三人》6 号上发表诗歌《驯鹿》、《独楽》和《沼》。

3 月，在《嶽水会雑誌》上发表诗歌《独楽》和短歌《車輪》。

5 月，在《三人》7 号上发表诗歌《水牛》和《河》，散文《感想》。

7 月，在《三人》8 号上发表诗歌《羊群》和《一角獣》。

12 月，在《三人》9 号上发表诗歌《向日葵》和《蜜蜂》，散文《感想》。

受到三高的教授伊吹武彦的指导，开始阅读纪德的《刚果纪行》，加强了对马克思主义的关注。

## 1935 年（昭和十年）20 岁

4 月，进入京都帝国大学文学部法文科学习。在《三人》10 号上发表诗歌《葡萄のように》、散文《ジイド》。在京都帝国大学再次见到小学时代的同学小野义彦（因参加左翼活动从一高退学，经审查后入学）。

5 月，参加纪念京大事件（"泷川事件"的别称。指 1933 年在京都帝国大学发生的罢免法学系教授泷川幸辰的事件。文部省认为该教授具有共产主义的思想，要求其辞职。京都大学法学系教授会反对文部省的要求，全体教师提出辞呈进行斗争，但最终以失败告终）的秘密集会。之后，野间宏参加了岩城义郎等人组织的《资本论》读书会。

6 月，竹内胜太郎在黑部溪谷失足落水，不幸去世。

秋季，永岛孝雄、小野义彦和村上尚治等人组织结成了学生活动家团体"京大标石"。鉴于一直以来的党组织活动的失败经验，该组织采取温和的组织活动方针。野间宏和布施杜生一起接近该组织的活动。同时，野间宏通过小学时代的友人羽山善治认识了矢野笹雄，从而和神户的奥田宗太郎、堀川一知等人的劳动者运动家建立了交流关系。羽山善治和矢野笹雄等人通过野间宏和"京大标石"团体取得联系。

12 月，在《三人》11 号（竹内胜太郎追悼专刊）上发表诗歌《菜の花》、小说《車輪》、评论《批評（詩・小説）》、《追悼文》等。

同年，开始热衷于阅读西田几多郎和田边元的哲学著作，和富士正晴等人一起阅读道元的著作。

**1936 年（昭和十一年）21 岁**

1 月 16 日，在《京都帝国大学新闻》上发表文章《小林秀雄の私小説論》。

5 月，在《三人》12 号上发表小说《車輪》第二回、评论《批評（詩・小説)》、随笔《盛夏の言葉》。从本号开始，吉田正次加入《三人》同人。

同年，经永岛孝雄的介绍拜访了梯明秀。通过富士正晴的友人岩崎一正的介绍认识了美学科的下村正夫，拜访了中井正一。

**1937 年（昭和十二年）22 岁**

1 月，在《三人》13 号上发表诗歌《花瞳》、小说《車輪》第三回（未完）、随笔《黒い猫を眺めながら》。从本号开始，瓜生忠夫加入《三人》同人。

3 月，在《日本诗坛》上发表《詩における知性の展開》。

6 月，在《三人》14 号上发表诗歌《光りの顔》、《鉱炉の河》、《眩暈しき悲しみ》、《冬のコップ》和《歴史の蜘蛛》，评论《詩におけるドラマツルジイ》、《批評》，随笔《死》。

9 月，在《日本诗坛》上发表《キューヴ・レエルとサンボル》。

**1938 年（昭和十三年）23 岁**

3 月，从京都帝国大学毕业。毕业论文题目是《マダム・ボヴぁラリー論》

4 月，就职于大阪市政府社会部福利科。开始出入大阪市内的受歧视部落，担当部落与政府间的谈和事宜。

5 月，在《三人》15 号上发表诗歌《壷を渡す》、《氷花》等，评论《批評》和随笔《笑いの透明》等作品。

这一时期结识了在大阪每日新闻社工作的井上靖，与其成为诗友。

**1939 年（昭和十四年）24 岁**

1 月，在《三人》16 号上发表随笔《ヴアレリーの引き出し》等。

4 月，在《三人》17 号上发表《瞬きの外の眼》

9 月，在《三人》18 号上发表诗歌《眼果》等。

12 月，在《三人》19 号上发表诗歌《星座の痛み》。

在这一年里，经常探望在监狱里的布施杜生。同时和在大阪高中工作的桑原武夫交往甚密。

**1940 年（昭和十五年）25 岁**

2 月，在《三人》20 号上发表随笔《ゲーテの蝶について》。

5 月，在《三人》21 号上发表小说《青年之环》。

9 月，在《三人》22 号上发表小说《青年之环》（第二部，未完）。

11 月，在《三人》23 号上发表诗歌《祝声》等。

**1941 年（昭和十六年）26 岁**

2 月，在《帝国大学新闻》上发表《詩について》。

3 月，在《三人》24 号上发表诗歌《陶酔の歌》。

6 月，在《三人》25 号上发表诗歌《別離》。

9 月，在《帝国大学新闻》上发表诗歌《結び－青年の結婚を祝す》。

这一时期，安排免遭逮捕的羽山善治进入浪速区经济改革会任书记。

10 月，接受教育召集，作为步兵第三十七连队步兵炮中队的补充士兵入伍。

**1942 年（昭和十七年）27 岁**

1 月，在临时召集的命令下，从华中的江湾集中营出发。

2 月，在《三人》26 号（竹内胜太郎纪念号）上发表诗歌《魂の天体》、《結び－青年の結婚を祝ふ》以及评论《虎の斑》。

同月末，被遣往菲律宾作战。

5 月，因感染疟疾入住马尼拉野战医院。

10 月，回到日本，回归原部队。

**1943 年（昭和十八年）28 岁**

7 月，从事原部队的事务室书记一职，因被怀疑违反了治安维持法受到质询，遭到逮捕。被送入大阪石切的陆军监狱。在军法会议上被宣告判处四年徒刑，缓期五年执行。

年末，被放出监狱，在监视状态下返回内地，回归原部队。此后，经常受到军法会议和预审判官的传唤。

**1944 年（昭和十九年）29 岁**

2 月，与富士光子结婚。

10 月末，部队再度向南方迁移，由于监视方面的原因解除召集。因为在监狱服过刑，未能在市政府复职，改为到军需会社的国光制锁的勤劳课工作。

**1945 年（昭和二十年）30 岁**

3 月，在大阪大空袭中母亲まつえ经营的裁缝店被烧毁。

8 月，日本战败。立即执笔进行小说创作。

12 月，在东京的瓜生忠夫家中完成小说《阴暗的图画》。

因计划用两年的时间集中小说创作，辞去勤劳课的工作，在瓜生忠夫的关照下进入东大新闻社下属的大学出版社工作。

**1946 年（昭和二十一年）31 岁**

2 月，在《大学新闻》上发表《永井荷風の近作について——片隅での肉体の解放》。

3 月，成为青年文化会议会员，结识了丸山真男和武田泰淳等人。

4 月，小说《阴暗的图画》在杂志《黄蜂》上连载（4 月、8 月和 10 月号）。

12 月，在《近代文学》上发表小说《两个肉体》，在《週刊文化タイムス》上发表《サルトル否定》。

辞去大学出版社的工作，和青山敏夫、瓜生忠夫一起成为日本民主主义联盟机关报《週刊文化タイムス》的编集委员。

年末，加入日本共产党，加入新日本文学会。

**1947 年（昭和二十二年）32 岁**

1 月，被召唤到在共产党总部召开的火曜会（文化活动家会议），因作品中的"近代主义"的倾向受到全面的批判。

5 月，和花田清辉、佐佐木基一、加藤周一等人商讨以真善美社为核心开展战后艺术活动。

6 月，在《近代文学》上开始连载发表《青年之环》的第一部"华丽的色彩"（六月、七月和九月号）。

7月，参与创刊杂志《综合文化》，在《文化展望》上发表小说《濡湿的肉体》，在《新日本文学》上发表评论《魂と肉体と社会の結合》。

8月，在《综合文化》上发表小说《脸上的红月亮》，在《近代文学》上发表小说《第三十六号》。

10月，在《近代文学》上发表《青年之环》第一部的"煤烟之魂"（10月～12月）。由真善美社出版发行小说集《阴暗的图画》。

11月，在《光》上发表小说《地狱篇第二十八歌》，在《潮流》上发表小说《残像》。

12月，在《文学会议》上发表《悲哀的欢乐》。

同年，"新日本文学会"中央组织多次对野间宏的"近代主义"进行批判。

### 1948年（昭和二十三年）33岁

1月，和花田清辉、埴谷雄高、椎名麟三、梅崎春生、小野十三郎、中野秀人等七人组成"夜の会"，后来又有佐佐木基一、安部公房和关根宏等人加入。

小说《崩溃感觉》在《世界评论》上连载（1月～3月）。

2月，在《近代文学》上连载发表《青年之环》第一部中的"憎恶现实"（3月和5月）。

6月，在《近代文学》上连载发表《青年之环》第一部的章节"从过去开始"（6月和7月，但在后期的修改中，这一节的内容全部被删除。）15日，由丹顶书房出版发行小说集《崩解感觉》。

7月，与瓜生忠夫、中村哲、丸山真男、杉浦明平和寺田透等人组织成"未来の会"，创刊杂志《未来》。

8月，在《文艺》上发表《青年之环》第一部的章节"被火焰追赶"。

10月，在《新文学》上发表《青年之环》第一部章节"小无赖"。

11月，在《文学前卫》上发表创作论《自分の作品について》，近代文学社出版发行《野间宏作品集》。

12月，在同人杂志《序曲》（由战后派作家埴谷雄高、武田泰淳、椎名麟三等人创办的同人杂志，发行创刊号后就停止了）上发表《青年之环》第一部中的章节"盛り場の店"。真善美社出版发行评论集《小说入门》。

当年，作为明治大学文学部法文科的讲师讲授有关瓦莱利的课程。

### 1949 年（昭和二十四年）34 岁

3 月，河出书房发行出版诗集《星座の痛み》。

4 月，河出书房出版发行《青年之环》第一部。

12 月，月曜书房出版发行和椎名麟三、花田清辉共同编辑的《戦後主要作品全集》，和椎名麟三、花田清辉、佐佐木基一、埴谷雄高、小田切秀雄等人成为"战后文学奖"的评审委员。

### 1950 年（昭和二十五年）35 岁

1 月，在《文艺》上发表小说《青年之环》第二部的章节"美しい夜の魂"。

3 月，在《文艺》上连载发表《青年之环》第二部的章节"跛行"（3 月～5 月号）。河出书房出版发行《青年之环》第二部。

6 月，在《文艺》上发表《青年之环》第二部的章节"皮の街"。

### 1951 年（昭和二十六年）36 岁

4 月，目黑书店出版发行小说集《脸上的红月亮》。

5 月，饭塚书店出版发行和金子光晴、安东次男、除村吉太郎共同编写的《世界解放詩集》。

11 月，角川书店出版发行了角川文库版的《阴暗的图画·脸上的红月亮》。

### 1952 年（昭和二十七年）37 岁

2 月，河出书房出版发行长篇小说《真空地带》。

6 月，未来社出版发行小说集《雪の下の声が…》，理论社出版发行和木原启充、木岛始共同编写的《わが祖国の詩》。

9 月，未来社出版发行《文学の探求》。

10 月，河出书房出版发行《新文学全集·野间宏集》。

11 月，《真空地带》获得每日出版文化奖。

12 月，河出书房出版发行河出市民文库版《真空地带》。

## 1953 年（昭和二十八年）38 岁

1 月，未来社出版发行《人生の探求》。

2 月，《真空地带》改编成电影，由山本萨夫导演。

4 月，河出书房出版发行河出新书《愛と革命》。

8 月，未来社出版发行《続・文学の探求》，河出书房出版发行《野間宏集》。

9 月，筑摩书房出版发行和竹内好共同编著的《現代日本評論選 4・革命と人間解放（竹内好）・戦争に抗して（野間宏)》，三一书房出版发行《日本国民詩集・野間宏集》，河出书房开始出版发行《野間宏作品集》全三卷。

## 1954 年（昭和二十九年）39 岁

4 月，理论社出版发行《現代文学の基礎》，河出书房出版发行河出文库版的《真空地带》上下集。

9 月，未来社出版发行《思想と文学》。

10 月，春秋社出版发行现代生活技术新书《文学入門》。

同年，《真空地带》的法语版和荷兰语版出版。

## 1955 年（昭和三十年）40 岁

9 月，在《文艺》上连载发表小说《地の翼》（连载至 1957 年 3 月）。

11 月，和埴谷雄高、堀田善卫、中村真一郎、梅崎春生等人组成"あさって会"。

## 1956 年（昭和三十一年）41 岁

1 月，岩波书店出版发行《真空地带》上下册。

2 月，青木书店出版发行评论集《文学の方法と典型》，近代生活社出版发行小说集《崩解感觉》，新潮社出版发行新潮文库版《真空地带》。

8 月，东方社出版发行小说集《脸上的红月亮》，中译本的《真空地带》出版发行。

10 月，和武田泰淳、椎名麟三、堀田善卫、埴谷雄高、中村真一郎和梅崎春生等人一起出席有关战后文学的连续座谈会。

11 月，理论社出版发行评论集《真实の探求》。

12 月，河出书房出版发行小说《地の翼》上卷。

同年，出版发行英语版的《真空地带》。

### 1957 年（昭和三十二年）42 岁

3 月，艺文书院出版发行《现代文学·野間宏集》。

4 月，角川书店出版发行角川文库版《真空地带》。

5 月，和花田清辉、埴谷雄高、安部公房和佐佐木基一等人结成"记录芸術の会"。

10 月，在《综合》上发表小说《酔いどれの時》（《地の翼》第二部）。

同年，出版发行波兰语的《真空地带》。

### 1958 年（昭和三十三年）43 岁

1 月，在《新日本文学》上发表小说《疑惑》（《地の翼》第二部，未完），筑摩书房出版发行《现代日本文学全集 82 椎名麟三·野間宏·梅崎春生集》。

2 月，在《文学界》上连续发表小说《骰子的天空》（至 1959 年 11 月）。

10 月，和伊藤整、加藤周一、远藤周作等人一起出席在乌兹别克斯坦首都塔什干举行的第二次亚非作家会议。

### 1959 年（昭和三十四年）44 岁

1 月，未来社出版发行评论集《感覚と欲望と物について》、戏曲集《黄金の夜明ける》。

2 月，和千田是也、花田清辉、木下顺二、安部公房等人结成戏剧运动组织"三三会"。

10 月，文艺春秋新社出版发行小说《骰子的天空》。

### 1960 年（昭和三十五年）45 岁

4 月，新读书社出版部出版发行《文章読本》，青春出版社出版发行《若い日の文学探求》。

5 月，作为日本文学代表团的团长，带领龟井胜一郎、竹内实、大江健三郎、开高健等人访问中国。

6 月，在北京的对日广播中宣读《对日本国民说的话》。

10 月，筑摩书房出版发行《新選现代日本文学全集 29 野間宏集》。

11 月，在《群像》上发表小说《我的塔矗立在那里》。

**1961 年（昭和三十六年）46 岁**

1 月，和阿部知二一起出席在斯里兰卡首都科伦坡举行的亚非作家会议第一次理事国会议。

3 月，作为日本代表出席亚非作家会议东京紧急大会。

4 月，新潮社出版发行小说集《干潮のなかで》。

7 月，在日本共产党第八次代表大会召开前与大西巨人、花田清辉、安部公房等人联名向党中央委员会提交"促进党内民主化意见书"。因为这个原因，曾一度要受到党内除名的处分，但由于党内的反对呼声，最终改为停止权力一年的处分。

8 月，参加由《新日本文学》内部的二十八名日本共产党党员倡议的"为了革命运动的前进再次向全党倾诉"的活动。

同年，俄语版的《真空地带》出版发行。

**1962 年（昭和三十七年）47 岁**

3 月，在《文艺》上连载发表小说《舞台の顔》（《青年之环》第三部）（至 1963 年 12 月），这是间隔了 12 年后再次续写《青年之环》。

4 月，角川书店出版发行《昭和文学全集 11 野间宏集》。

5 月，集英社出版发行《新日本文学全集 27 野间宏集》。

9 月，讲谈社出版发行小说《我的塔矗立在那里》。受苏维埃作家同盟的邀请和光子夫人一起出访苏联，后经巴黎于 12 月回到日本。

**1963 年（昭和三十八年）48 岁**

1 月，青木书店出版发行《文章入門》。

4 月，新潮社出版发行《日本文学全集 60 野间宏集》。

同年，出版发行捷克语版的《真空地带》。

**1964 年（昭和三十九年）49 岁**

1 月，在《文艺》上发表小说《表和里和表》（《青年之环》第四部，至 3 月、4 月号，4 月后停载）。入冰川下医院检查身体。

2 月，在东大医院住院。

3 月，和木下顺二、日高六郎共同编撰的《知識人の思想と行動——新しい連体のために》由麦书房出版发行。

5 月，河出书房新社出版发行《現代の文学 32 野間宏集》，讲谈社出版发行《日本文学全集 99 野間宏·堀田善衛集》。

6 月，和佐多稻子等人一起向日本共产党中央委员会提出共同申请书。

8 月，思潮社出版发行《現代日本詩集 12·歷史の蜘蛛》。和花田清辉、井上光晴、长谷川四郎和宫本研等人一起参加现代戏剧作家批评家集团"鴉の会"。

10 月，和佐田稻子一起被日本共产党除名。

同年，匈牙利语版的《真空地带》出版发行。

**1965 年（昭和四十年）50 岁**

4 月，东方社出版发行小说集《濡湿的肉体》。

5 月，集英社出版发行《昭和戦争文学全集 7 真空地带》。

8 月，和梅崎春生、椎名麟三、武田泰淳、埴谷雄高等人一起参加《群像》杂志社主办的座谈会"战后派的二十年"。

**1966 年（昭和四十一年）51 岁**

1 月，河出书房新社出版发行《青年之环·华丽的色彩》。

3 月，河出书房新社出版发行《青年之环·舞台的脸》，角川书店出版发行角川文库本《骰子的天空》。

6 月，河出书房新社出版发行《青年之环·表和里和表》。

7 月，中央公论社出版发行《日本の文学 66 野間宏》。新版《青年之环》获第一届河出文化奖。

8 月，讲谈社出版发行《われらの文学 1 野間宏》。

12 月，筑摩书房出版发行《現代文学大系 55 野間宏》

**1967 年（昭和四十二年）52 岁**

1 月，在《新日本文学》上连载发表《萨特的小说论和想象力论》（至1968 年 2 月）。

5 月，思潮社开始出版发行和富士正晴、竹之内静雄共同编辑的《竹内勝太郎全集》全三卷。

7月，合同出版社出版发行《文学論》。

9月，新潮社出版发行《日本文学全集·野間宏》。

11月，筑摩书房出版发行《定本限定版·现代日本文学全集·椎名麟三·野間宏·梅崎春生集》。

### 1968年（昭和四十三年）53岁

2月，河出书房新社出版发行《萨特论》。

3月，河出书房新社出版发行《豪華版日本文学全集·野間宏集》。

7月，回应竹内芳郎的书评，在《文学》上连载发表《「サルトル論」批判をめぐって》（至10月）。

10月河出书房出版发行《青年之环·阴影的领域》。

### 1969年（昭和四十四年）54岁

1月，和堀田善卫、野坂昭如一起发表支持东大全共斗争的声明。田畑书店出版发行对话集《全体小说への志向》。右手的书写痉挛症状加剧，执笔困难。

2月，筑摩书房出版发行《想像と批評》。

4月，河出书房新社出版发行《全体小说和想象力》。

5月，集英社出版发行《日本文学全集77 野間宏集》。

7月，河出书房新社出版发行《カラー版日本文学全集35 野間宏》。

9月，未来社开始出版发行《野間宏評論集》全三卷（第三卷未完）。

10月，筑摩书房开始出版发行全二十二卷的《野間宏全集》。

11月，明治书院出版发行编著的《小説の書き方》。

12月，筑摩书房出版发行《日本短篇文学全集48 野間宏·花田清輝·堀田善衛·安部公房》。

### 1970年（昭和四十五年）55岁

9月，《青年之环》六部、五卷脱稿。

11月，讲谈社出版发行《现代文学秀作シリーズ·我的塔矗立在那里》。

**1971 年（昭和四十六年）56 岁**

1 月，和椎名麟三、武田泰淳、埴谷雄高、中村真一郎等人一起参加座谈会"历史中人的位置 1 我们的时代·我们作家的从前"，座谈会内容在《展望》上发表。此后到第二年 4 月，这个座谈会以追溯战后派历史的形式共举行了五次。

河出新社出版发行《青年之环·火焰的地方》，学习研究出版社出版发行《现代日本の文学 39 野间宏集》，筑摩书房出版发行和武田泰淳、埴谷雄高和椎名麟三共同编著的《戦後作家は語る》

6 月，出席在大阪市中之岛中央公会堂召开的《青年之环》出版纪念招待会，发表讲演。

10 月，《青年之环》获得第七届谷崎奖。和佐多稻子等人一起发表反对成田机场的声明。

**1972 年（昭和四十七年）57 岁**

2 月，新潮社出版发行《新潮日本文学 39 野間宏集》。

4 月，旺文社出版发行文库本《真空地带》，讲谈社出版发行《现代の文学 1 野間宏集》。

12 月，创树社出版发行《鏡に挟まれて》。

**1973 年（昭和四十八年）58 岁**

1 月，因《青年之环》和其它创作活动在亚非作家会议上获得第四届莲花奖。

3 月，岩波书店出版发行岩波新书《親鸞》。

4 月，河出书房新社出版发行普及版《青年之环》全五卷。

7 月，旺文社出版发行文库本《崩解感觉·夜の脱栅》。

8 月，旺文社出版发行文库本《文章入門》。

9 月，和堀田善卫、大江健三郎、小田实等人一起出席在苏联的阿拉木图召开的亚非作家会议。和光子夫人周游哈萨克斯坦后归国。

**1974 年（昭和四十九年）59 岁**

1 月，借参加亚非作家会议的机会访问中东。

5月，创树社出版发行《心と肉体のすべてをかけて》。

8月，旺文社出版发行文库本《阴暗的图画·第三十六号》，筑摩书房出版发行与椎名麟三、武田泰淳、中村真一郎、埴谷雄高和堀田善卫合著的《わが文学、わが昭和史》。

同年，参加了日本阿拉伯文化合作会议和第一次亚洲人会议。

### 1975 年（昭和五十年）60 岁

2月，开始在《世界》上连载《狭山裁判》。

3月，《海》杂志上刊登和埴谷雄高的对话录《自由と存在－戦後文学の三十年》，五月书房出版发行限定版的《野间宏诗集》。

4月，河出书房新社出版发行诗集《忍耐づよい鳥》。

6 月，和大冈升平的对话录《战争と文学》在《第三文明》杂志上发表。

9月，文艺春秋出版发行《文学の旅　思想の旅》，旺文社出版发行《现代日本名作40 阴暗的图画 真空地带》。

12 月，和猪野谦二、大江健三郎、高桥和巳、寺田透等人共同编辑的《岩波講座·文学》全十二卷由岩波书店出版发行。

### 1976 年（昭和五十一年）61 岁

4 月，作为运营委员参加"支持恢复罢工权利会议"，创刊机关杂志《生きる権利》。

5 月，组成"与歧视作斗争的文化会议"，并创刊机关杂志《差別とたたかう文化》，在《朝日新闻》上发表《新日本文学の三十年》。

6 月，在《每日新闻》上连载发表《〈狭山裁判〉の恐怖》，岩波书店出版发行《狭山裁判》上卷。

10 月，在《群像》上发表小说《生生和死死》。

12 月，在《岩波講座·文学 12·现代世界の文学 2》上发表《文学における全体性》。

### 1977 年（昭和五十二年）62 岁

2 月，河出文艺选书《萨特论》出版发行。

4月，在《新潮》上发表《狭山裁判とわが小説》，在《潮》上发表《狭山事件と日本の裁判》。

5月，因《青年之环》和《狭山裁判》获得部落解放同盟第一届松本治一郎奖。

7月，朝日新闻社发行与安冈章太郎共同主编的鼎谈集《差別・その根源を問う》上卷，岩波新书《狭山裁判》下卷出版发行。

9月，新装版《青年之环》全十二卷有河出书房新社开始发行（截止到1978年5月）。

10月，和井上光晴、竹内泰宏毫无土方铁一起创刊季刊文艺杂志《革》。

12月，转辙社出版发行《現代の王国と奈落》，集英社出版发行《狭山裁判》下卷。

**1978年（昭和五十三年）63岁**

1月，小说《生生死死》前编开始在《群像》上连载（至1984年4月）。

3月，在学习研究社出版的《世界文学全集20サルトル》发表《サルトル与我》。

5月，和前嶋信次一起担任责任编辑的《現代アラブ小説集》由河出书房新社开始出版发行。筑摩书房出版发行《歎異抄（増補新版）》。

6月，在《群像》上发表和藤枝静男、本多秋五、埴谷雄高以及荒正人一起撰写的《平野謙追悼座談会・平野謙 人と文学》。三一书房出版发行《狭山裁判—批判と闘い》。

8月，和中野重治共同监制的布施杜生的遗稿集《獄中詩 鼓動》由永田书房出版发行。

12月，和小田切秀雄、佐佐木基一等人共同编著的《明日への文化提言》。

**1979年（昭和五十四年）64岁**

2月，成为"支持恢复罢工权协会"机关杂志《スト権月報》的发行负责人。

7月，集英社出版发行《狭山裁判》下卷。

8月，文和书房出版发行《野間宏全詩集》。

### 1980 年（昭和五十五年）65 岁

4 月，在 22 日的《读卖新闻》上发表《萨特的文学》一文。

6 月，在《在同时代批评》杂志上发表《〈阴暗的图画〉的青春》一文。

10 月，在《使者》杂志 7 号上发表与埴谷雄高等人的会谈录《战后文学是定时炸弹》。

12 月，在《新日本文学》杂志上发表与西原启的对话录《现在的文学观》。

### 1981 年（昭和五十六年）66 岁

3 月，小学馆出版发行小学馆创造选书 38《野間宏対談集・危機の中から》，新潮社出版发行《新潮現代文学 27 野間宏》。

4 月，成瀬书房出版发行限定版《阴暗的图画》。

9 月，开始在《读卖新闻》上连载《戦後その光と闇》（从 9 月 28 日至 10 月 21 日）。

### 1982 年（昭和五十七年）67 岁

1 月，和中野孝次、安冈章太郎、水上勉等人一起参加"申诉核战争危机的文学家的声明"。

3 月，作为"和歧视斗争文化会议"的议长访问德国，调查了受歧视血统的现状。

4 月，福武书店出版发行《戦後その光と闇》，小笠原克和吉田永宏主编的《鑑賞日本現代文学 24 野間宏・開高健》由角川书店出版发行。

9 月，岩波书店出版发行《新しい時代の文学》。

12 月，受中国作家协会的邀请和井上光晴、小田实等人一起访问中国。

### 1983 年（昭和五十八年）68 岁

4 月，人文书院出版发行和冲浦和光的谈话集《アジアの聖と賎──被差別民の歴史と文化》。

9 月，和小田实和针生一郎等人一起参加在中亚的乌兹别克斯坦首都塔什干举行的亚非作家会议 25 周年大会。

**1984 年（昭和五十九年）69 岁**

1 月，在《文艺》杂志上发表《日中作家座谈会》。

7 月，河出文库出版发行野间宏·现代语译本《歎異抄》

**1985 年（昭和六十年）70 岁**

4 月，在《日中文化交流》上发表《欢迎肩负新时代社会主义文学的中国作家代表团》。

7 月，人文书院出版发行和冲浦和光的谈话集《日本の聖と賤·中世篇》。

**1986 年（昭和六十一年）71 岁**

1 月，旺文社出版发行和高史明、松永伍一、三国连太郎合著的《親鸞に出会う》。

3 月，应中国美术家协会的邀请和加山又造、针生一郎、藤山纯一等人一起访问中国。

5 月，在《日中文化交流》上发表《創刊四〇〇号を迎えて》。为参加研讨会"日德文学家的会面——过去·现在·未来"和石田雄、伊藤成彦、小田实、李恢成等人一起访问德国。

6 月，筑摩书房出版发行筑摩文库本《歎異抄》

12 月，人文书院出版发行和冲浦和光等人的谈话录《日本の聖と賤·近世篇》

**1987 年（昭和六十二年）72 岁**

3 月，小学馆出版发行《昭和文学全集 16 大岡昇平·埴谷雄高·野間宏·大江健三郎集》，母亲野间まつえ去世。

8 月，为参加日苏文学家参与的研讨会"环境问题和文学"，和立松和平等人访问苏联的伊尔库茨克。

11 月，岩波书店开始出版发行全 14 卷的《野间宏作品集》。

**1988 年（昭和六十三年）73 岁**

3 月，大阪人权历史资料馆开办"野间宏《青年之环》的世界展"，在东京召开"宇宙·生命·人类——关于野间宏和现代文学"的大会。

10 月，解放出版社出版发行《解放の文学その根本－野間宏評論·講演·

对話集》。

12 月，应中国作家协会的邀请和井上光晴等人一起访问中国。

### 1989 年（昭和六十四年 平成元年）74 岁

4 月，讲谈社出版发行文艺文库本《阴暗的图画·脸上的红月亮》。

5 月，赴哥伦比亚的亚美尼亚市参加赛班湖环境会议。

9 月，出席在东京召开的"探讨地球环境和日本的作用的国家市民会议"，出任议长一职。

10 月，参加日苏文学家环境会议的琵琶湖公开会议。

### 1990 年（平成二年）75 岁

3 月，身体状况恶化。

5 月，访问菲律宾。

12 月，出席"现代中国美术馆"发起人会议。

### 1991 年（平成三年）76 岁

1 月 2 日晚十时三十八分去世。

# 后　记

　　本书是在我博士毕业论文的基础上修改而成的。我于 2010 年 12 月通过了毕业论文答辩，之后一直在思考如何进一步完善论文中的一些章节。直到 2011 年底，我才抽出时间进行了部分章节的删改和文字的梳理。由于本人水平所限，本书一定还存在一些不足之处。

　　当我写这篇后记时，距离我开始关注和研究"野间宏文学"，已经过去了近十八年。

　　1994 年，是我进入北京大学东方学系攻读日本文学硕士学位的第二年，在系图书馆积满灰尘的书架上，我看到了一本中译本的《阴暗的图画》，那是一本薄薄的、暗黄色纸质的旧书。翻开书页后，我被小说开篇的经典长句所吸引，由于对句意似懂非懂的理解，迫使我查阅了和作者野间宏相关的资料，没想到由此结下了和"野间宏文学"的不解之缘。野间宏的作品数量众多，许多作品的文字和内容艰深难懂，这些都是使我不得不花费许多时间解读和研究的原因，但同时也不断地激发我研究的兴趣，使我一步步地走到了今天。

　　2004 年一个美丽的秋日，在阔别了 8 年之后，我抱着继续研究"野间宏文学"的热情再次踏进了燕园。燕园不仅仅是我学习和生活过的校园，她一直是我心底一块特殊的家园。那天的记忆依然是那么清晰：拂面而过的轻风、不知名的却是熟悉的花香、亲切的图书馆大楼，甚至我还记得当时几只小鸟婉转的鸣叫……那种兴奋和幸福的感觉让我觉得即将开始的艰难和漫长的学习会是一种享受的过程。

在 6 年多的博士生学习生涯中，我既要兼顾工作，又要完成学业，其中的艰辛是不言而喻的。幸运的是，我所感受到的艰难大部分不是来自于对"野间宏文学"的研究，而是除了学业外不得不兼顾的其他事务。每当我避开世事的烦扰，独自一人沉浸在对文学作品的研读中时，我会感受到一种精神上的放松和满足。2010 年初，我开始对博士论文进行组织和推进，手头积累的研究资料千头万绪，是我在学业上感受到阻力最大的时期。2010 年的早春三月异常寒冷，一天清晨，我顶着寒风赶去坐早班车上班，天上飘飘洒洒地下起了细密的雪花。我无意间抬头看天，竟然发现几只北归的燕子艰难而执著地穿行在雪花阵中……。刹那间我热泪盈眶，一股力量油然而生。为了想望中温暖的故园，幼小的生灵尚且在拼搏，我眼前的这些困难又有什么不能克服的呢！

在我完成博士论文的过程中，得到了许多师长和朋友的帮助，正是他们的无私付出，才使我能够顺利地完成论文的写作。

首先要感谢我的指导老师于荣胜教授。于老师也是我硕士研究生阶段的导师，是我多年来的恩师。在"野间宏文学"研究的课题上，于老师给予了大量的指导和建议，在许多关键性问题上的指导使得我能够越过一道道难关。于老师严谨负责的治学态度和温良敦厚、宽容大度的人品是我所敬仰的。每当我苦于协调学业和工作的时间安排时，于老师总是以理解和鼓励的态度，使我在没有压力的情况下虽然缓慢、但依然执著地进行论文写作。在论文最后阶段的修改中，于老师不辞辛苦，在 8 月的酷暑中为我一字一句地斟酌，提出了许多宝贵的修改意见。

感谢我的老师李强教授。李强老师是我硕士阶段和博士阶段的授课老师，也是我博士阶段的副指导老师。李强老师循循善诱、平易近人的授课风格使我受益匪浅，得到了很多启发。李强老师对我的博士论文的结构和内容，甚至摘要的内容都提出了细致的建议，还细心地为我打印了相关的论文资料，使我能够顺利地进行论文的最后组织。

感谢北京师范大学的王志松教授。王志松老师自从知道我在从事野间宏文学研究后，每次见面总会记得并问起我的研究状况，王老师鼓励的话语给了我自信和力量，使我的繁杂而艰难的研究工作变得目标明确而有意义。王老师在预答辩会上的建议以及提供的研究资料对论文的最后完成起到了重要作用。

感谢参加预答辩会的邱鸣老师、翁家慧老师和丁莉老师，他们对论文提出了细致有效的建议，帮助我理清了思路，使我能够最终顺利地完成论文。

感谢日本大学文理学部的红野谦介教授。2007的4月到11月，我在日本大学文理学部为博士论文的撰写收集资料并且在学部的国文学科听课进修。当时的指导老师红野谦介恰好是一位从事"野间宏文学"研究的专家，这是我去日本前不知道的。当红野老师得知我也在进行"野间宏文学"研究时，说道："这也是一种缘分吧！"红野老师渊博的学识使我受到了不少启发，老师平易近人的态度让我看到了一名日本学者的儒雅风度。我还要感谢日本大学国际部的相关工作人员，他们不辞辛苦地安排我在日本的学习和生活。

感谢住在东京的望月博和望月贵美子夫妇。从我硕士阶段到早稻田大学进修起，望月夫妇一直是我在日本生活时的"保护神"。在日本大学学习期间，年事已高的望月夫妇一如既往地关心和照顾我，他们的温情让我有回家的感觉。望月夫妇热情乐观的人生态度一直是我学习和生活的精神动力。

感谢我所在的工作单位北方工业大学文法学院的领导和日语系的老师们，他们在我攻读博士学位的六年多的时间里给我提供了很多便利条件，使我能够顺利地完成论文写作；感谢学校师资科的宛燕平老师，宛老师美丽的笑容和温柔的话语曾经化解了我很多的忧虑和烦恼，使我能够轻松地应对学习和工作。

最后感谢包括我的家人在内的所有关心、支持和帮助过我的人们！本书的完成是我学术生涯的一个新起点，我会一步一步踏踏实实地走下去。我很幸运，因为从事这样的工作时，我感受到了幸福和快乐！

2012 年 3 月 7 日
于北京清枫华景园